Mary Ann Shaffer

Eilandpost

Vertaald door Lilian Caris

Artemis & co

ISBN 978 90 472 0010 9
© 2007 Mary Ann Shaffer
© 2007 Nederlandse vertaling Artemis & co, Amsterdam en Lilian Caris
Oorspronkelijke titel *The Guernsey Literary and Potato Peel Pie Society*
Oorspronkelijke uitgever The Dial Press
Omslagontwerp Marry van Baar
Omslagillustratie © Nic Skerten, Trevillion Images
Foto auteur Stefanie Mohan

Verspreiding voor België:
Veen Bosch & Keuning uitgevers n.v., Wommelgem

DEEL I

De heer Sidney Stark, uitgever
Stephens & Stark Ltd.
St. James Place 21
Londen SW1
Engeland

Beste Sidney,

Susan Scott is een wonder. We hebben meer dan veertig exemplaren van het boek verkocht, natuurlijk erg prettig, maar er was iets wat in mijn ogen nog veel opwindender was: het eten. Ze heeft distributiebonnen weten te bemachtigen voor poedersuiker, en échte eieren voor de meringue.

Als al haar literaire lunches deze hoogten bereiken, vind ik het niet erg het hele land door te reizen. Denk je dat een royale bonus haar zou motiveren om boter te ritselen? Laten we dat maar proberen – je mag het bedrag inhouden op mijn royalty's.

Nu het vervelende nieuws. Je vroeg me of ik opschiet met mijn nieuwe boek. Sidney, opschieten is niet aan de orde.

Engelse zwakheden leek aanvankelijk zo veelbelovend. Het moet toch mogelijk zijn vellen vol te schrijven over de Vereniging tegen de Verheerlijking van het Engelse Konijn. Ik heb een foto opgediept van de Handelsvereniging ter verdelging van Ongedierte die door een straat in Oxford marcheert met borden met de tekst WEG MET BEATRIX POTTER! Maar wat moet je daarover schrijven na de titel? Niks, dat is het hem.

Ik wil dit boek niet meer schrijven – mijn hoofd en mijn hart zijn er niet bij. Hoe dierbaar Izzy Bickerstaff me ook is – en was – ik wil niets meer schrijven onder die naam. Ik wil niet meer gezien worden als een luchthartige journaliste. Ik erken dat het geen povere prestatie was om lezers tijdens de oorlog aan het lachen te maken – of op z'n minst te doen grinniken – maar dat wil ik niet meer. Het ziet ernaar uit dat gevoel voor verhoudingen of evenwicht bij mij momenteel ver te zoeken is, en god weet dat je dan onmogelijk humoristisch kunt schrijven.

Intussen ben ik erg blij dat Stephens & Stark aan *Izzy Bickerstaff op oorlogspad* verdient. Dat ontlast mijn geweten over het debacle dat mijn biografie over Anne Brontë is geworden.

Mijn dank voor alles, en liefs,
Juliet

PS Ik ben de verzamelde correspondentie van mevrouw Montagu aan het lezen. Weet je wat die ellendige vrouw aan Jane Carlisle schreef? 'Mijn beste kleine Jane, iedereen is geboren met een roeping, en de jouwe is het schrijven van alleraardigste korte berichtjes.' Ik hoop dat Jane op haar heeft gespuugd.

Van Sidney aan Juliet

10 januari 1946

Lieve Juliet,

Gefeliciteerd! Susan Scott vertelde dat je veel ophad met het publiek bij de lunch – zoals een dronkaard met rum – en het publiek met jou, dus hou alsjeblieft op je zorgen te maken over je tour van de komende week. Ik twijfel er niet aan dat je succes zult hebben. Aangezien ik achttien jaar geleden jouw choquerende vertolking van 'The Shepherd Boy Sings in the Valley of Humiliation' heb mogen aanschouwen, weet ik dat je alle luisteraars binnen enkele minuten om je vingertje zult winden. Een tip: misschien moet je er in dit geval van afzien het boek naar het publiek te gooien wanneer je klaar bent.

Susan verheugt zich erop je te begeleiden naar boekhandels van Bath tot Yorkshire. En natuurlijk doet Sophie ijverig haar best om ervoor te zorgen dat de tour wordt uitgebreid naar Schotland. Ik heb haar op mijn bijzonder gekmakende ouderebroermanier duidelijk gemaakt dat Dat Nog Maar De Vraag Is. Ze mist je vreselijk, dat weet ik, maar Stephens & Stark kan met zulke overwegingen absoluut geen rekening houden.

Ik heb net de verkoopcijfers van Izzy in Londen en de graafschappen gekregen – ze zijn uitstekend. Gefeliciteerd!

Wil je uit eten, een avond voor je weggaat? Zeg maar wanneer.

Groet,
Sidney

PS Je schrijft alleraardigste korte berichtjes.

11 januari 1946

Beste Sidney,

Ja, heerlijk – kan het ergens aan de rivier? Ik wil oesters en champagne en rosbief als het te krijgen is; zo niet, dan is kip ook prima. Ik ben erg blij dat Izzy goed verkoopt. Goed genoeg om niet m'n rugzak te hoeven pakken en uit Londen te vertrekken?

Aangezien jij en S&S een redelijk succesvolle auteur van me hebben gemaakt, is het eten voor mijn rekening.

Liefs,
Juliet

PS Ik heb 'The Shepherd Boy Sings in the Valley of Humiliation' niet naar het publiek gegooid. Ik gooide het naar de lerares Voordracht. Ik wilde het aan haar voeten werpen, maar ik miste.

12 januari 1946

Lieve Sophie,

Natuurlijk zou ik het heerlijk vinden om je te zien, maar ik ben een willoze robot zonder ziel. Ik word door Sidney naar Bath, Colchester, Leeds en verscheidene andere plaatsen die ik me op dit moment niet meer herinner gedirigeerd, en ik kan 'm niet stiekem peren naar Schotland. Sidney zou zijn wenkbrauwen fronsen. Zijn ogen zouden spleetjes worden. Hij zou me achtervolgen. Je weet hoe zenuwslopend het is wanneer Sidney achter je aan zit.

Ik wou dat ik ertussenuit kon knijpen naar jouw boerderij om me door jou te laten vertroetelen. Ik zou met mijn voeten op de bank mogen, of niet soms? En dan zou je een deken over me heen leggen en me lekker instoppen en me thee brengen, toch? Zou Alexander bezwaar hebben tegen een permanente logee op de bank? Je hebt me verteld dat hij wonderbaarlijk veel geduld heeft, maar misschien zou hij het toch vervelend vinden.

Waarom ben ik zo melancholisch? Met het vooruitzicht een verrukt publiek uit *Izzy* te kunnen voorlezen zou ik me juist moeten verheugen. Je weet hoe heerlijk ik het vind over boeken te praten, en ook dat ik ervan geniet complimenten te krijgen. Ik zou ontzettend blij moeten zijn. Maar in feite ben ik somber, somberder dan ik tijdens de oorlog ooit ben geweest. Alles is zo beschadigd, Sophie: de wegen, de gebouwen, de mensen. Vooral de mensen.

Het komt waarschijnlijk door een vreselijk etentje waar ik gisteren naartoe ben geweest. Het eten was verschrikkelijk, maar dat viel te verwachten. Het waren de gasten die me op mijn zenuwen werk-

11

ten – het was de meest demoraliserende verzameling individuen die ik ooit ben tegengekomen. Het gesprek ging over bommen en hongerdood. Herinner jij je Sarah Morecroft nog? Ze was er, volkomen vel over been, met bloedrode lippenstift. Was ze vroeger niet een schoonheid? Was ze niet gek op die paardrijdende knul die naar Cambridge ging? Hij was nergens te bekennen; ze is getrouwd met een dokter met een grauwe huid die met zijn tong klakt voor hij iets gaat zeggen. En die was nog een toonbeeld van woeste romantiek in vergelijking met mijn tafelheer, die toevallig vrijgezel was, vermoedelijk de laatste op aarde – mijn god, wat klinkt dit vreselijk deprimerend!

Ik zweer je, Sophie, ik denk dat ik niet helemaal in orde ben. Ik kan geen enkele man die ik ontmoet verdragen. Misschien moet ik minder hoge eisen stellen – niet zo dat de grauwe tongklakkende dokter in beeld komt, maar iets minder hoog dan ik nu doe. Ik kan de oorlog er niet eens de schuld van geven – ik ben nooit goed geweest wat mannen betreft, toch?

Denk je dat de haardman van het St. Swithin mijn enige ware liefde was? Aangezien ik nooit een woord met hem heb gewisseld, lijkt dat onwaarschijnlijk, maar het was tenminste een passie die niet werd bedorven door een teleurstelling. En hij had van dat prachtige zwarte haar. Daarna kwam het jaar van de dichters, weet je nog wel? Sidney maakt daar nogal wat ophef over, waarom is me een raadsel, aangezien hij me zelf aan hen heeft voorgesteld. Vervolgens de arme Adrian. Voor jou hoef ik natuurlijk niet die hele vreselijke lijst met namen langs te lopen, maar Sophie – wat is er toch met mij aan de hand? Ben ik te individualistisch? Ik wil niet trouwen alleen maar om het getrouwd-zijn. Er lijkt me niets eenzamers dan de rest van mijn leven door te brengen met iemand met wie ik niet kan praten, of erger nog, met iemand met wie ik niet samen stil kan zijn.

Wat een vreselijke klaagzang is deze brief. Heb je het door? Het is me vast gelukt je een opgelucht gevoel te geven dat ik nu niet in Schotland langskom. Maar misschien later wel – mijn lot ligt in Sidneys handen.

Geef Dominic een kus van me en zeg hem dat ik laatst een rat heb gezien die zo groot was als een terriër.

Hartelijke groeten aan Alexander, en nog meer aan jou,
Juliet

12 januari 1946

Juffrouw Juliet Ashton
Oakley Street 81
Chelsea
Londen SW3

Beste juffrouw Ashton,

Mijn naam is Dawsey Adams, en ik woon op mijn boerderij in de gemeente St. Martin op Guernsey. Ik weet van uw bestaan doordat ik een oud boek heb dat ooit van u is geweest – *Een keuze uit de verhandelingen van Elia*, van een auteur die in het echt Charles Lamb heette. Uw naam en adres stonden aan de binnenkant van de omslag.

Ik zal er geen doekjes om winden: ik houd van Charles Lamb. Mijn eigen boek zegt *Een keuze*, dus ik vroeg me af of dat betekende dat hij andere dingen heeft geschreven waaruit die keuze is gemaakt. Dat zijn de stukken die ik wil lezen, en al zijn de Duitsers weg, op Guernsey zijn er geen boekwinkels meer.

Ik wil u vragen iets voor me te doen. Kunt u me naam en adres geven van een boekhandel in Londen? Ik zou graag meer van Charles Lambs werk per post bestellen. Ik wil ook graag weten of iemand ooit een biografie over hem heeft geschreven, en als dat zo is, of daar dan voor mij een exemplaar van kan worden opgespoord. Ik denk dat meneer Lamb, ondanks zijn vrolijke en kronkelige geest, groot verdriet moet hebben gekend in zijn leven.

Charles Lamb maakte me aan het lachen tijdens de Duitse bezetting, vooral toen hij schreef over het gebraden varken. Het Literaire

Aardappelschiltaart Genootschap van Guernsey zag het licht vanwege varkensgebraad dat we moesten verzwijgen voor de Duitse soldaten, waardoor ik me verwant voel met meneer Lamb.

Het spijt me dat ik u lastigval, maar ik zou het nog vervelender vinden als ik niet meer over hem te weten zou komen, omdat zijn werk me tot zijn vriend heeft gemaakt.

In de hoop u niet tot last te zijn,
Dawsey Adams

PS Mevrouw Maugery, een vriendin van mij, heeft een boekje gekocht dat ook van u is geweest. De titel is *Heeft het brandende braambos echt bestaan? Een apologie over Mozes en de tien geboden*. Ze vond uw kanttekening aardig: 'Woord van God of manier om het volk in bedwang te houden???' Hebt u ooit besloten wat het is?

15 januari 1946

Beste meneer Adams,

Ik woon niet meer op Oakley Street, maar ik ben zo blij dat uw brief mij heeft gevonden en dat mijn boek u heeft gevonden. Het was heel pijnlijk om afstand te doen van *Een keuze uit de verhandelingen van Elia*, ik had twee exemplaren en grote behoefte aan ruimte op de plank, maar ik voelde me een verrader toen ik het verkocht. U hebt mijn geweten gesust.

Ik vraag me af hoe het boek op Guernsey terecht is gekomen. Misschien bestaat er een heimelijk soort terugkeersysteem in boeken dat ze naar de juiste lezers brengt. Wat heerlijk als dat eens waar zou zijn.

Omdat ik niets liever doe dan door boekwinkels struinen, ging ik meteen na ontvangst van uw brief naar Hastings & Sons Bookshop. Ik kom er al jaren; altijd vind ik er dat ene boek dat ik zocht – en vervolgens nog drie waarvan ik niet wist dat ik ernaar op zoek was. Ik vertelde meneer Hastings dat u graag een goed, compleet exemplaar wilde hebben (en niet een speciale uitgave) van *Meer verhandelingen van Elia*. Hij zal het u apart toezenden (met ingesloten factuur) en was verrukt te horen dat u ook een liefhebber bent van Charles Lamb. Hij zei dat de beste biografie van Charles Lamb die van E.V. Lucas is, en hij gaat achter een exemplaar voor u aan, maar dat kan even duren.

Wilt u in de tussentijd dit kleine geschenk van mij aannemen? Het is *Een selectie uit de brieven van Charles Lamb*. Ik denk dat ze u meer over hem zullen vertellen dan welke biografie ook. E.V. Lucas klinkt te plechtstatig om mijn favoriete passage van Lamb te kunnen bevatten: 'Zoem, zoem, zoem, boem, boem, boem, piep, piep, piep, spat, spat, spat, rinkel, rinkel, rinkel, kraak, kraak, kraak! Ik zal beslist uiteindelijk veroordeeld worden. Ik heb twee dagen achter elkaar te veel gedronken. Ik vind mijn moreel op de bodem van een glas terwijl mijn geloof vervaagt.' U zult dat vinden in de *Brieven* (op pagina 244). Dit was het eerste wat ik ooit van Lamb las, en tot mijn schaamte moet ik bekennen dat ik het boek alleen maar kocht omdat ik ergens had gelezen dat een man met de naam Lamb zijn vriend Leigh Hunt in de gevangenis had bezocht, waar deze zat vanwege het belasteren van de prins van Wales.

Toen hij daar was, hielp Lamb Hunt het plafond van zijn cel hemelsblauw te verven met witte wolken. Daarna schilderden ze een met rozen begroeid latwerk op een van de muren. Vervolgens, ontdekte ik verder, bood Lamb Hunts gezin geld aan – hoewel hij zelf zo arm was als een kerkrat. Lamb leerde Hunts jongste dochter het onzevader achterstevoren. Over zo'n man als hij wil je natuurlijk alles weten.

Dat vind ik zo leuk aan lezen: iets heel kleins in een boek interesseert je, en dat kleine leidt je naar een ander boek, en iets daaruit brengt je weer bij een derde boek. Het is een meetkundige reeks – zonder zichtbaar einde, en zonder enig ander doel dan louter plezier.

De rode vlek op de omslag die eruitziet als bloed, dat ís bloed. Ik was onvoorzichtig met mijn briefopener. De ingesloten ansichtkaart is een reproductie van een portret van Lamb door zijn vriend William Hazlitt.

Als u tijd hebt om met me te corresponderen, kunt u dan een paar vragen beantwoorden? Drie, in feite. Waarom moest een maaltijd met varkensgebraad geheim worden gehouden? Hoe kon een varken aanleiding zijn om een literaire club te beginnen? En, de dringendste vraag: wat is aardappelschiltaart en waarom is die opgenomen in de naam van uw genootschap?

Ik heb een flat in onderhuur op Glebe Place 23, Chelsea, Londen SW3. Mijn etage aan Oakley Street is in 1945 gebombardeerd en die mis ik nog steeds. Oakley Street was prachtig – ik kon vanuit drie van mijn ramen de Theems zien, en, nog belangrijker, ik kon hem de hele dag horen. Ik weet dat ik me al gelukkig mag prijzen dat ik tenminste woonruimte héb in Londen, maar ik jammer liever dan dat ik mijn zegeningen tel. Ik ben blij dat u aan mij dacht bij uw speurwerk naar *Elia*.

Geheel de uwe,
Juliet Ashton

PS Wat Mozes betreft, daar ben ik nooit uitgekomen – en dat zit me nog steeds dwars.

18 januari 1946

Beste Sidney,

Dit is geen brief: het is een verontschuldiging. Vergeef me alsjeblieft mijn gejammer over de *teas* en lunches die je voor Izzy hebt georganiseerd. Ik heb je een tiran genoemd, maar ik neem het allemaal terug – ik vind het geweldig dat Stephens & Stark me Londen uit heeft gestuurd.

Bath is een heerlijke stad; lieftallige halvemaanvormige rijen witte, overeind staande huizen in plaats van de zwarte, mistroostige gebouwen in Londen of – nog erger – bergen puin die ooit gebouwen zijn geweest. Het is een zegen schone, frisse lucht in te ademen zonder de rook van steenkool en zonder stof. Het is koud weer, maar het is niet de klamme kilte van Londen. Zelfs de mensen op straat zien er anders uit – recht van lijf en leden, zoals hun huizen, niet grauw en gebogen zoals Londenaren.

Susan zei dat de gasten bij de boeken-*tea* zich enorm hebben vermaakt – en ik weet dat dat ook voor mij gold. Het lukte me na de eerste twee minuten mijn tong van mijn gehemelte los te weken en ik begon het leuk te vinden.

Susan en ik gaan vanaf morgen naar boekwinkels in Colchester, Norwich, King's Lynn, Bradford en Leeds.

Liefs en bedankt,
Juliet

21 januari 1946

Beste Sidney,

's Nachts met de trein reizen is weer heerlijk. Niet uren in de gangpaden staan, niet op een zijspoor gerangeerd worden omdat er een legertrein moet passeren, en bovenal geen verduisteringsgordijnen. Alle ramen waar we langs kwamen waren verlicht, en ik kon weer naar binnen gluren. Dat heb ik tijdens de oorlog zo vreselijk gemist. Ik had het gevoel dat we in mollen waren veranderd, allemaal rondscharrelend in onze gescheiden gangen. Ik beschouw mezelf niet als een echte gluurder – die hebben het voorzien op slaapkamers – het zijn de gezinnen in woonkamers die me fascineren. Ik kan me hun hele leven voorstellen aan de hand van een glimp van een boekenkast, een bureau, of brandende kaarsen of vrolijke kussens op de bank.

Vandaag was er in Tillmans boekhandel een vervelende, hooghartige man. Na mijn praatje over Izzy vroeg ik of iemand nog vragen had. Hij veerde op en kwam letterlijk neus aan neus bij me staan. Hoe was het mogelijk, vroeg hij, dat ik, een vrouw nog wel, het waagde om de naam van Izaac Bickerstaff te verbasteren. 'De echte Izaac Bickerstaff, bekend journalist, hart en ziel van de achttiende-eeuwse literatuur; nu dood en zijn naam door u onteerd.'

Voor ik een weerwoord kon verzinnen, sprong een vrouw op de achterste rij overeind. 'Ga toch zitten man! Je kunt niet iemand ontwijden die nooit heeft bestaan! Hij is niet dood, omdat hij nooit heeft geleefd! Izaac Bickerstaff was een pseudoniem dat Joseph Addison gebruikte voor zijn columns in de *Spectator*! Juffrouw Ashton kan elke verzonnen naam aannemen die ze maar wil – dus sodemieter op!' Daar had hij niet van terug – de heldhaftige verdediger maakte snel dat hij de winkel uit kwam.

Sidney, ken jij een man die Markham V. Reynolds jr. heet? Zo niet, wil je hem dan voor me natrekken – *Wie is wie*, het *Domesday Book*, Scotland Yard? Bij gebrek daaraan zou hij ook gewoon in de telefoongids kunnen staan. Hij liet me in het hotel in Bath een prachtig boeket voorjaarsbloemen bezorgen, stuurde een tiental witte rozen naar mijn trein en een heleboel rode rozen naar Norwich – allemaal zonder boodschap, alleen met zijn gegraveerde kaartje.

Nu ik het erover heb, hoe weet hij waar Susan en ik verblijven? Met welke trein we reizen? Zijn bloemen arriveren steeds bij mijn aankomst. Ik weet niet of ik me gevleid of achtervolgd moet voelen.

Liefs,
Juliet

23 januari 1946

Beste Sidney,

Susan heeft me zojuist de verkoopcijfers van Izzy gegeven – ik kan het nauwelijks geloven. Ik heb echt gedacht dat iedereen zo genoeg had van de oorlog dat niemand eraan herinnerd wilde worden – en al helemaal niet in een boek. Gelukkig had jij weer eens gelijk en ik ongelijk (dat toegeven is een enorme aanslag op mijn ego).

Reizen, eregast zijn, spreken voor een geboeid publiek, met thee en geglazuurde cakejes, boeken signeren en onbekenden ontmoeten is inderdaad stimulerend. De vrouwen die ik ben tegengekomen hebben me zulke oorlogsverhalen van henzelf verteld dat ik bijna wilde dat ik mijn column weer had. Gisteren heb ik heerlijk gekletst en geroddeld met een dame in Norwich. Ze heeft vier tienerdochters en de afgelopen week was de oudste net uitgenodigd voor een theepartij op de cadettenschool in de stad. Getooid in haar mooiste japon met smetteloze witte handschoenen ging het meisje erheen, stapte over de drempel, wierp een blik op de zee van glimmende cadettengezichten voor haar – en viel in katzwijm! Het arme kind had nooit van haar leven zoveel mannen bij elkaar gezien. Moet je voorstellen – een hele generatie die is opgegroeid zonder dansfeesten of theepartijen of flirten.

Ik vind het heerlijk de boekwinkels te zien en de verkopers te ontmoeten – boekverkopers zijn een bepaald slag. Niemand met een beetje verstand zou vanwege het salaris aan werken in een boekhandel beginnen, en geen weldenkende eigenaar zou er een willen bezitten – de winstmarge is te klein. Dus moet het wel liefde voor lezers en lezen zijn die hen ertoe brengt het toch te doen – samen met het eerste recht op de nieuwe boeken.

Kun je je nog het eerste baantje herinneren dat je zus en ik in Londen hadden? In de obscure tweedehandsboekwinkel van meneer Hawke? Wat was ik dol op die man – hij pakte altijd simpelweg een doos boeken uit, gaf ons er een of twee en zei: 'Geen sigarettenas, schone handen – en in godsnaam, Juliet, geen kanttekeningen! Beste Sophie, laat haar geen koffie drinken terwijl ze leest.' En dan vlogen we naar huis om de nieuwe boeken te gaan lezen.

Ik vond het toen, en nog steeds, verbazingwekkend dat zoveel mensen die boekwinkels in lopen niet echt weten waarnaar ze op zoek zijn – ze willen alleen maar rondkijken, en hopen een boek te vinden dat tot hun verbeelding spreekt. En dan, slim genoeg om de flaptekst niet te vertrouwen, stellen ze de winkelbediende de drie kardinale vragen: (1) waar gaat het over? (2) hebt u het gelezen? (3) is het wat?

Echte, door de wol geverfde boekverkopers – zoals Sophie en ik – kunnen niet liegen. Hun gezicht spreekt altijd boekdelen. Een opgetrokken wenkbrauw of gekrulde lip betekent dat het boek niet veel soeps is en de slimmeriken vragen dan om een aanbeveling, waarop de bediende hen meesleept naar een bepaald boek en hun beveelt het te lezen. Als ze het lezen en het vreselijk vinden, komen ze nooit meer naar de winkel. Maar als ze het goed vinden, blijven ze levenslang klant.

Knoop je dit in je oren? Je zou – een uitgever zou – niet slechts één inkijkexemplaar naar een boekwinkel moeten sturen, maar verscheidene, zodat het hele personeel het ook kan lezen.

Meneer Seton vertelde me vandaag dat *Izzy Bickerstaff* het ideale geschenk is voor zowel iemand die je mag als iemand die je niet mag maar die je wel een cadeau moet geven. Hij stelde ook dat dertig procent van de boeken die worden gekocht als cadeau dienen. Dertig procent??? Liegt hij?

Heeft Susan je verteld wat ze nog meer heeft georganiseerd behalve onze reis? Mij. Ik kende haar nog geen halfuur toen ze me al meedeelde dat mijn make-up, mijn haar en mijn schoenen kleurloos waren, absoluut saai. De oorlog was voorbij, had ik dat wel gemerkt?

Ze nam me mee naar Madame Helena om mijn haar te laten knippen; het is nu kort en krullend in plaats van lang en sluik. Ik heb ook een lichte kleurspoeling gekregen – Susan en Madame zeiden dat die de gouden strepen in mijn 'prachtige kastanjebruine krullen' beter zou doen uitkomen. Maar ik weet wel beter; het is bedoeld om grijze haren (vier, heb ik geteld) te maskeren die erin beginnen te sluipen. Ik heb ook een pot gezichtscrème, een heerlijke, geurige handlotion, nieuwe lippenstift en een wimperkruller gekocht – waarvan ik elke keer als ik hem gebruik scheel ga kijken.

Toen stelde Susan voor dat ik me een nieuwe jurk zou aanschaffen. Ik herinnerde haar eraan dat de koningin zich erg prettig voelde in haar garderobe van 1939, dus waarom zou dat voor mij anders zijn? Ze zei dat de koningin geen indruk hoeft te maken op onbekenden – maar ik wel. Ik voelde me een verraadster van koningin en vaderland; geen enkele nette vrouw heeft nieuwe kleren – maar dat vergat ik zodra ik mezelf in de spiegel zag. Mijn eerste nieuwe jurk in vier jaar, en wat voor een! Hij heeft exact de kleur van een rijpe perzik en valt in prachtige plooien wanneer ik beweeg. De verkoopster zei dat hij 'Gallische chic' had en dat ik dat ook zou hebben wanneer ik hem kocht. Dat deed ik. Nieuwe schoenen moeten nog even wachten, aangezien ik kledingbonnen voor bijna een jaar heb besteed aan de jurk.

Dankzij Susan, mijn haar, mijn gezicht en mijn jurk zie ik er niet meer uit als een futloze, sjofele tweeëndertigjarige. Ik oog als een levenslustige, zwierige, ge-hautcouutuurde (als dit geen Frans werkwoord is, zou het er een moeten zijn) dertiger.

Wat ik zeggen wilde, een nieuwe jurk zonder nieuwe schoenen – is het niet schokkend dat we nu de oorlog afgelopen is nog strenger op rantsoen staan dan tijdens de oorlog? Ik besef dat honderdduizenden mensen in heel Europa moeten worden gevoed, gekleed en ondergebracht, maar persoonlijk heb ik er de pest over in dat zovelen van hen Duitsers zijn.

Ik heb nog steeds geen enkel idee voor een boek dat ik zou willen schrijven. Dat begint me wat te deprimeren. Heb jij misschien een suggestie?

Omdat ik me nu bevind in wat ik als het noorden beschouw, ga ik vanavond Sophie in Schotland bellen. Nog berichten voor je zus? Je zwager? Je neefje?

Dit is de langste brief die ik ooit heb geschreven – je hoeft niet met gelijke munt terug te betalen.

Liefs,
Juliet

25 januari 1946

Beste Sidney,

Je moet de krantenberichten niet geloven. Juliet is niet gearresteerd en in de boeien geslagen. Ze heeft alleen maar een berisping gekregen van een van de agenten van Bradford, en hij kon zijn lachen nauwelijks inhouden.

Ze heeft inderdaad een theepot naar Gilly Gilberts hoofd gegooid, maar hecht geen geloof aan zijn bewering dat ze hem brandwonden heeft bezorgd; de thee was koud. Bovendien was er eerder sprake van schampen dan van een voltreffer. De hotelmanager wilde niet eens dat we hem de theepot zouden vergoeden – die was alleen maar gedeukt. Door het geschreeuw van Gilly zag hij zich echter wel genoodzaakt de politie in te schakelen.

Hierbij het hele verhaal, en ik neem de volledige verantwoordelijkheid op me. Ik had Gilly's verzoek om een interview met Juliet niet moeten honoreren. Ik wist wat voor een weerzinwekkend type hij was, een van die glibberige figuren die voor *The London Hue and Cry* werken. Ik wist ook dat Gilly en de LH&C verschrikkelijk jaloers waren op het succes van de *Spectator* – en van Juliet – met de columns van Izzy Bickerstaff.

Juliet en ik waren net terug in het hotel na het feest bij Brady's Booksmith ter ere van Juliet. We waren allebei moe – en zelfvoldaan – toen Gilly opdook uit een stoel in de lounge. Hij smeekte ons thee met hem te drinken. Hij smeekte om een kort interview met 'onze eigen, geweldige juffrouw Ashton – of moet ik zeggen Engelands allereigenste Izzy Bickerstaff?' Zijn gevlei alleen al had een waarschuwing voor me moeten zijn, maar ik lette er niet op – alles wat ik wilde was gaan zitten, me verlustigen in Juliets succes en genieten van thee met scones en room.

Dat deden we. Het gesprek verliep tamelijk gladjes en mijn gedachten dwaalden af tot ik Gilly ineens hoorde zeggen: '... u was zelf oorlogsweduwe, nietwaar? Of liever bíjna oorlogsweduwe – zo goed als. U zou toch gaan trouwen met luitenant Rob Dartry? U had toch al afspraken gemaakt voor de plechtigheid?'

Juliet zei: 'Pardon, meneer Gilbert.' Je weet hoe beleefd ze is.

'Dat heb ik toch goed, of niet soms? U en luitenant Dartry hebben een trouwvergunning aangevraagd. U hebt een afspraak voor de huwelijksvoltrekking gemaakt op het Chelsea Registry Office voor 13 december 1942 om 11 uur 's ochtends. U hebt een tafel gereserveerd voor de lunch bij het Ritz – alleen bent u op geen van die plaatsen komen opdagen. Het is volkomen duidelijk dat u luitenant Dartry voor het altaar de bons hebt gegeven – de arme kerel – en hem in z'n eentje en vernederd hebt weggestuurd, terug naar zijn schip, om zijn gebroken hart mee te nemen naar Birma, waar hij nog geen drie maanden later om het leven kwam.'

Ik ging rechtovereind zitten, met mijn mond wijd open. Ik zat hulpeloos te kijken terwijl Juliet haar best deed beschaafd te blijven: 'Ik heb hem niet voor het altaar de bons gegeven – het was een dag eerder. En hij voelde zich niet vernederd – hij was opgelucht. Ik heb hem gezegd dat ik bij nader inzien toch niet wilde trouwen. Geloof me, meneer Gilbert, hij vertrok als een gelukkig mens – blij dat hij van me af was. Hij sloop niet terug naar zijn schip, alleen en verraden – hij ging recht naar de CCB Club en danste de hele avond met Belinda Twining.'

Nou, Sidney, Gilly was misschien verrast, maar niet geïntimideerd. Ratten zoals hij zijn dat blijkbaar nooit. Hij vermoedde al snel dat er een nog sappiger verhaal in zat voor zijn krant.

'O, o,' grijnsde hij, 'wat was het dan? Drank? Andere vrouwen? Iets in de geest van Oscar Wilde? Vreemde toestanden in de slaapkamer – handboeien, zijden koorden, misschien een derde partij aanwezig?'

Dat was het moment waarop Juliet met de theepot gooide. Je kunt je de consternatie die daarop volgde voorstellen – de lounge zat vol mensen die er hun tea gebruikten– vandaar dat de pers er lucht van kreeg, daar ben ik zeker van.

Zijn kop IZZY BICKERSTAFF – WEER! – OP OORLOGSPAD. VERSLAGGEVER GEWOND BIJ THEEMIDDAGJE IN HOTEL vond ik wat schreeuwerig, maar nog wel kunnen. Maar JULIETS GEMANKEERDE ROMEO – EEN GEVALLEN HELD IN BIRMA was misselijkmakend, zelfs voor Gilly Gilbert en de *Hue and Cry*.

Juliet maakt zich zorgen dat ze Stephens & Stark te schande heeft gemaakt, maar ze is er letterlijk misselijk van dat de naam van Rob Dartry op deze manier te grabbel wordt gegooid. Alles wat ze tegenover mij over hem los wilde laten was dat Rob Dartry een goed mens was – het was allemaal niet zijn schuld, en hij verdiende dit niet!

Heb jij Rob Dartry gekend? Natuurlijk is dat gedoe over handboeien/koorden volkomen belachelijk, maar waarom heeft Juliet het huwelijk afgeblazen? Weet jij waarom? En zou je het me vertellen als je het wist? Natuurlijk zou je dat niet doen; ik weet niet eens waarom ik het vraag.

De roddelpraat zal natuurlijk wegebben, maar moet Juliet er in Londen middenin zitten? Moeten we onze reis verlengen en naar Schotland gaan? Ik geef toe dat ik wat dit betreft op twee gedachten hink; Juliet heeft zo hard gewerkt op die teas en lunches – het is geen eenvoudige taak voor een zaal vol onbekenden jezelf en je boek aan te prijzen. Ze is niet aan deze poppenkast gewend en is, denk ik, erg moe.

Dinsdag zijn we in Leeds, dus laat me dan weten wat je denkt over Schotland.

Natuurlijk is Gilly Gilbert een verachtelijk type en ik hoop dat hij op een nare manier aan zijn eind komt, maar hij heeft *Izzy Bickerstaff op oorlogspad* wel op de bestsellerslijst gezet. Ik zou hem bijna een bedankbriefje sturen.

In haast, groet,
Susan

PS Heb je al ontdekt wie Markham V. Reynolds is? Hij heeft Juliet vandaag een woud aan camelia's gestuurd.

Telegram van Juliet aan Sidney

Het spijt me vreselijk dat ik jou en Stephens & Stark te schande heb gemaakt. Liefs, Juliet

Van Sidney aan Juliet

26 januari 1946

Lieve Juliet,

Maak je geen zorgen over Gilly – je hebt S&S niet te schande gemaakt; het spijt mij alleen dat de thee niet heter was en dat je niet la-
ger hebt gemikt. De pers zit achter me aan voor een verklaring omtrent Gilly's laatste vuilspuiterij, en ik zal ze er een geven. Schrik
niet; het zal gaan over de journalistiek in deze gedegenereerde tijden – niet over jou en Rob Dartry.

Ik heb net met Susan gesproken over doorreizen naar Schotland
en heb – hoewel ik weet dat Sophie het me nooit zal vergeven – besloten dat dat er niet in zit. De verkoopcijfers van Izzy stijgen – schieten omhoog – en ik denk dat je naar huis moet komen.

De Times wil dat je een lang stuk schrijft voor hun zondagmagazi-
ne – deel een van een driedelige serie die ze in opeenvolgende nummers willen publiceren. Ik zal hun de verrassing over het onderwerp
laten, maar ik kan je nu drie dingen beloven: ze willen dat het geschreven wordt door Juliet Ashton, níét door Izzy Bickerstaff; het
gaat om een serieus onderwerp; en de genoemde honorering betekent dat je je flat een jaar lang elke dag vol verse bloemen kunt zetten, een satijnen sprei kunt kopen (lord Woolton zegt dat je niet
meer je huis uit gebombardeerd hoeft te zijn om nieuw bedden-
goed te mogen kopen) en een paar echte leren schoenen aanschaffen
– als je die kunt vinden. Je kunt mijn bonnen krijgen.

De Times hoeft het artikel pas aan het eind van het voorjaar te
hebben, dus dat geeft ons meer tijd om na te denken over een
nieuw idee voor een boek voor jou. Allemaal goede redenen om

snel terug te komen, maar de belangrijkste is dat ik je mis.

Nu, wat Markham V. Reynolds junior betreft: ik weet wie hij is, en het *Domesday Book* biedt geen uitkomst – hij is Amerikaan. Hij is de zoon van Markham V. Reynolds senior, die vroeger een monopolie had op papiermolens in de Verenigde Staten en nu eigenaar is van de meeste ervan. Reynolds junior, enigszins artistiek ingesteld, bevuilt zijn handen niet aan het maken van papier – in plaats daarvan bedrukt hij het. Hij is uitgever. *The New York Journal*, *The Word*, *View* – die zijn allemaal van hem, en ook een aantal kleinere bladen. Ik wist dat hij in Londen was. Hij is hier officieel om het Londense kantoor van *View* te openen, maar het gerucht gaat dat hij besloten heeft ook boeken te gaan uitgeven en gekomen is om de beste Engelse auteurs te verlekkeren met het vooruitzicht van overvloed en voorspoed in Amerika. Ik wist niet dat zijn aanpak ook het sturen van rozen en camelia's behelsde, maar dat verbaast me niets. Hij heeft altijd al over een abnormale dosis beschikt van wat wíj onvervalste brutaliteit en Amerikanen dadendrang noemen. Wacht maar tot je hem ziet – hij is de ondergang van sterkere vrouwen dan jij, mijn secretaresse inbegrepen. Het spijt me te moeten zeggen dat zij degene is geweest die hem jouw reisschema én je adres heeft gegeven. Dat stomme mens vond dat hij er zo romantisch uitzag – in 'zo'n prachtig pak en met handgestikte schoenen'. Lieve hemel! Ze leek geen notie te hebben van de betekenis van het schenden van vertrouwelijkheid, dus ik moest haar ontslaan.

Hij is op jou uit, Juliet, geen twijfel mogelijk. Zal ik hem uitdagen tot een duel? Hij zou me vast doden, dus ik kan er beter van afzien. Lieve schat, ik kan je geen overvloed of voorspoed beloven, of zelfs boter, maar je weet toch dat je Stephens & Starks – met name Starks – meest geliefde auteur bent?

Uit eten, de eerste avond dat je terug bent?

Groet,
Sidney

28 januari 1946

Beste Sidney,

Ja, graag uit eten. Ik zal mijn nieuwe jurk aantrekken en onbeschofte hoeveelheden naar binnen werken.

Ik ben zo blij dat ik S&S niet te schande heb gemaakt met het gedoe rond Gilly en de theepot. Susan heeft voorgesteld dat ook ik een 'waardige verklaring' zou afleggen tegenover de pers, over Rob Dartry en waarom we niet zijn getrouwd. Sidney, dat is echt onmogelijk. Ik denk werkelijk niet dat het me iets zou kunnen schelen wanneer ik voor gek kwam te staan, als het niet de schijn zou wekken dat Rob een nog grotere idioot was. Maar dat zou wel het geval zijn – en natuurlijk was hij helemaal geen idioot. Alleen zou het er de schijn van hebben. Ik geef er de voorkeur aan niks te zeggen en dan maar een lamlendige, wispelturige, onverschillige feeks te lijken.

Maar ik wil dat je weet waarom – ik had het je eerder willen vertellen, maar je was in 1942 weg met de marine, en je hebt Rob nooit ontmoet. Zelfs Sophie heeft hem nooit gekend – dat najaar zat ze in Bedford – en ik heb haar naderhand geheimhouding laten beloven. Hoe langer ik het uitstelde er iets over te zeggen, hoe onbelangrijker het voor jou werd het te weten, vooral als ik bedacht welk beeld het van mij schiep – zo achterlijk en dwaas om me te verloven, in de eerste plaats.

Ik dacht dat ik verliefd was (dat is het erbarmelijke eraan – mijn idee van verliefd-zijn). Ter voorbereiding op het delen van mijn huis met een echtgenoot maakte ik ruimte voor hem zodat hij zich niet

32

als een tante op bezoek zou voelen. Ik maakte de helft van mijn kledingladen leeg, mijn halve kast, mijn halve medicijnkastje, mijn halve bureau. Ik gaf mijn beklede hangertjes weg en nam van die zware houten. Ik haalde mijn lappenpop van mijn bed en stopte haar weg op de zolder. Nu was mijn flat ingericht voor twee personen in plaats van één.

Op de dag voor ons huwelijk verhuisde Rob zijn laatste kleding en spullen terwijl ik mijn Izzy-artikel naar de *Spectator* bracht. Toen dat was geregeld, rende ik naar huis, vloog de trap op en gooide de deur open. Rob zat op het krukje voor mijn boekenkast, omgeven door dozen. Hij was de laatste aan het dichtmaken met plakband en touw. Er stonden acht dozen, Sidney – ácht dozen met mijn boeken, klaar voor de kelder!

Hij keek op en zei: 'Hallo, liefje. Let niet op de rommel, de portier zei dat hij me zou helpen ze naar beneden te dragen, naar de kelder.' Hij knikte naar mijn boekenplanken en zei: 'Ziet dat er niet geweldig uit?'

Nou, woorden schoten tekort! Ik was te ontzet om iets te zeggen. Sidney, op alle planken – waar mijn boeken hadden gestaan – bevonden zich atletiektrofeeën: zilveren bekers, gouden bekers, blauwe rozetten, rode linten. Er waren prijzen voor elk spel dat met een houten voorwerp zou kunnen worden gespeeld: slaghout voor cricket, squash- en tennisrackets, softbalknuppels, gekruiste roeispanen, golfclubs, pingpongbatjes, pijl-en-bogen, snookerkeus, lacrosse- en hockeysticks en polohamers. Er waren beeldjes voor alles waar iemand over kon springen, zelf of te paard. Vervolgens ingelijste certificaten – voor het schieten van de meeste vogels op die-en-die datum, voor de *eerste plaats in... voor de laatste man die overeind bleef* in een of andere waardeloze touwtrekwedstrijd tegen Schotland.

Ik kon alleen maar schreeuwen: 'Hoe durf je! Wat heb je gedaan?! Zet mijn boeken terug!'

En zo is het begonnen. Blijkbaar heb ik zoiets gezegd als dat ik niet met een man kon trouwen wiens grootste genot het was uit te halen naar balletjes en vogeltjes. Rob pareerde met opmerkingen over vervloekte blauwkousen en hellevegen. Vanaf dat moment liep het helemaal uit de hand – de enige gedachte die we waarschijnlijk nog gemeen hadden was: waar hebben we in godsnaam de afgelopen vier maanden over gepraat? Waar ging het over? Hij pufte en blies en snoof – en vertrok. En ik pakte mijn boeken weer uit.

Kun je je nog die avond herinneren dat je me vorig jaar van de trein afhaalde om me te vertellen dat mijn huis platgebombardeerd was? Dacht je toen dat ik hysterisch lachte? Dat was niet zo, ik lachte ironisch – als ik Rob al mijn boeken had laten opslaan in de kelder, had ik ze allemaal nog gehad.

Sidney, je hoeft, ten teken van onze lange vriendschap, geen commentaar te geven op deze geschiedenis – nooit ofte nimmer. Eigenlijk kun je dat wat mij betreft veel beter laten.

Bedankt voor je naspeuringen naar de oorsprong van Markham V. Reynolds jr. Vooralsnog heeft hij zijn verleidingspogingen beperkt tot de bloemensfeer, en blijf ik jou en het koninkrijk trouw. Maar ik voel een vleugje sympathie voor je secretaresse – ik hoop dat hij haar wat rozen heeft gestuurd voor de moeite – omdat ik er niet zeker van ben of mijn principes de aanblik van handgestikte schoenen zouden kunnen weerstaan. Als ik hem ooit ontmoet, zal ik ervoor waken naar zijn voeten te kijken – of bind ik me, net als Odysseus, eerst aan een vlaggenmast vast en ga dan pas gluren.

Goed dat je me zegt dat ik naar huis moet komen. Zie uit naar het voorstel van de *Times* voor een serie. Kun je me Sophies hoofd eronder verwedden dat het niet om een frivool onderwerp gaat? Ze gaan me toch niet vragen over een knalfuif van de hertogin van Windsor te schrijven?

Liefs,
Juliet

29 januari 1946

Lieve Sophie,

Bedankt voor je bliksembezoekje aan Leeds – woorden kunnen niet uitdrukken hoezeer ik juist toen behoefte had aan een bekend gezicht. Ik stond echt op het punt weg te sluipen naar de Shetlandeilanden om een kluizenaarsbestaan te gaan leiden. Het is zo fijn dat je bent gekomen.

De door *The London Hue and Cry* geschetste situatie waarin ik in de boeien geslagen werd afgevoerd was overtrokken – ik ben niet eens gearresteerd. Ik weet dat Dominic het veel leuker zou vinden om een peettante in de gevangenis te hebben, maar hij zal deze keer genoegen moeten nemen met een wat minder dramatisch scenario.

Ik heb tegen Sidney gezegd dat waardig zwijgen de enige houding is die ik tegen Gilly's gevoelloze, valse beschuldigingen kan aannemen. Hij zei dat ík dat kon doen als ik dat wilde, maar dat Stephens & Stark het niet op zich kon laten zitten!

Hij organiseerde een persconferentie om de eer van *Izzy Bickerstaff*, Juliet Ashton en de journalistiek in het algemeen te verdedigen tegen zulk vullis als Gilly Gilbert. Heeft het in Schotland de krant gehaald? Zo niet, hier de hoogtepunten. Hij noemde Gilly Gilbert een gestoord onderkruipsel (nou, misschien niet in precies dezelfde bewoordingen, maar zijn bedoeling was duidelijk), die loog omdat hij te belazerd was om feitenonderzoek te doen en te stom om te begrijpen hoeveel schade de edele tradities van de journalistiek door zijn leugens werd aangedaan. Het was heerlijk.

Sophie, zouden twee meisjes (vrouwen nu) ooit een betere verdediger kunnen hebben dan jouw broer? Ik denk van niet. Hij hield een geweldige toespraak, hoewel ik moet erkennen dat ik zo mijn bedenkingen heb. Gilly Gilbert is zo'n adder, ik kan niet geloven dat hij zal wegglippen zonder ook maar te sissen. Susan zei dat Gilly aan de andere kant ook zo'n vreselijke angsthaas is dat hij het niet zal wagen terug te slaan. Ik hoop dat ze gelijk heeft.

Liefs voor jullie allemaal,
Juliet

Van Dawsey aan Juliet

29 januari 1946

Beste juffrouw Ashton,

Uw boek is gisteren gekomen! U bent een aardige dame en ik dank u van ganser harte.

Ik heb werk in de haven van St. Peter Port – schepen uitladen, dus ik kan lezen tijdens de theepauze. Het is een zegen weer echte thee en brood met boter te hebben en nu... uw boek. Ik vind het ook prettig dat het een zachte kaft heeft en ik het in mijn zak kan stoppen en overal mee naartoe nemen, maar ik zorg ervoor dat ik het niet te gauw uitlees. En ik vind het fijn een portret van Charles Lamb te hebben – hij had een goeie kop, nietwaar?

Ik zou het leuk vinden met u te corresponderen. Ik zal uw vragen zo goed mogelijk beantwoorden. Hoewel er velen zijn die beter kunnen vertellen dan ik, zal ik u vertellen over ons diner met varkensgebraad.

Ik heb een cottage en een boerenbedrijf, me nagelaten door mijn vader. Voor de oorlog hield ik varkens en kweekte ik groenten voor de markt in St. Peter Port en bloemen voor Covent Garden. Ik werkte ook vaak als timmerman en dakdekker.

De varkens zijn er niet meer. De Duitsers haalden ze weg om er hun soldaten op het vasteland mee te voeden en bevalen me aardappelen te telen. We moesten verbouwen wat ze ons opdroegen en niks anders. In het begin, voordat ik de Duitsers kende zoals ik hen later leerde kennen, dacht ik dat ik een paar varkens verborgen kon houden – voor mezelf. Maar de Landbouwofficier kreeg er lucht van en voerde ze af. Nou, dat was een klap, maar ik dacht dat ik het wel zou redden, want er waren meer dan genoeg aardappelen en rapen, en toen was er nog meel. Maar het is vreemd hoe de geest onder invloed raakt van voedsel. Na zes maanden rapen en af en toe wat kraakbeen kon ik alleen nog maar denken aan een goede, volledige maaltijd.

Op een middag stuurde mijn buurvrouw, mevrouw Maugery, me een briefje. Kom snel, stond er. En neem een slagersmes mee. Ik probeerde niet te veel hoop te koesteren – maar ik liep in hoog tempo naar de herenboerderij. En het was waar! Ze had een varken, stiekem, en ze nodigde me uit voor het feestmaal met haar en haar vrienden!

Ik heb nooit veel gepraat toen ik opgroeide – ik stotterde vreselijk – en ik was niet gewend aan etentjes. Om u de waarheid te zeggen, mevrouw Maugery was de eerste bij wie ik ooit ben uitgenodigd. Ik zei ja omdat ik aan het varkensgebraad dacht, maar ik wenste dat ik mijn stuk mee naar huis kon nemen en het daar opeten.

Tot mijn geluk kwam mijn wens niet uit, omdat dit de eerste bijeenkomst was van Het Literaire Aardappelschiltaart Genootschap van Guernsey, ook al wisten we dat toen nog niet. Het diner was een zeldzame traktatie, maar het gezelschap was nog beter. Door al het praten en eten vergaten we de tijd en de avondklok helemaal tot Amelia (dat is mevrouw Maugery) het negen uur hoorde slaan – we waren een uur te laat. Nou, we voelden ons gesterkt door het goede eten, en toen Elizabeth McKenna zei dat we snel naar huis moesten gaan in plaats van ons de hele nacht in Amelia's woonkamer schuil te houden, stemden we daarmee in. Maar het schenden van de spertijd was een misdrijf – ik heb gehoord dat mensen daarvoor naar een gevangenenkamp zijn gestuurd – en een varken houden was nog erger, dus we fluisterden en gingen zo zachtjes mogelijk op weg door de velden.

We zouden het hebben gered als John Booker er niet bij was geweest. Hij had bij het diner meer gedronken dan gegeten, en toen we bij de weg kwamen barstte hij uit in gezang! Ik greep hem stevig vast, maar het was al te laat: een zes man sterke Duitse patrouille kwam ineens tussen de bomen vandaan met hun lugers in de aanslag. Ze begonnen tegen ons te schreeuwen: waarom waren we na spertijd nog buiten? Waar waren we geweest? Waar gingen we naartoe?

Ik wist niet wat ik moest doen. Als ik wegrende zouden ze me neerschieten, zoveel was zeker. Mijn mond was kurkdroog en mijn hoofd leeg, dus ik hield Booker overeind en hoopte er maar het beste van.

Toen trok Elizabeth McKenna de stoute schoenen aan en stapte naar voren. Elizabeth is niet groot, dus ze keek recht tegen de pistolen aan, maar ze knipperde niet eens met haar ogen. Ze deed alsof ze helemaal geen wapens zag. Ze liep naar de aanvoerende officier en begon te praten. Een mens heeft nog nooit zulke leugens gehoord. Dat het haar speet dat we de spertijd hadden geschonden. We waren naar een bijeenkomst geweest van een literaire kring, zei ze, en de discussie die avond over *Elizabeth en haar Duitse tuin* was zo boeiend geweest dat we alle besef van tijd waren verloren. Zo'n geweldig boek – had hij het misschien gelezen?

Niemand van ons had de tegenwoordigheid van geest om haar bij te vallen, maar de patrouilleleider kon er niets aan doen – hij moest glimlachen. Zo is Elizabeth. Hij noteerde onze namen en beval ons heel beleefd de volgende ochtend verslag uit te brengen bij de commandant. Toen boog hij en wenste ons goedenavond. Elizabeth knikte zo elegant mogelijk, terwijl wij wegslopen, ons best doend er niet als een haas vandoor te gaan. Ook al moest ik Booker meeslepen, ik was snel thuis.

Dat is het verhaal van ons diner met varkensgebraad.

Ik zou u zelf een vraag willen stellen. Elke dag komen er schepen naar de haven van St. Peter Port om ons de dingen te brengen die Guernsey nog steeds nodig heeft: voedsel, kleding, zaad, ploegmessen, diervoeders, gereedschap, medicijnen – en het belangrijkste, nu we te eten hebben: schoenen. Ik geloof niet dat er aan het eind van de oorlog op het eiland nog een passend paar over was.

Sommige spullen die we krijgen toegestuurd zijn in oude kranten of bladzijden uit tijdschriften gewikkeld. Mijn vriend Clovis en ik strijken ze glad en nemen ze mee naar huis om ze te lezen – daarna geven we ze aan buren die net als wij snakken naar nieuws over de buitenwereld van de afgelopen vijf jaar. Niet alleen nieuws of foto's: mevrouw Saussey wil recepten, madame LePell wil modebladen (ze is kleermaakster), meneer Moraud leest overlijdensberichten (hij koestert bepaalde hoop maar wil niet zeggen om wie het gaat), Claudia Rainey zoekt foto's van Ronald Colman, meneer Turnot wil schoonheidskoninginnen in badkleding zien en mijn vriendin Isola vindt het leuk over huwelijken te lezen.

Er is zoveel dat we tijdens de oorlog wilden weten, maar we mochten geen brieven of kranten uit Engeland – of van waar dan ook – ontvangen. In 1942 namen de Duitsers alle radio's in – natuurlijk waren er verborgen toestellen, waarnaar stiekem werd geluisterd, maar als je werd betrapt kon je naar een kamp worden gestuurd. Daarom zijn veel dingen waarover we nu lezen voor ons onbegrijpelijk.

Ik vind spotprenten uit de oorlog vermakelijk, maar er is er een die ik niet begrijp. Die stond in een *Punch* van 1944 en laat een tiental mensen zien die door een straat in Londen lopen. De hoofdfiguren zijn twee mannen met bolhoed, aktetas en paraplu en de ene zegt tegen de andere: 'Dat mensen ook maar iets aan die vliegende insecten zouden hebben overgehouden is een belachelijk idee.' Pas na een paar seconden besefte ik dat alle mensen op de prent één normaal oor hadden en een veel groter oor aan de andere kant van het hoofd. Misschien kunt u het me uitleggen.

Met vriendelijke groet,
Dawsey Adams

1 februari 1946

Beste meneer Adams,

Ik ben zo blij dat u geniet van Lambs brieven en de kopie van zijn portret. Hij paste bij het gezicht dat ik me bij hem had voorgesteld, dus ik vind het fijn dat u hetzelfde gevoel had.

Bedankt dat u me over het varkensgebraad hebt verteld, maar u moet niet denken dat ik niet gemerkt heb dat u slechts één van mijn vragen hebt beantwoord. Ik hunker ernaar meer te weten over Het Literaire Aardappelschiltaart Genootschap van Guernsey, en dat is niet louter om mijn nieuwsgierigheid te bevredigen – ik heb nu een beroepsmatige plicht om mijn neus erin te steken.

Heb ik u ooit verteld dat ik schrijfster ben? Ik heb tijdens de oorlog een wekelijkse column voor de *Spectator* geschreven, en Stephens & Stark Publishers heeft de columns gebundeld en uitgegeven onder de titel *Izzy Bickerstaff op oorlogspad*. Izzy was het pseudoniem dat de *Spectator* voor me had gekozen, en nu, de hemel zij dank, is het arme kind ter ziele en kan ik weer onder mijn eigen naam schrijven. Ik zou graag een boek schrijven, maar het kost me moeite een onderwerp te bedenken waarmee ik me met plezier een paar jaar zou willen bezighouden.

Intussen heeft de *Times* me gevraagd een artikel te schrijven voor hun magazine. Ze willen de praktische, morele en filosofische betekenis van lezen aan de orde stellen – verspreid over drie uitgaven en door drie verschillende auteurs. Ik moet de filosofische kant van de discussie bestrijken en tot nog toe is het enige wat ik heb bedacht dat lezen een mens ervan weerhoudt gek te worden. U begrijpt dat ik hulp nodig heb.

Denkt u dat uw literaire kring er bezwaar tegen zou hebben in een dergelijk artikel te worden opgenomen? De lezers van de *Times* zouden het verhaal van het ontstaan van het genootschap beslist boeiend vinden, en ik zou graag meer willen weten over de bijeenkomsten. Maar als u het liever niet heeft, maak u dan geen zorgen – dat kan ik wel begrijpen; aan de andere kant zou ik het fijn vinden weer iets van u te horen.

De spotprent in *Punch* die u beschreef herinner ik me goed en ik denk dat u in de war werd gebracht door de term 'vliegend insect'. Dat was de naam die het ministerie van Informatie had verzonnen; het was de bedoeling dat het minder beangstigend klonk dan 'Hitlers vliegende V-1- en V-2-raketten' of 'ongeleide projectielen'.

We waren allemaal gewend aan nachtelijke bombardementen en aan de aanblik die erop volgde, maar dit waren heel andere bommen. Ze kwamen overdag, en zo snel dat er geen tijd was om luchtalarm te geven of dekking te zoeken. Je kon ze zien; ze zagen eruit als dunne, zwarte, spits toelopende potloden en maakten een dof, sputterend geluid boven je hoofd – als een auto waarvan de benzine opraakt. Zolang je ze kon horen kuchen en pruttelen was je veilig. Je kon denken: goddank, die gaat voorbij.

Wanneer het geluid echter ophield, betekende dat dat het nog maar dertig seconden duurde voordat het projectiel neerstortte. Dus luisterde je ernaar, je oren gespitst op het geluid van de motor die uitviel. Eén keer heb ik zo'n 'vliegend insect' zien vallen. Ik was er niet zo heel ver vandaan toen het insloeg, dus ik wierp mezelf neer in de goot en nestelde me tegen de stoeprand. Een paar vrouwen, op de bovenste etage van een hoog kantoorgebouw, waren bij een open raam gaan kijken. Ze werden naar buiten gezogen door de kracht van de explosie.

Nu lijkt het onmogelijk dat iemand een spotprent over deze 'vliegende insecten' zou kunnen maken en dat iedereen, ikzelf incluis, erom zou kunnen lachen. Maar dat deden we. Het oude adagium – humor is de beste manier om het ondraaglijke draaglijk te maken – zou weleens waar kunnen zijn. De V-2-raketten kwamen niet meer toen de geallieerden hun lanceerbases in Nederland bereikten en ze verwoestten.

Heeft meneer Hastings de biografie van Lucas al voor u gevonden?

Met vriendelijke groeten,
Juliet Ashton

2 februari 1946

Geachte mijnheer Reynolds,

Ik betrapte uw bezorger toen hij een bos roze anjers voor mijn deur deponeerde. Ik heb hem bij zijn lurven gepakt en hem dreigend toegesproken tot hij me uw adres gaf – zoals u ziet, meneer Reynolds, bent u niet de enige die onschuldige werknemers kan bepraten. Ik hoop dat u hem niet ontslaat; het lijkt me een aardige knul, en hij had werkelijk geen keus – ik heb dreigend naar hem staan zwaaien met Prousts *Op zoek naar de verloren tijd*.

Nu kan ik u bedanken voor de bossen bloemen die u me hebt gestuurd – het is jaren geleden dat ik zulke rozen heb gezien, zulke camelia's, zulke orchideeën, en u hebt geen idee hoe ze me opbeuren in deze huiveringwekkende winter. Waarom ik het verdien in een prieel te wonen terwijl alle anderen genoegen moeten nemen met toegetakelde kale bomen en modder, weet ik niet, maar ik geniet er enorm van.

Hoogachtend,
Juliet Ashton

3 februari 1946

Waarde juffrouw Ashton,

Ik heb de loopjongen niet ontslagen – ik heb hem promotie gegeven. Hij heeft voor elkaar gekregen wat mijzelf niet is gelukt: contact met u te krijgen. Zoals ik het zie, is uw briefje een figuurlijke handreiking en hebben we de inleidende fase nu wel gehad. Ik hoop dat u dezelfde mening bent toegedaan, aangezien het me de moeite bespaart om een uitnodiging los te peuteren voor lady Bascombs eerstvolgende diner in de hoop u daar aan te treffen. Uw vrienden zijn wat achterdochtig van aard, vooral die vent Stark, die zei dat het niet zijn taak was de Leen- en pachtwet in omgekeerde richting toe te passen en weigerde u mee te brengen naar onze laatste cocktailparty op het kantoor van *View*.

God weet dat mijn bedoelingen zuiver zijn, niet commercieel. De waarheid is simpelweg dat u de enige vrouwelijke auteur bent die me aan het lachen maakt. Uw Izzy Bickerstaffcolumns waren de grappigste teksten die de oorlog heeft voortgebracht, en ik wil de vrouw ontmoeten die ze geschreven heeft.

Als ik zweer dat ik u niet zal ontvoeren, wilt u me dan de eer gunnen volgende week met me te dineren? Kiest u maar welke avond – ik sta geheel tot uw beschikking.

Hoogachtend,
Markham Reynolds

4 februari 1946

Geachte mijnheer Reynolds,

Tegen complimenten ben ik niet opgewassen, vooral als ze mijn werk betreffen. Het zal me een plezier zijn met u te dineren. Komende donderdag?

Vriendelijke groeten,
Juliet Ashton

5 feb. 1946

Beste Juliet,

Donderdag duurt me te lang, maandag? Bij Claridge? 19.00 u.?

Groeten,
Mark

PS U heeft zeker geen telefoon, of wel?

5 februari 1946

Beste mijnheer Reynolds,

Oké – maandag, bij Claridge, 19.00 uur.

Ik heb een telefoon. Die bevindt zich in Oakley Street onder een berg puin die ooit mijn flat is geweest. Hier ben ik maar onderhuurster, en de verhuurster, mevrouw Olive Burns, bezit het enige telefoontoestel in het pand. Als u met haar wilt praten, kan ik u haar nummer geven.

Vriendelijke groeten,
Juliet Ashton

6 februari 1946

Beste juffrouw Ashton,

Ik ben ervan overtuigd dat Het Literaire Aardappelschiltaart Genootschap van Guernsey graag wil worden opgenomen in uw artikel voor de *Times*. Ik heb mevrouw Maugery gevraagd u te schrijven over onze bijeenkomsten, want ze is een geleerde dame en haar woorden zullen beter op hun plaats zijn in een artikel dan de mijne. Ik denk niet dat we erg lijken op leesgroepen in Londen.

Meneer Hastings heeft nog geen exemplaar van de Lucasbiografie gevonden, maar ik heb een ansichtkaart van hem gekregen met de tekst: 'Hard bezig. Geef niet op.' Aardige man.

Ik ben met leien aan het slepen voor het nieuwe dak van het Crown Hotel. De eigenaren hopen dat er deze zomer misschien weer toeristen komen. Ik ben blij met de klus maar het zal prettig zijn als ik gauw weer op mijn land kan werken.

Het is fijn 's avonds thuis te komen en een brief van u aan te treffen. Ik wens u veel succes met het vinden van een onderwerp waarover u graag een boek zou willen schrijven.

Met vriendelijke groeten,
Dawsey

6 februari 1946

Beste juffrouw Ashton,

Dawsey is net bij me langs geweest. Ik heb hem nooit met iets zo ingenomen gezien als nu met uw cadeau en uw brief. Hij was zo hard
bezig me ervan te overtuigen dat ik u per direct moest schrijven dat
hij zijn verlegenheid vergat. Ik denk niet dat hij het zich bewust is,
maar Dawsey beschikt over een zeldzame overredingskracht – hij
vraagt nooit iets voor zichzelf, dus iedereen doet graag wat hij voor
anderen vraagt.

Hij vertelde me over uw artikel en vroeg of ik u wilde schrijven
over de literaire kring die we in het leven hebben geroepen tijdens –
en vanwege – de Duitse bezetting. Dat wil ik graag doen, maar onder
voorbehoud.

Een vriendin uit Engeland stuurde me een exemplaar van *Izzy
Bickerstaff op oorlogspad*. We zijn vijf jaar lang verstoken geweest van
nieuws over de buitenwereld, dus u kunt u voorstellen hoeveel vol-
doening het me gaf te lezen hoe Engeland zelf die jaren heeft doorstaan. Uw boek was zowel informatief als onderhoudend en amu-
sant – maar over die amusante toon wil ik het met u hebben.

Ik realiseer me dat onze naam, Het Literaire Aardappelschiltaart
Genootschap van Guernsey, ongewoon is en eenvoudig belachelijk
kan worden gemaakt. Kunt u me verzekeren dat u zich niet zult laten verleiden om dat te doen? De leden van de leeskring zijn me bijzonder dierbaar en ik wil niet dat ze worden gezien als vermaaksob-
ject voor uw lezers.

Zou u me willen laten weten wat uw bedoelingen met het artikel zijn en zou u ook iets over uzelf willen vertellen? Als u het belang van mijn vragen kunt begrijpen, geef ik u graag meer informatie over de leeskring. Ik hoop spoedig iets van u te horen.

Met vriendelijke groeten,
Amelia Maugery

9 februari 1946

Beste mevrouw Maugery,

Hartelijk dank voor uw brief. Uw vragen beantwoord ik met alle plezier.

Ik heb veel oorlogssituaties grappig voorgesteld; de *Spectator* had het idee dat een luchthartige benadering van het slechte nieuws als tegengif kon dienen en dat humor het lage moreel van Londen kon helpen opvijzelen. Ik ben erg blij dat *Izzy* aan dat doel heeft beantwoord, maar de noodzaak om tegen wil en dank humoristisch te zijn is – gelukkig – verdwenen. Ik zou nooit de draak steken met mensen die van lezen houden. En ook niet met meneer Adams – ik was blij te horen dat een van mijn boeken in handen van iemand als hij is gevallen.

Omdat u meer over mij moet weten, heb ik dominee Simon Simpless van de St. Hildakerk bij Bury St. Edmonds in Suffolk gevraagd u te schrijven. Hij kent me sinds mijn kindertijd en is dol op mij. Ook heb ik lady Bella Taunton gevraagd me een referentie te geven. We waren allebei brandwacht tijdens de blitzkrieg en ze heeft een hartgrondige hekel aan me. Door hun beider verhalen te vergelijken krijgt u misschien een eerlijk beeld van mijn karakter.

Ik stuur een exemplaar mee van een biografie die ik heb geschreven over Anne Brontë, zodat u kunt zien dat ik ook een heel andere stijl kan hanteren. De biografie is niet best verkocht – eigenlijk helemaal niet, maar ik ben er veel trotser op dan op *Izzy Bickerstaff op oorlogspad*.

Als er iets anders is dat ik kan doen om u van mijn goede wil te overtuigen, ben ik daar graag toe bereid.

Met vriendelijke groeten,
Juliet Ashton

11 februari 1946

Liefste Sophie,

Markham V. Reynolds, die van de camelia's, is eindelijk in persoon verschenen. Stelde zich aan me voor, bedolf me onder complimenten en nodigde me uit voor een etentje – bij niet minder dan Claridge. Ik heb de uitnodiging met vorstelijke waardigheid aangenomen – Claridge, ja, daar heb ik wel van gehoord – en me toen de volgende drie dagen druk gemaakt om mijn haar. Gelukkig heb ik mijn mooie nieuwe jurk, dus hoefde ik geen kostbare tijd te verspillen aan zorgen over wat ik aan moest trekken.

Zoals Madame Helena zei: 'Het haar, dat is een ramp.' Ik probeerde een rol; die zakte uit. Een Franse wrong; idem dito. Ik stond op het punt een enorme rode fluwelen strik boven op mijn hoofd te bevestigen toen mijn buurvrouw Evangeline Smythe godzijdank redding bracht. Ze kan toveren met mijn haar. In twee minuten was ik een toonbeeld van elegantie – ze draaide al mijn krullen in elkaar en stak ze vast op mijn achterhoofd –en ik kon zelfs mijn hoofd bewegen. Daar ging ik, bijzonder aanbiddelijk. Zelfs de marmeren foyer van Claridge kon me niet intimideren.

Toen stapte Markham V. Reynolds op me af en knapte de zeepbel. Hij is verbijsterend. Eerlijk waar, Sophie, ik heb nooit zo iemand als hij gezien. De haardman van St. Swithin is er niets bij. Gebruind, met helblauwe ogen. Prachtige leren schoenen, elegant wollen pak, oogverblindend witte pochet. Natuurlijk is hij, als Amerikaan, lang en heeft hij zo'n alarmerende Amerikaanse glimlach, stralende tanden en gevoel voor humor, maar hij is niet zo'n joviaal type. Hij is bepaald indrukwekkend, en blijkbaar gewend mensen te commanderen – maar hij doet het met zo'n gemak dat ze het niet eens in de gaten hebben. Hij gelooft heilig dat zijn mening de waarheid is, maar niet op een onaangename manier. Hij is te zeker van zijn gelijk om onaangenaam te hoeven worden.

Zodra we zaten – in onze met fluweel gedrapeerde alkoof – en alle kelners en sommeliers en hofmeesters waren opgehouden om ons heen te fladderen, vroeg ik hem op de man af waarom hij me die enorme hoeveelheden bloemen had gestuurd zonder er ook maar een briefje bij te doen.

Hij lachte. 'Om je interesse te wekken. Als ik me direct tot je had gericht met de vraag om kennis te mogen maken, wat zou dan je antwoord zijn geweest?' Ik moest toegeven dat ik daar niet op ingegaan zou zijn. Hij trok één puntige wenkbrauw naar me op. Was het zijn schuld dat hij me zo gemakkelijk om de tuin kon leiden?

Ik voelde me ernstig beledigd dat ik zo doorzichtig was gebleken, maar hij lachte me gewoon weer uit. En toen begon hij te praten over de oorlog en over victoriaanse literatuur – hij weet dat ik een biografie over Anne Brontë heb geschreven – en New York en rantsoenering, en voor ik het wist zat ik me, bijzonder gecharmeerd, in zijn aandacht te koesteren.

Kun je je die middag in Leeds nog herinneren toen we ons het hoofd braken over de mogelijke redenen waarom Markham V. Reynolds Junior een mysterie moest blijven? Het is zeer teleurstellend, maar we zaten er helemaal naast. Hij is niet getrouwd. Hij is beslist niet verlegen. Hij heeft geen ontsierend litteken dat hem dwingt het daglicht te schuwen. Hij lijkt geen weerwolf te zijn (geen pels op zijn knokkels in elk geval). En hij is geen nazi op de vlucht (dan zou hij een accent hebben).

Nu ik erover nadenk, misschien is hij toch een weerwolf. Ik kan hem over de heide zien zwerven, op jacht naar zijn prooi, en ik ben er zeker van dat hij zich geen twee keer zal bedenken over het opeten van een onschuldige omstander. Ik zal hem de komende vollemaan aandachtig in de gaten houden. Hij heeft me voor aanstaande zaterdag gevraagd mee te gaan dansen – misschien moet ik dan een hooggesloten boord dragen. O nee, dat hoort bij vampiers, toch?

Ik geloof dat ik een beetje duizelig ben.

Groeten,

Juliet

11 februari 1946

Beste mevrouw Maugery,

Hier voor mij ligt een brief van Juliet Ashton, en ik sta versteld van de inhoud. Moet ik eruit opmaken dat ze wil dat ik een karakterbeschrijving van haar geef? Welnu, bij dezen! Ik kan niet betwisten dat ze over karakter beschikt. Maar als het gaat om gezond verstand – dat heeft ze in geen geval.

Zoals u weet kent oorlog vreemde kostgangers, en Juliet en ik waren vanaf het begin op elkaar aangewezen toen we brandwacht waren tijdens de blitzkrieg. Brandwachten brachten de nacht door op diverse Londense daken, uitkijkend naar brandbommen. Wanneer er een viel, stormden we erop af met handspuit en emmers met zand om elk brandje te smoren voor het vuur zich kon verspreiden. Juliet en ik waren samen ingedeeld. We praatten niet met elkaar, wat minder plichtsgetrouwe brandwachten zouden hebben gedaan. Ik eiste volledige waakzaamheid op ieder moment. Desondanks ben ik enkele details te weten gekomen over haar vooroorlogse leven.

Haar vader was een respectabele boer in Suffolk. Haar moeder was, naar ik veronderstel, een typische boerin die koeien melkte en kippen plukte wanneer ze zich niet bezighield met de boekwinkel in Bury St. Edmunds waarvan ze de eigenares was. Juliets ouders kwamen allebei om bij een auto-ongeluk toen zij twaalf was en ze ging bij haar oudoom wonen, een beroemde geleerde, in St. John's Wood. Daar verstoorde ze zijn studie en huishouding door weg te lopen – twee keer.

Uit wanhoop stuurde hij haar naar kostschool. Na het behalen van haar diploma ging ze verdere studie uit de weg, kwam naar Londen en deelde een eenkamerappartement met haar vriendin, Sophie Stark. Overdag werkte ze in boekwinkels. 's Avonds schreef ze een boek over een van die beklagenswaardige meisjes Brontë – ik ben vergeten welk. Ik geloof dat het boek is uitgegeven door de firma van Sophies broer, Stephens & Stark. Hoewel het biologisch gezien onmogelijk is, kan ik slechts aannemen dat een of andere vorm van nepotisme verantwoordelijk was voor de publicatie van het boek.

In elk geval begon ze hoofdartikelen te schrijven voor verscheidene tijdschriften en kranten. Haar luchthartige, frivole aanleg bezorgde haar grote aanhang onder minder intellectueel ingestelde lezers – van wie er, vrees ik, vele zijn. Het allerlaatste deel van haar erfenis besteedde ze aan een flat in Chelsea, het domein van kunstenaars, modellen, vrijdenkers en socialisten – allemaal volkomen onverantwoordelijke mensen, net zoals Juliet zelf als brandwacht bleek te zijn.

Nu de details over onze samenwerking.

Juliet en ik behoorden tot de brandwachten die ingedeeld waren op het dak van de Inner Temple Hall van de Inns of Court. Laat ik eerst zeggen dat voor een brandwacht snelle actie en een helder hoofd vereist waren – men moest álles in de gaten hebben wat er in de buurt gebeurde. ALLES.

Op een nacht in mei 1941 was er een zeer explosieve bom door het dak van de bibliotheek van de Inner Temple Hall gegaan. Het dak van de bibliotheek lag op enige afstand van Juliets post, maar ze was zo ontzet door de verwoesting van de kostbare boeken dat ze naar de vlammen toe rende – alsof ze in haar eentje het lot van de bibliotheek kon keren! Natuurlijk richtte ze met haar waanidee alleen maar extra schade aan, want de brandweer moest kostbare minuten verspillen om haar te redden. Ik geloof dat ze bij deze mislukte actie wat lichte brandwonden heeft opgelopen, maar vijftigduizend boeken zijn toen het hemelrijk in geblazen. Juliets naam werd van de lijst met brandwachten geschrapt, en terecht. Ik ontdekte dat ze zich toen aanbood als vrijwilligster bij de Auxiliary Fire Services. Op de ochtend na een bombardement was de AFS steeds beschikbaar om de thee te verzorgen voor de reddingsploegen, mensen die het puin doorzochten op overlevenden, en ze steun te bieden. De AFS verleende ook hulp aan de overlevenden: hereniging van gezinnen, het zorgen voor tijdelijke huisvesting, kleding, voedsel, geld. Ze hielpen kinderen hun ouders te zoeken, en ouders hun kinderen, in de mêlee. Ik geloof dat Juliet die dagtaak adequaat heeft uitgevoerd – zonder schade aan te richten onder de theekopjes.

Ze was vrij haar avonden naar eigen goeddunken te besteden. Ongetwijfeld hield dat het bedrijven van nog meer luchthartige journalistiek in, want de *Spectator* had haar aangenomen om een wekelijkse column te schrijven over de toestand van de natie in oorlogstijd – onder de naam Izzy Bickerstaff.

Ik heb een van haar columns gelezen en heb mijn abonnement opgezegd. Ze bekritiseerde de goede smaak van onze geliefde (ofschoon dode) koningin, Victoria. U weet ongetwijfeld van het grote gedenkteken dat Victoria had laten bouwen voor haar dierbare gemaal, prins Albert. Het is de parel in de kroon van Kensington Garden – een monument voor zowel de verfijnde smaak van de koningin als de overledene. Juliet prees het ministerie voor Voeding omdat het had bevolen erwten te telen op het stuk grond rondom dat gedenkteken – ze schreef dat er in heel Engeland geen betere vogelverschrikker bestond dan prins Albert.

Hoewel ik haar oordeelsvermogen betwist, en zo mijn twijfels heb over haar misplaatste prioriteiten en haar ongepaste gevoel voor humor, heeft ze beslist een goede eigenschap – ze is eerlijk.

Als ze zegt dat ze de goede naam van uw literaire kring zal respecteren, zal ze dat doen. Meer kan ik niet zeggen.

Met vriendelijke groeten,
Lady Bella Taunton

12 februari 1946

Mijn beste mevrouw Maugery,

Ja, u kunt Juliet vertrouwen. Op dit punt kan ik ondubbelzinnig zijn. Haar ouders waren goede vrienden van mij en tevens leden van mijn gemeente St. Hilda. Ik was zelfs bij hen voor het eten uitgenodigd op de avond dat ze werd geboren.

Juliet was een koppig maar daarbij lief, attent, heerlijk kind – met een voor zo'n jong iemand ongewone hang naar integriteit.

Ik zal u een voorval vertellen van toen ze tien jaar was. Juliet, die bezig was de vierde strofe van 'His Eye Is on the Sparrow' te zingen, staakte ineens haar gezang en weigerde ook nog maar een noot ten gehore te brengen. Ze zei tegen onze koordirigent dat de regels een smet op Gods karakter wierpen. We zouden ze niet moeten zingen. Hij (de dirigent, niet God) wist niet wat hij moest doen, dus hij bracht Juliet naar mijn kantoor zodat ik met haar kon praten.

Ik bracht er niet veel van terecht. Juliet zei: 'Nou, hij had niet moeten schrijven "Zijn oog rust op de mus" – waar was dat goed voor? Voorkwam hij zo dat het vogeltje dood neerviel? Zei hij gewoon "Oeps"? Zo klinkt het alsof God voor vogelwachter speelt, terwijl echte mensen hem nodig hebben.'

Ik zag me genoodzaakt Juliet op dit punt gelijk te geven – waarom had ik daar nooit over nagedacht? Het koor heeft toen, en ook daarna, 'His Eye Is on the Sparrow' niet meer gezongen.

Juliets ouders zijn gestorven toen ze twaalf was en ze werd naar haar oudoom dr. Roderick Ashton in Londen gestuurd. Geen onvriendelijke man, maar hij ging zo op in zijn Grieks-Romeinse studiën dat hij geen tijd had om het meisje enige aandacht te schenken. Ook ontbrak het hem ten enenmale aan verbeeldingskracht – fnuikend voor iemand die een kind moet opvoeden.

Ze is twee keer weggelopen, de eerste keer kwam ze niet verder dan King's Cross Station. De politie vond haar terwijl ze zat te wachten, met een gepakte canvas reistas en haar vaders hengel, op het punt de trein te nemen naar Bury St. Edmunds. Ze werd teruggebracht naar dr. Ashton – en liep weer weg. Ditmaal belde dr. Ashton mij om me te vragen haar te helpen vinden.

Ik wist precies waar ik heen moest – naar de boerderij die van haar ouders was geweest. Ik vond haar tegenover de oprit naar de boerderij, ze zat op een bebost heuveltje en trok zich niets aan van de regen. Ze zat daar maar, doorweekt, naar haar oude (inmiddels verkochte) huis te kijken.

Ik telegrafeerde haar oom en ging de volgende dag met haar naar Londen. Ik was van plan geweest de eerste trein terug naar mijn parochie te nemen, maar toen ik ontdekte dat die sufferd van een oom zijn kokkin had gestuurd om haar af te halen, stond ik erop met hen mee te gaan. Ik viel zijn studeerkamer binnen en we hadden een heftig gesprek. Hij ging ermee akkoord dat een kostschool het beste voor Juliet zou zijn – haar ouders hadden voldoende geld voor die mogelijkheid nagelaten.

Gelukkig kende ik een heel goede school – St. Swithin. Academisch gezien een uitstekende school, en met een directrice die niet van steen was. Ik ben blij te kunnen zeggen dat Juliet daar gedijde – ze vond de studie stimulerend, maar ik geloof dat de ware oorzaak van Juliets herwonnen levenslust de vriendschap met Sophie Stark was – en het hele gezin Stark. In de korte vakanties ging ze vaak met Sophie mee naar huis, en Juliet en Sophie zijn twee keer bij mij en mijn zuster in de predikantswoning komen logeren. Dan hadden we het heerlijk; we picknickten, maakten fietstochtjes en gingen vissen. Sophies broer, Sidney, was er ook een keer bij – hoewel hij tien jaar ouder was, en ondanks zijn neiging hen te commanderen, was hij een welkome vijfde partij in ons gezellige groepje.

Het was net zozeer de moeite waard Juliet te zien opgroeien als het nu is om haar als volwassen vrouw te kennen. Het doet me veel genoegen dat ze mij vroeg u een karakterbeschrijving van haar te geven.

Ik heb onze korte gezamenlijke geschiedenis erbij verteld om u een idee te geven waar ik het over heb. Als Juliet zegt dat ze iets zal doen, doet ze het ook. Als ze zegt dat ze iets niet zal doen, zal ze het ook echt niet doen.

Met de grootste achting,
Simon Simpless

14 februari 1946

Beste Juliet,

Was jij soms die persoon van wie ik een glimp opving in de *Tatler* van deze week, die de rumba danste met Mark Reynolds? Je zag er adembenemend uit – bijna net zo adembenemend als hij – maar zou ik je mogen adviseren je intrek te nemen in een schuilkelder voor Sidney het blad onder ogen krijgt?

Weet je, je kunt je van mijn stilzwijgen verzekeren door me heet van de naald details te geven.

Geheel de uwe,

Susan

15 februari 1946

Beste Susan,

Ik ontken alles.

Groeten,

Juliet

Van Amelia aan Juliet

16 februari 1946

Beste juffrouw Ashton,

Hartelijk dank dat u mijn voorbehoud zo serieus hebt genomen. Op de bijeenkomst van gisteravond heb ik de leden verteld over uw artikel voor de *Times* en voorgesteld dat wie dat wilde met u zou corresponderen over de boeken die ze hebben gelezen en het plezier dat ze eraan beleefd hebben.

De weerklank op mijn voorstel was zo luidruchtig dat Isola Pribby, onze *sergeant-at-arms*, zich genoodzaakt zag haar hamer te gebruiken om iedereen tot de orde te roepen (ik moet toegeven dat Isola weinig aanmoediging nodig heeft om met haar hamer te slaan). Ik denk dat u flink wat brieven van ons zult ontvangen, en ik hoop dat u er iets aan hebt voor uw artikel.

Dawsey heeft u verteld dat de leeskring is bedacht als een truc om de Duitsers te weerhouden van arrestatie van de gasten op mijn dinertje: Dawsey, Isola, Eben Ramsey, John Booker, Will Thisbee en onze lieve Elizabeth McKenna, die, dankzij haar enorme gevatheid, het verhaal ter plaatse verzon met haar fluwelen tong.

Ik wist op dat moment natuurlijk niets van hun hachelijke situatie. Zodra ze weggingen haastte ik me mijn kelder in om de bewijzen van onze maaltijd te vernietigen. De volgende ochtend om zeven uur hoorde ik voor het eerst over onze literaire kring toen Elizabeth in mijn keuken verscheen en vroeg: 'Hoeveel boeken heb je?'

Ik had er behoorlijk wat, maar Elizabeth keek op mijn planken en schudde haar hoofd. 'We hebben er meer nodig. Hier staan te veel boeken over tuinieren.' Natuurlijk had ze gelijk – ik houd erg van goede boeken over tuinieren. 'Ik zal je zeggen wat we gaan doen,' zei ze. 'Wanneer ik klaar ben op het bureau van de commandant gaan we naar de boekwinkel van Fox en kopen hem leeg. Als we het Literaire Genootschap van Guernsey gaan worden, moet het ook literair lijken.'

Die hele ochtend was ik van streek en maakte ik me zorgen over wat er op het bureau van de commandant gebeurde – stel dat ze allemaal in de gevangenis van Guernsey terechtkwamen? Of, nog veel erger, in een gevangenenkamp op het vasteland? De Duitsers waren wispelturig bij het toepassen van hun rechtspraak, dus je wist nooit welke straf ze zouden opleggen. Maar niets van dat alles gebeurde.

Hoe vreemd het ook moge klinken, de Duitsers stonden kunstzinnige en culturele activiteiten onder de eilanders toe – en moedigden die zelfs aan. Ze wilden daarmee bewijzen dat de Duitse bezetting een modelbezetting was. Hoe deze boodschap naar de buitenwereld werd overgebracht – de telefoon- en telegraafkabel tussen Guernsey en Londen was op de dag dat de Duitsers in juni 1940 waren geland doorgesneden – is nooit duidelijk geworden. Wat ook de reden moge zijn geweest, de Kanaaleilanden werden met veel grotere clementie behandeld dan de rest van het veroverde Europa – althans in het begin.

Op het bureau van de commandant moesten mijn vrienden een kleine boete betalen en de ledenlijst van hun literaire kring overhandigen. De commandant maakte zijn complimenten aan de kring en verkondigde dat hij zelf ook een literatuurliefhebber was – mocht hij misschien, met een paar gelijkgestemde officieren, af en toe aan een bijeenkomst deelnemen?

Elizabeth zei hun dat ze bijzonder welkom waren. En toen vlogen zij, Eben en ik naar Fox, kozen haastig armenvol boeken uit voor onze nieuw opgerichte leeskring en renden terug naar mijn huis om ze op mijn boekenplanken te zetten. Daarna kuierden we – zo onbezorgd en gewoon mogelijk – van het ene huis naar het andere om de rest van de groep te waarschuwen dat ze die avond moesten komen om een boek uit te zoeken dat ze wilden lezen. Het was een kwelling om zo langzaam te lopen, af en toe stoppend om een praatje te maken, terwijl we wilden opschieten! Tijd was kostbaar, want Elizabeth vreesde dat de commandant op de volgende bijeenkomst, nog geen twee weken later, zou verschijnen. (Dat deed hij niet. Er kwamen in de loop van de tijd enkele Duitse officieren, maar die gingen godzijdank na afloop – enigszins in verwarring gebracht – weg en kwamen niet terug.)

En zo zijn we dus begonnen. Ik kende onze leden allemaal, maar niet iedereen even goed. Dawsey was al meer dan dertig jaar mijn buurman, maar ik geloof niet dat ik met hem ooit over iets anders heb gepraat dan het weer of het boerenbedrijf. Isola was een dierbare vriendin, en Eben een goede vriend, maar Will Thisbee was slechts een kennis en John Booker nagenoeg een vreemde, want hij was pas gearriveerd toen de Duitsers kwamen. Elizabeth was onze gemeenschappelijke factor. Als zij er niet op had aangedrongen, was ik nooit op het idee gekomen hen uit te nodigen om mijn varken met mij te delen en zou Het Literaire Aardappelschiltaart Genootschap van Guernsey nooit het licht hebben gezien.

Die avond, toen ze naar mijn huis kwamen om een keuze te maken, ontdekten degenen die nauwelijks iets anders hadden gelezen dan de Heilige Schrift, zaadcatalogi en *The Pigman's Gazette*, een heel andere manier van lezen. Hier vond Dawsey zijn Charles Lamb en liep Isola tegen *Woeste Hoogten* aan. Zelf koos ik de *Pickwickclub*, in de verwachting dat het me zou opbeuren – wat inderdaad het geval was.

Toen ging iedereen naar huis en sloeg aan het lezen. We begonnen bij elkaar te komen – in eerste instantie vanwege de commandant, later voor ons eigen plezier. Geen van ons had ervaring met leesgroepen, dus we stelden onze eigen regels op: we spraken af dat we om beurten zouden vertellen over de boeken die we gelezen hadden. In het begin probeerden we kalm en objectief te blijven, maar dat lukte algauw niet meer, en de sprekers deden hun best de toehoorders te enthousiasmeren om het boek zelf te gaan lezen. Een keer hadden twee leden hetzelfde boek gelezen en konden ze er tot ons grote plezier over redetwisten. We lazen boeken, praatten over boeken, discussieerden over boeken, en kwamen steeds nader tot elkaar. Andere eilandbewoners vroegen of ze mee mochten doen, en onze bijeenkomsten werden vrolijke, levendige avonden – af en toe konden we de duisternis buiten bijna vergeten. Nog steeds komen we elke veertien dagen bij elkaar.

Will Thisbee was degene die ervoor zorgde dat de aardappelschiltaart in de naam van ons genootschap werd opgenomen. Duitsers of geen Duitsers, hij ging nergens heen als er niet iets te eten viel! Dus kwamen er versnaperingen op het programma. Aangezien er toentertijd op Guernsey amper boter, nog minder meel en al helemaal geen suiker te krijgen was, bedacht Will een taart met aardappelschillen: met een vulling van aardappelpuree, bietensap als zoetmiddel en aardappelschillen voor de korst. Wills recepten zijn meestal niet erg geslaagd, maar dit werd een favoriet gerecht.

Ik zou het erg prettig vinden weer iets van u te horen en de voortgang van uw artikel te kunnen volgen.

Met zeer vriendelijke groeten,
Amelia Maugery

17 februari 1946

Beste juffrouw Ashton,

Nou nou! U hebt een boek geschreven over Anne Brontë, de zus van Charlotte en Emily. Amelia Maugery zegt dat ze het me zal lenen, want ze weet dat ik een voorliefde voor de gezusters Brontë heb – de arme schapen. Te bedenken dat ze alle vijf zwakke longen hadden en zo jong stierven! Zo triest.

Hun pa was een egoïst, nietwaar? Hij schonk geen enkele aandacht aan zijn meisjes – zat alsmaar in zijn studeerkamer, roepend om zijn sjaal. Hij stond nooit op om daar zelf voor te zorgen, toch? Zat maar in zijn eentje in zijn kamer terwijl zijn dochters als vliegen stierven.

En hun broer, Branwell, stelde ook al niet veel voor. Altijd maar drinken en overgeven op het tapijt. Ze moesten voortdurend zijn rotzooi opruimen. Fijn werk voor schrijvende dames!

Met twee van zulke mannen in huis en zonder de mogelijkheid om andere te ontmoeten, moet Emily Heathcliff wel helemaal hebben verzonnen. En wat heeft ze dat fantastisch gedaan! Mannen zijn in boeken interessanter dan in het echte leven.

Amelia vertelde ons dat u graag informatie krijgt over onze leeskring en wilt weten waar we tijdens onze bijeenkomsten over praten. Ik heb eens een praatje gehouden over de meisjes Brontë toen het mijn beurt was. Het spijt me dat ik u mijn aantekeningen over Charlotte en Emily niet kan toesturen – ik heb ze bij gebrek aan ander papier gebruikt om mijn fornuis te stoken. Ik had mijn getijtafels en het boek Openbaringen en het verhaal over Job al opgebrand.

U wilt weten waarom ik die meisjes bewonderde. Ik houd van verhalen over gepassioneerde ontmoetingen. Zelf heb ik er nooit een gehad, maar nu kan ik me die voorstellen. *Woeste Hoogten* kon me eerst niet boeien, maar op het moment dat die geest, Cathy, met haar benige vingers over de ruit krast greep het me bij de keel en hield ik niet meer op. Mét Emily kon ik Heathcliffs meelijwekkende kreten over de heidevelden horen. Ik geloof niet dat ik na het lezen van zo'n geweldige schrijfster als Emily Brontë weer met plezier juffrouw Amanda Gillyflowers *Misbruikt bij kaarslicht* kan lezen. Het lezen van goede boeken zorgt ervoor dat je niet meer van slechte boeken kunt genieten.

Nu zal ik u over mezelf vertellen. Ik heb een huisje en klein boerenbedrijf naast de hoeve van Amelia Maugery. Ze liggen allebei aan zee. Ik zorg voor mijn kippen en mijn geit, Ariel, en teel gewassen. Ik heb ook een papegaai – ze heet Zenobia en ze heeft een hekel aan mannen.

Ik sta elke week in een marktkraam, waar ik eigengemaakte producten verkoop: conserven en groenten en elixers die mannelijke functies herstellen. Kit McKenna – de dochter van mijn lieve vriendin Elizabeth McKenna – helpt me mijn dranken te bereiden. Ze is pas vier en moet op een krukje staan om in de pan te kunnen roeren, maar ze kan het goed laten schuimen. Ik zie er niet aantrekkelijk uit. Ik heb een grote neus en die is gebroken toen ik van het dak van het kippenhok ben gevallen. Eén oog kijkt een beetje omhoog, en mijn haar staat uit en wil niet glad blijven zitten. Ik ben lang en stevig gebouwd.

Ik zou u nog een keer kunnen schrijven als u wilt. Ik zou u meer over lezen kunnen vertellen en over hoe dat ons opfleurde toen de Duitsers hier waren. De enige keer dat lezen niet hielp was toen de Duitsers Elizabeth hadden gearresteerd. Ze hebben haar betrapt op het verborgen houden van een van die arme Poolse dwangarbeiders, en ze hebben haar naar een gevangenis in Frankrijk gestuurd. Geen boek kon toen, noch lange tijd daarna, mijn hart verlichten. Maar lezen was het enige wat ik kon doen om niet elke Duitser die ik zag een klap te verkopen. Vanwege Kit heb ik me ingehouden. Ze was nog een klein wurm toen, en ze had ons nodig. Elizabeth is nog niet teruggekomen. We maken ons zorgen om haar, maar bedenk wel, ik zeg dat het nog vroeg dag is en dat ze nog steeds naar huis kan komen. Ik bid daarvoor want ik mis haar heel erg.

Uw vriendin,
Isola Pribby

Van Juliet aan Dawsey

20 februari 1946

Beste Dawsey,

Hoe wist u dat ik van alle bloemen het meest van witte seringen houd? Dat is altijd zo geweest, en nu staan ze hier te prijken op mijn bureau. Ze zijn prachtig en ik vind het geweldig ze in huis te hebben – de aanblik, de heerlijke geur en de verrassing op zich. Eerst dacht ik: hoe heeft Dawsey die in februari kunnen vinden, en toen herinnerde ik me dat de Kanaaleilanden gezegend zijn met een warme golfstroom.

Jacob Dilwyn stond vanmorgen voor mijn deur met uw cadeau. Hij zei dat hij in Londen was voor bankzaken. Hij verzekerde me dat het absoluut geen moeite was de bloemen langs te brengen – er was weinig dat hij niet voor u zou doen vanwege zoiets als zeep die u mevrouw Dilwyn in de oorlog hebt gegeven. Ze moet nog elke keer huilen als ze eraan denkt. Wat een aardige man is hij – ik vind het jammer dat hij geen tijd had even binnen te komen voor een kop koffie.

Dankzij uw vriendelijke bemoeienis heb ik heerlijke, lange brieven ontvangen van mevrouw Maugery en Isola Pribby. Ik had me niet gerealiseerd dat de Duitsers op Guernsey helemaal geen nieuws van buitenaf toelieten, zelfs geen brieven. Dat heeft me enorm verrast. Onnodig – ik wist dat de Kanaaleilanden bezet waren geweest, maar ik heb nooit, geen moment, beseft wat dat allemaal betekende. Moedwillige onwetendheid, zo kan ik het alleen maar noemen. Dus nu ga ik naar de London Library om mezelf bij te scholen. De bibliotheek heeft zwaar te lijden gehad van de bombardementen, maar je kunt nu weer veilig over elke verdieping lopen, alle boeken die gered konden worden zijn terug op de planken en ik weet dat ze de nummers van de *Times* compleet hebben van 1900 tot – gisteren. Ik moet echt de bezetting bestuderen.

Ik wil ook wat reisgidsen of geschiedenisboeken over de Kanaaleilanden vinden. Is het waar dat je op een heldere dag de auto's op de Franse kustwegen kunt zien rijden? Zo staat het in mijn encyclopedie, maar die heb ik tweedehands gekocht voor vier shilling en ik heb er weinig vertrouwen in. Er staat ook in dat Guernsey 'ruwweg elf kilometer lang en vierenhalve kilometer breed is, met een populatie van 42.000 bewoners'. Strikt genomen erg informatief, maar ik wil meer weten dan dat.

Isola vertelde me dat uw vriendin Elizabeth McKenna naar een concentratiekamp op het vasteland is gestuurd en nog niet is teruggekomen. Dat heeft me diep geraakt. Sinds uw brief over het diner met varkensgebraad had ik me haar in uw midden voorgesteld. Zonder het te beseffen rekende ik erop dat ik ooit ook een brief van haar zou krijgen. Het spijt me zo. Ik hoop dat ze spoedig terugkomt.

Nogmaals dank voor de bloemen, Dawsey. Het was erg fijn dat u dat hebt gedaan.

Met vriendelijke groeten,
Juliet

ps U kunt dit als een retorische vraag beschouwen als u wilt, maar waarom moest mevrouw Dilwyn huilen om een stuk zeep?

21 februari 1946

Beste Sidney,

Ik heb al eeuwen niks van je gehoord. Heeft je ijzige stilte iets te maken met Mark Reynolds?

Ik heb een idee voor een nieuw boek. Het is een roman over een beeldschone maar gevoelige schrijfster wier geest wordt vergruizeld door haar dominante uitgever. Lijkt je dat wat?

Liefs als altijd,

Juliet

23 februari 1946

Beste Sidney,

Ik maakte maar een grapje.

Liefs,

Juliet

25 februari 1946

Sidney?

Liefs,

Juliet

26 februari 1946

Beste Sidney,

Dacht je dat ik het niet zou merken dat je weg was? Dat doe ik natuurlijk wel. Ik heb je drie keer bericht gestuurd zonder antwoord te krijgen. Dus ben ik hoogstpersoonlijk naar St. James Place gegaan, waar ik oog in oog kwam te staan met de ijzeren juffrouw Tilley, die zei dat je de stad uit was. Lekker duidelijk. Na enig aandringen kwam ik erachter dat je naar Australië was vertrokken! Juffrouw Tilley hoorde mijn uitroepen koeltjes aan. Ze wilde je precieze verblijfplaats niet bekendmaken – alleen dat je door de outback zwierf, op zoek naar nieuwe auteurs voor Stephens & Stark. Ze wilde naar eigen goeddunken enkele brieven naar je doorsturen.

Sidney, jouw juffrouw Tilley kan me niet om de tuin leiden. Jij ook niet – ik weet precies waar je zit en wat je aan het doen bent. Je bent naar Australië gevlogen om Piers Langley te zoeken en houdt zijn hand vast terwijl hij op krachten komt. Tenminste, ik hoop dat je dat aan het doen bent. Hij is zo'n oude, dierbare vriend – en zo'n briljant dichter. Ik wil graag dat hij herstelt en weer poëzie gaat schrijven. Ik zou eraan toevoegen: en alles over Birma en de Japanners vergeet, maar ik weet dat dat onmogelijk is.

Je had het me kunnen vertellen, weet je. Ik kán discreet zijn als ik mijn best doe (je hebt me mijn blunder over de koude bakken van meneer Sherwill blijkbaar nooit vergeven. Maar ik heb indertijd toch voorzichtig mijn excuses aangeboden?).

Ik vond je vorige secretaresse leuker. En weet je, je hebt haar voor niks ontslagen: Markham Reynolds en ik hebben elkaar ontmoet.

Nou ja, het hield iets meer in. We hebben de rumba gedanst. Hij heeft het alleen in het voorbijgaan over View gehad, en heeft geen enkele poging gedaan me naar New York te lokken. We praten over meer verheven zaken, zoals victoriaanse literatuur. Hij is niet de oppervlakkige dilettant die je me hebt voorgespiegeld, Sidney. Hij weet alles over Wilkie Collins. Wist je dat Wilkie Collins er twee huishoudens op na hield, twee vrouwen had, bij wie hij allebei kinderen had? Het moet hem zwaar gevallen zijn de twee gezinnen te combineren. Geen wonder dat hij laudanum gebruikte.

Ik denk dat je Mark aardig zou gaan vinden als je hem beter leerde kennen. Maar mijn hart en mijn schrijvershand behoren Stephens & Stark toe.

Het artikel voor de Times is uitgelopen op een geweldig geschenk voor mij – voor nu en voor de toekomst. Ik heb nieuwe vrienden gemaakt, een groep op de Kanaaleilanden – Het Literaire Aardappelschiltaart Genootschap van Guernsey. Vind je hun naam niet enig? Als Piers afleiding nodig heeft, zal ik je een fijne, dikke brief schrijven over hoe ze aan hun naam zijn gekomen. Zo niet, dan vertel ik het je wanneer je thuiskomt (wanneer kom je thuis?).

Mijn buurvrouw, Evangeline Smythe, krijgt in juni een tweeling. Ze is er niet al te blij mee, dus ik ga haar vragen of ze er eentje aan mij wil geven.

Liefs voor jou en Piers,
Juliet

28 februari 1946

M'n lieve Sophie,

Ik ben net zo verrast als jij. Hij heeft er tegen mij geen woord over gezegd. Afgelopen dinsdag realiseerde ik me dat ik al dagenlang niks van Sidney had gehoord, dus ik belde naar Stephens & Stark om aandacht te vragen en ontdekte dat hij ertussenuit was geknepen. Die nieuwe secretaresse van hem is vijandig. Op al mijn vragen reageerde ze met: 'Ik kan werkelijk geen informatie van persoonlijke aard verstrekken, juffrouw Ashton.' Ik had haar graag een klap gegeven.

Net toen ik op het punt stond te concluderen dat Sidney was geronseld door M16 en voor een missie naar Siberië was gestuurd, gaf die vreselijke juffrouw Tilley toe dat hij naar Australië was gegaan. Nou, toen werd alles duidelijk, nietwaar? Hij is vertrokken om Piers te halen. Teddy Lucas leek er behoorlijk zeker van dat Piers zichzelf in dat rusthuis langzaam maar zeker dood zou drinken tenzij er iemand kwam die hem tegenhield. Ik kan het hem nauwelijks kwalijk nemen, na wat hij heeft doorgemaakt – maar Sidney zal het niet toelaten, goddank.

Je weet dat ik Sidney adoreer, maar het idee dat hij helemaal in Australië zit is enorm bevrijdend. Mark Reynolds is de afgelopen drie weken nogal volhardend geweest in zijn attenties, maar zelfs wanneer ik kreeft aan het verorberen was of champagne naar binnen klokte, keek ik stiekem over mijn schouder of Sidney het niet zag. Hij is ervan overtuigd dat Mark me uit Londen in het algemeen en bij Stephens & Stark in het bijzonder weg probeert te halen, en niets kon hem van het tegendeel overtuigen. Ik weet dat hij Mark niet mag – ik geloof dat hij de laatste keer dat ik hem zag de woorden 'agressief' en 'gewetenloos' met betrekking tot Mark gebruikte – maar hij speelt me wat te veel voor koning Lear. Ik ben een – meestal – volwassen vrouw, en ik kan champagne drinken met wie ik wil.

Wanneer ik niet onder de tafel naar Sidney aan het loeren ben, heb ik het heerlijk. Ik heb het gevoel dat ik uit een donkere tunnel ben gekropen en midden in een carnavalsfeest ben beland. Ik geef niet speciaal om carnaval, maar na die tunnel is het geweldig. Mark gaat elke avond uit – als er niet ergens een feest is (wat meestal wel het geval is) gaan we naar de bioscoop of het theater, of een nachtclub of een louche bar (hij zegt dat hij me wil laten kennismaken met democratische idealen). Het is erg opwindend.

Heb je ook gemerkt dat er mensen zijn – vooral Amerikanen – op wie de oorlog geen vat lijkt te hebben gekregen, of die er op z'n minst niet door gehavend lijken? Ik wil niet suggereren dat Mark een lijntrekker was – hij zat bij de luchtmacht – maar hij is er niet aan onderdoor gegaan. En wanneer ik bij hem ben, voel ik me ook ongeschonden door de oorlog. Dat is een desillusie, ik weet het, en eigenlijk zou ik me voor mezelf moeten schamen als de oorlog me onberoerd had gelaten. Maar het is toch niet verkeerd om een beetje plezier te maken?

Is Dominic al te groot voor een duveltje-in-een-doosje? Ik zag gisteren in een winkel een bijzonder gemene. Hij springt eruit en staat dan met een kwaadaardige grijns te trillen, met een vette zwarte krulsnor boven puntige witte tanden, het toonbeeld van een schurk. Dominic zou hem geweldig vinden zodra hij over de eerste schok heen zou zijn.

Liefs,
Juliet

28 februari 1946

Beste Isola,

Heel hartelijk bedankt voor uw brief over uzelf en Emily Brontë. Ik moest lachen toen ik las dat Emily u had gegrepen zodra Cathy's geest op het raam klopte. Dat deed ze bij mij op precies hetzelfde moment.

Onze lerares had gezegd dat we *Woeste Hoogten* in de voorjaarsvakantie moesten lezen. Ik ging met mijn vriendin Sophie Stark mee naar huis en we jammerden twee dagen lang over de onrechtvaardigheid van die opdracht. Uiteindelijk zei haar broer Sidney dat we onze mond moesten houden en moesten gaan lezen. Dat deed ik, nog steeds kwaad, tot ik bij Cathy's geest aan het raam kwam. Ik ben nog nooit zo bang geweest als toen. Geen monster of vampier in een boek heeft me ooit bang kunnen maken – maar geesten zijn andere koek.

Sophie en ik deden de rest van de vakantie niets anders meer dan ons van bed naar hangmat naar leunstoel verplaatsen terwijl we *Jane Eyre, Agnes Grey, Shirley* en *De huurster van Wildfell Hall* lazen.

Wat een gezin was dat – ik koos ervoor over Anne Brontë te schrijven omdat zij de minst bekende van de zusters was, en, naar mijn mening, net zo'n goede schrijfster als Charlotte. God weet hoe Anne het klaarspeelde ook maar een paar boeken te schrijven, beïnvloed als ze was door zo'n streng geloof als dat van haar tante Branwell. Emily en Charlotte Brontë waren zo verstandig hun akelige tante te negeren, maar de arme Anne kon dat niet. Stel je voor, ze predikte dat God wilde dat vrouwen Meegaand, Zachtaardig en Licht Melancholisch waren. Zoveel minder problemen in huis – de gemene oude heks!

Ik hoop dat u me weer zult schrijven.

Met vriendelijke groeten,
Juliet

28 februari 1946

Beste juffrouw Ashton,

Ik kom van Guernsey en mijn naam is Eben Ramsey. Mijn voorouders waren steenhouwers en houtsnijders – met lammeren als specialiteit. Dat zijn dingen die ik graag op een avond doe, maar ik ben visser voor de kost.

Mevrouw Maugery zei dat u graag brieven van ons krijgt over wat we gelezen hebben tijdens de bezetting. Ik was van plan nooit meer over die tijd te praten – of te denken, als het aan mij lag – maar mevrouw Maugery zei dat we op uw oordeel konden vertrouwen wat het schrijven over de leeskring tijdens de oorlog betreft. Als mevrouw Maugery zegt dat u te vertrouwen bent, geloof ik dat. Bovendien was u zo aardig mijn vriend Dawsey een boek te sturen – en dat terwijl hij een volslagen vreemde voor u is. Dus schrijf ik u in de hoop dat het u kan helpen met uw verhaal.

Ik kan maar beter zeggen dat we in het begin geen echte literaire kring waren. Afgezien van Elizabeth, mevrouw Maugery en misschien Booker, hadden de meesten van ons sinds onze schooltijd weinig op met boeken. We waren bang dat we de tere bladzijden zouden beschadigen toen we ze van de planken van mevrouw Maugery pakten. In die tijd had ik niet eens fut voor zulke dingen. Alleen de gedachte aan de Duitse commandant en de gevangenis kon me ertoe brengen het boek open te slaan en te beginnen.

Het heette *Een selectie uit Shakespeare*. Achteraf ben ik gaan inzien dat meneer Dickens en meneer Wordsworth aan mannen als ik dachten wanneer ze schreven. Maar dat geldt volgens mij nog meer voor William Shakespeare. U moet weten dat ik niet altijd alles begrijp wat hij zegt, maar dat komt nog wel.

Mij schijnt het toe dat hoe minder woorden hij gebruikte, hoe mooier hij schreef. Weet u welke zin ik van hem het meest bewonder? Die luidt: 'Voorbij is de schone dag; nu zijn we aan het duister overgeleverd.'

Ik wou dat ik die woorden had gekend op de dag dat ik de Duitse troepen zag landen, de ene vliegtuiglading na de andere – en van schepen in de haven zag komen! Alles wat ik kon denken was *laat ze verdommen, laat ze verdommen*, achter elkaar door. Als ik had kunnen denken: voorbij is de schone dag; nu zijn we aan het duister overgeleverd, had ik misschien troost gevonden en me met de omstandigheden kunnen verzoenen – in plaats van dat mijn hart me in de schoenen zonk.

Ze arriveerden hier op zondag 30 juni 1940 nadat ze ons twee dagen eerder hadden gebombardeerd. Ze zeiden dat het niet hun bedoeling was geweest ons te bombarderen; ze hadden onze vrachtwagens met tomaten aangezien voor legervoertuigen. Dat ze dat hebben kunnen denken gaat ieders voorstellingsvermogen te boven. Hoe dan ook, ze hebben ons gebombardeerd, waarbij ze ongeveer dertig mannen, vrouwen en kinderen doodden – een van hen was de zoon van mijn neef. Hij had zodra hij zag dat de vliegtuigen bommen lieten vallen, dekking gezocht onder zijn vrachtwagen, en die ontplofte en vloog in brand. Ze doodden mensen in de reddingsboten op zee. Ze beschoten de Rode Kruisambulances die onze gewonden vervoerden. Toen niemand terugschoot, drong het tot ze door dat de Britten ons zonder verdediging hadden achtergelaten. Twee dagen later kwamen ze vreedzaam aanvliegen, landden en bezetten ons voor vijf jaar.

Aanvankelijk waren ze redelijk aardig. Ze waren ermee ingenomen dat ze een deel van Engeland hadden veroverd en ze waren zo dom te denken dat ze in een wip in Londen zouden landen. Toen ze in de gaten kregen dat dat er niet in zat, werden ze de gemeneriken die ze van nature waren.

Ze hadden overal regels voor – doe dit, laat dat. Ze veranderden steeds van gedachten, in een poging aardig te lijken, net als wanneer je een ezel een wortel voorhoudt. Maar we waren geen ezels. Dus werden ze weer wreed.

Ze veranderden bijvoorbeeld de avondklok steeds opnieuw – acht uur 's avonds, of negen uur, of vijf uur 's middags als ze echt in een gemene bui waren. Je kon niet bij vrienden langsgaan, en zelfs niet je vee verzorgen.

In het begin hadden we nog hoop, in de overtuiging dat ze over een halfjaar weg zouden zijn. Maar het duurde maar voort. Het werd lastig om aan eten te komen, en algauw was er geen brandhout meer. Het waren grauwe dagen van hard werken met donkere avonden vol verveling. We waren allemaal ziekelijk doordat we niet genoeg te eten hadden en we vroegen ons af of er ooit een einde aan zou komen. We klampten ons vast aan boeken en aan onze vrienden; zij herinnerden ons eraan dat er ook een ander deel van ons bestond. Elizabeth zei gewoonlijk een gedicht op. Ik kan me het niet helemaal meer herinneren, maar het begon met: 'Is het iets kleins om genoten te hebben van de zon, het licht van de lente te hebben beleefd, te hebben liefgehad, te hebben gedacht, gedaan, echte vrienden te hebben gemaakt?' Dat is het niet. Ik hoop dat ze, waar ze ook is, daaraan denkt.

Eind 1944 maakte het niet uit op welke tijd de Duitsers de avondklok stelden. De meeste mensen gingen rond vijf uur naar bed om warm te blijven. We stonden op een rantsoen van twee kaarsen per week, en later zelfs maar één. Het was vreselijk saai, in bed liggen zonder licht waarbij je kon lezen.

Na D-Day konden de Duitsers geen bevoorradingsschepen uit Frankrijk meer sturen vanwege de geallieerde bommenwerpers. Dus werden ze net zo hongerig als wij – en doodden honden en katten om wat te eten te hebben. Ze plunderden onze tuinen, groeven aardappelen uit de grond en aten zelfs de zwarte, verrotte op. Vier soldaten stierven omdat ze dollekervel hadden gegeten, denkend dat het peterselie was.

De Duitse officieren zeiden dat iedere soldaat die werd gepakt bij het stelen van voedsel uit onze tuinen, geëxecuteerd zou worden.

Een arme soldaat werd betrapt op het jatten van een aardappel. Hij werd achtervolgd door zijn eigen mensen en klom in een boom om zich te verstoppen. Maar ze vonden hem en schoten hem de boom uit. Maar dat weerhield ze er nog niet van eten te pikken.

Ik veroordeel zulke dingen niet, want sommigen van ons deden hetzelfde. Ik vermoed dat honger je wanhopig maakt wanneer je er elke morgen mee wakker wordt. Mijn kleinzoon, Eli, is naar Engeland geëvacueerd toen hij zeven was. Hij is nu thuis – twaalf jaar oud, en lang – maar ik zal de Duitsers nooit vergeven dat ik hem door hun toedoen niet heb kunnen zien opgroeien.

Ik moet nu mijn koe gaan melken, maar ik zal u nog eens schrijven als u wilt.

Mijn beste wensen voor uw gezondheid,
Eben Ramsey

1 maart 1946

Beste juffrouw Ashton,

Vergeef me de vrijmoedigheid dat ik u als onbekende een brief stuur. Maar hier ligt duidelijk een taak voor mij. Ik begrijp van Dawsey Adams dat u een groot artikel voor het literair supplement van de *Times* gaat schrijven over de betekenis van lezen en dat u van plan bent daarin uitgebreid aandacht te besteden aan Het Literaire Aardappelschiltaart Genootschap van Guernsey.

Daar moet ik om lachen.

Misschien wilt u het heroverwegen wanneer u weet dat de oprichtster daarvan, Elizabeth McKenna, niet eens een eilander is. Ondanks haar fijne manieren is ze slechts een omhooggevallen bediende uit het huis van sir Ambrose Ivers, R.A. (Royal Academy). U kent hem vast. Hij heeft enige naam gemaakt als portretschilder, hoewel ik nooit heb begrepen waarom. Zijn portret van gravin Lambeth als Boudica die haar paarden ment, was onvergeeflijk. Hoe dan ook, Elizabeth McKenna was, met uw welnemen, de dochter van zijn huishoudster.

Terwijl haar moeder afstofte, liet sir Ambrose het kind in zijn atelier klieren, en hij gunde haar een veel langer dan gebruikelijke schoolopleiding voor iemand van haar stand. Haar moeder stierf toen Elizabeth veertien was. Heeft sir Ambrose haar naar een instituut gestuurd om naar behoren te worden opgeleid voor een passende bezigheid? Niet bepaald. Hij hield haar bij zich in zijn huis in Chelsea. Hij heeft haar voorgedragen voor een beurs voor de Slade School of Art.

Let wel, ik zeg niet dat sir Ambrose het meisje heeft verwekt –

daarvoor kennen we zijn neigingen te goed – maar hij aanbad haar op een manier die haar slechte eigenschap, Gebrek aan Nederigheid, stimuleerde. Normvervaging is het kruis van onze tijd, en nergens is dit betreurenswaardige verval duidelijker zichtbaar dan bij Elizabeth McKenna.

Sir Ambrose bezat een huis op Guernsey – boven aan het klif bij Petit Point. Hij, zijn huishoudster en het meisje brachten hier in haar kindertijd hun zomers door. Toen al was Elizabeth een wildebras – ze zwierf onverzorgd over het eiland, zelfs op zondag. Geen huishoudelijke karweitjes, geen handschoenen, geen schoenen, geen kousen. Ze ging mee op vissersboten met ruwe kerels. Schandelijk.

Toen duidelijk werd dat de oorlog serieus zou beginnen, stuurde sir Ambrose Elizabeth om zijn huis te sluiten. Elizabeth kreeg het in dit geval door zijn ondoordachtheid zwaar te verduren, want midden onder het sluiten van de luiken landde het Duitse leger bij haar voor de deur. Het was echter haar eigen keuze om te blijven, en, zoals is bewezen door bepaalde opeenvolgende gebeurtenissen (ik zal mezelf er niet toe verlagen ze te melden), is ze niet de onzelfzuchtige heldin waarvoor sommige mensen haar houden.

Daarbij is die zogenaamde literaire kring een schandaal. Er zijn hier op Guernsey werkelijk beschaafde en welopgevoede mensen die absoluut niet willen deelnemen aan deze schijnvertoning (zelfs niet als ze zouden worden uitgenodigd). Er zijn maar twee respectabele deelnemers aan de leeskring – Eben Ramsey en Amelia Maugery. De andere leden: een oudijzerhandelaar, een verlopen psychiater die drinkt, een stotterende varkensboer, een knecht die zich als lord voordoet en Isola Pribby, een praktizerende heks die, zoals ze me zelf heeft toegegeven, toverdranken brouwt en verkoopt. Ze hebben een paar anderen van hun slag in hun kielzog meegesleept, en men kan zich hun 'literaire avondjes' wel indenken.

U moet niet over deze mensen en hun boeken schrijven – God weet wat zij geschikt vonden om te lezen!

Geheel de uwe, met Christelijke Consternatie en Bezorgdheid,
Adelaide Addison (juffrouw)

2 maart 1946

Lieve Juliet,

Ik heb net beslag weten te leggen op de operakaartjes voor mijn mu-
ziekrecensent. Covent Garden om 20.00 uur. Kom je?

De uwe,
Mark

2 maart 1946

Vanavond?

Juliet

Van Mark aan Juliet

2 maart 1946

Ja!

M.

2 maart 1946

Fantastisch! Maar ik heb met je criticus te doen. Zulke kaartjes zijn haast niet te krijgen.

Juliet

2 maart 1946

Hij neemt wel genoegen met een staanplaats. Kan hij schrijven over het verheffende effect van opera op de armen enz. enz.

Ik kom je om 19.00 uur ophalen.

M.

3 maart 1946

Beste meneer Ramsey,

Wat bijzonder aardig van u me te schrijven over uw ervaringen tijdens de bezetting. Aan het einde van de oorlog had ook ik mezelf bezworen er niet meer over te praten. Ik had zes jaar lang over de oorlog gepraat en onder de oorlog geleefd, en ik verlangde ernaar mijn aandacht op iets anders – wat dan ook – te richten. Maar dat is hetzelfde als wensen dat je iemand anders was. De oorlog is nu ons levensverhaal en daar kun je je niet aan onttrekken.

Het deed me plezier te horen over de terugkomst van uw kleinzoon Eli. Woont hij bij u of bij zijn ouders? Heeft u tijdens de bezetting helemaal geen nieuws van hem vernomen? Kwamen alle kinderen van Guernsey tegelijk terug? Wat een feest moet het zijn geweest als dat zo was!

Ik wil u niet overladen met vragen, maar ik heb er nog een paar, voor als uw hoofd ernaar staat ze te beantwoorden. Ik weet dat u aanwezig was bij het diner met varkensgebraad dat tot de oprichting van Het Literaire Aardappelschiltaart Genootschap van Guernsey leidde – maar, allereerst, hoe kwam mevrouw Maugery aan dat varken? Hoe kun je een varken verborgen houden?

Elizabeth McKenna was erg moedig die avond! Ze heeft lef als ze onder druk staat, een eigenschap die me met hopeloze bewondering vervult. Ik weet dat u en de andere leden van de kring zich zorgen maken nu de maanden voorbijgaan zonder enig bericht, maar u moet de hoop niet opgeven. Vrienden hebben me verteld dat Duitsland net een opengebroken bijenkorf is, het krioelt er van duizenden en duizenden ontheemde mensen, die allemaal proberen naar huis te komen. Een dierbare oude vriend van mij, die in 1943 in Birma was neergeschoten, verscheen vorige maand in Australië – niet in topvorm, maar levend en van plan dat te blijven.

Dank u wel voor uw brief.

Met vriendelijke groeten,
Juliet Ashton

4 maart 1946

Beste juffrouw,

In het begin wou ik helemaal niet naar een boekenbijeenkomst gaan. Mijn boerderij bezorgt me een hoop werk, en ik wou niet mijn tijd verdoen aan mensen die nooit hebben bestaan en die dingen doen die ze nooit hebben gedaan.

Toen begon ik in 1942 de weduwe Hubert het hof te maken. Wanneer we gingen wandelen, liep ze op het pad een paar passen voor me uit en mocht ik haar nooit een arm geven. Ze liet zich wel door Ralph Murchey bij de arm nemen, dus ik wist dat mijn pogingen tevergeefs waren.

Ralph is een opschepper wanneer hij drinkt, en hij zei tegen iedereen in de kroeg: 'Vrouwen houden van poëzie. Een teder woord in hun oor en ze smelten – een vette vlek in het gras.' Zo hoor je niet over een vrouw te praten, en op dat moment wist ik dat hij de weduwe Hubert niet wilde hebben om wie ze was, zoals ik. Hij wilde haar grasland voor zijn koeien. Dus dacht ik bij mijzelf – als de weduwe Hubert graag verzen heeft, zal ik ze vinden ook.

Ik ging naar meneer Fox in zijn boekwinkel en vroeg om liefdesgedichten. Hij had in die tijd niet veel boeken meer – mensen kochten ze om ze te verbranden, en toen hij er helemaal doorheen was, sloot hij zijn winkel voorgoed – dus hij gaf me een vent die Catullus heette. Dat was een Romein. Kent u het soort dingen dat hij in verzen zei? Ik wist dat ik zulke woorden niet tegen een aardige dame kon zeggen.

Hij hunkerde naar een vrouw, Lesbia, die hem afwees nadat ze hem eerst mee naar bed had genomen. Het verbaast me niet dat ze zo deed – hij vond het niet leuk wanneer ze haar donzige musje aaide. Hij was jaloers op een nietig vogeltje. Hij ging naar huis en nam zijn pen op om te schrijven over het zielenleed dat hij had ervaren toen hij haar het vogeltje aan haar boezem zag koesteren. Hij nam het zwaar op en hield daarna nooit meer van vrouwen en schreef gemene gedichten over hen.

Hij was ook een krenterige lul. Wilt u een gedicht lezen dat hij schreef toen een gevallen vrouw hem wilde laten betalen voor haar gunsten? Het arme kind – ik zal het voor u overschrijven.

Is die afgeleefde slet wel bij zinnen,
die me duizend sestertiën vraagt?
Die meid met die lelijke neus?
Gij bloedverwanten die de zorg hebt voor het kind,
Roept vrienden en dokters bijeen: het meisje is krankzinnig.
Ze denkt dat ze mooi is.

Dat zouden blijken van liefde zijn? Ik vertelde mijn vriend Eben dat ik nooit zoiets hatelijks had gelezen. Hij zei tegen me dat ik alleen maar niet de juiste gedichten had gekregen. Hij nam me mee naar huis en leende me een boekje van hemzelf. Het was poëzie van Wilfred Owen. Hij was in de Eerste Wereldoorlog kapitein, en hij wist waar hij het over had en noemde het bij de juiste naam. Ik ben ook daar geweest, in Passendale, en ik wist wat hij wist, maar ik zou het zelf nooit onder woorden kunnen brengen.

Nu, daarna dacht ik dat er misschien toch iets in die poëzie zat. Ik begon naar de bijeenkomsten te gaan en ik ben blij dat ik dat heb gedaan, anders was ik er nooit toe gekomen het werk van William Wordsworth te gaan lezen – hij zou een onbekende voor me zijn gebleven. Ik heb veel van zijn gedichten uit mijn hoofd geleerd.

In ieder geval heb ik het hart van de weduwe Hubert gewonnen – mijn Nancy. Ik kreeg haar op een avond mee voor een wandeling over de kliffen en ik zei: 'Kijk daar 'ns, Nancy. De zachtheid van de Hemel koestert de zee – luister, het machtige Wezen is Wakker.' Ze liet zich door me kussen. Nu is ze mijn vrouw.

Hoogachtend,
Clovis Fossey

PS Mevrouw Maugery heeft me de afgelopen week een boek geleend. Het heet *The Oxford Book of Modern Verse, 1892-1935.* Ze hebben de selectie overgelaten aan een man die Yeats heet. Dat hadden ze niet moeten doen. Wie is dat – en wat weet hij van gedichten?

Ik heb het hele boek afgezocht op gedichten van Wilfred Owen of Siegfried Sassoon. Die waren er niet – geen een. En weet u waarom? Omdat deze meneer Yeats zei – hij zei: 'Ik heb opzettelijk geen gedichten uit de Eerste Wereldoorlog gekozen. Daar heb ik een afkeer van. Passief lijden is geen thema voor poëzie.'

Passief lijden? Passief lijden! Ik had zin om ermee te kappen. Wat mankeerde die man? Kapitein Owen schreef een regel: *'Wat voor doodsklokken voor hen die als vee creperen? Slechts de monstrueuze woede van de kanonnen.'* Ik zou weleens willen weten wat daar passief aan is. Dat is precies hoe ze doodgaan. Ik heb het met mijn eigen ogen gezien, en ik zeg: meneer Yeats kan naar de hel lopen.

Uw vriend,
Clovis Fossey

10 maart 1946

Beste juffrouw Ashton,

Hartelijk dank voor uw brief en voor uw vriendelijke belangstelling voor mijn kleinzoon Eli. Hij is het kind van mijn dochter Jane. Zij en haar pasgeboren baby stierven in het ziekenhuis op de dag dat de Duitsers ons bombardeerden, 28 juni 1940. Eli's vader vond de dood in Noord-Afrika, dus nu heb ik Eli onder mijn hoede.

Eli verliet Guernsey op 20 juni 1940, met de duizenden baby's en schoolkinderen die naar Engeland werden geëvacueerd. We wisten dat de Duitsers eraan kwamen en Jane maakte zich zorgen om zijn veiligheid. De dokter stond niet toe dat ze meereisde op het zeilschip omdat ze hoogzwanger was.

Zes maanden lang waren we verstoken van nieuws over de kinderen. Toen kreeg ik een briefkaart van het Rode Kruis met de boodschap dat het goed ging met Eli, maar zonder vermelding waar hij terecht was gekomen – we hebben nooit geweten in welke plaatsen onze kinderen verbleven, al deden we schietgebedjes dat het niet in een grote stad was. Nog langer duurde het voor ik hem een kaart terug kon sturen, maar ik had daar gemengde gevoelens over. Ik zag ertegen op hem te vertellen dat zijn moeder en de baby gestorven waren. Ik vond het een vreselijke gedachte dat mijn jongen die kille woorden zou lezen op de achterkant van een ansichtkaart. Maar het moest. En later nog een keer, nadat ik bericht had gekregen over zijn vader.

Eli kwam pas terug toen de oorlog voorbij was – ze stuurden alle kinderen tegelijk naar huis. Dat was een geweldige dag. Zelfs mooier dan de dag waarop de Engelse soldaten Guernsey kwamen bevrijden. Eli was de eerste die de valreep af kwam – hij had lange armen en benen gekregen in die vijf jaar. Ik had hem vast doodgeknuffeld als Isola me niet opzij had geduwd om hem ook in haar armen te kunnen sluiten.

Ik dank God dat hij was ondergebracht bij een boerengezin in Yorkshire. Ze zijn erg goed voor hem geweest. Eli gaf me een brief die ze me geschreven hadden – die stond vol met alles wat ik had gemist doordat ik hem niet had kunnen zien opgroeien. Ze vertelden over zijn school, over hoe hij hen hielp op de boerderij, en dat hij na de eerste paar nachten niet meer had gehuild.

Hij gaat met me mee uit vissen en helpt me voor mijn koe en mijn tuin te zorgen, maar houtsnijden vindt hij het leukst – Dawsey en ik zijn het hem aan het leren. Vorige week heeft hij een mooie slang gemaakt van een gebroken spijl van een hek, al denk ik dat de kapotte spijl eigenlijk een dakspar van Dawseys schuur was. Dawsey lachte maar wat toen ik hem ernaar vroeg; sprokkelhout is op het eiland echter nauwelijks meer te vinden omdat we de meeste bomen hebben moeten kappen – ook trapleuningen en meubels moesten eraan geloven – om als brandhout te dienen toen er geen kolen en paraffine meer waren. Eli en ik zijn nu op mijn land bomen aan het planten, maar het zal lang duren voor ze tot wasdom komen – en we missen allemaal de bladeren en de schaduw.

Ik zal u nu vertellen over ons gebraden varken. De Duitsers deden erg moeilijk over vee. Het aantal varkens en koeien werd nauwgezet bijgehouden. Guernsey moest de Duitse troepen voeden die hier en in Frankrijk gelegerd waren. Wijzelf mochten het doen met de restanten, als die er al waren.

De Duitsers waren erg gesteld op boekhouden. Ze noteerden elke gallon melk die we produceerden, wogen de room, elke zak meel. Met de kippen bemoeiden ze zich in eerste instantie niet. Maar toen voer en etensresten erg schaars werden, bevalen ze ons de oudere kippen te slachten zodat de legkippen genoeg voer konden krijgen om eieren te kunnen blijven leggen.

Wij vissers moesten hun het grootste deel van onze vangst afstaan. Ze kwamen naar onze boten in de haven om hun deel af te wegen. Aan het begin van de bezetting ontkwamen flink wat eilanders in vissersboten naar Engeland – sommige verdronken, maar de meeste haalden het. Dus stelden de Duitsers een nieuwe regel in: niemand die een familielid in Engeland had mocht nog op een vissersboot. Ze waren bang dat we naar Engeland zouden ontsnappen. Omdat Eli ergens in Engeland zat, moest ik mijn boot uitlenen. Ik ging werken in een van de kassen van meneer Privot, en na een tijdje had ik het verzorgen van de planten onder de knie. Maar lieve hemel, wat miste ik mijn boot en de zee.

De Duitsers waren vooral lastig waar het vlees betrof, want ze wilden niet dat daar ook maar iets van op de zwarte markt terechtkwam – in plaats van als voedsel voor hun eigen soldaten te dienen. Als je zeug geworpen had, kwam de Duitse Landbouwofficier (LO) naar je boerderij, telde de biggen, gaf je een geboortecertificaat voor elk jong en noteerde alles in de boeken. Als een varken een natuurlijke dood stierf, meldde je dat bij de LO, en dan kwam hij weer, bekeek het kadaver en gaf je een overlijdensakte.

Ze kwamen onverwacht op je boerderij langs, en dan kon jouw aantal levende varkens maar het beste overeenkomen met hun aantal levende varkens. Eén varken minder, en je kreeg een boete; als je weer werd betrapt kon je gearresteerd worden en in St. Peter Port gevangen worden gezet. Als er te veel varkens ontbraken, dachten de Duitsers dat je ze op de zwarte markt verkocht, en dan kwam je voor de krijgsraad en werd je naar een werkkamp in Duitsland gestuurd. Met de Duitsers wist je nooit uit welke hoek de wind waaide – het was wispelturig volk.

In het begin was het nog makkelijk de Landbouwofficier om de tuin te leiden en heimelijk een levend varken voor eigen gebruik te houden. Hier volgt hoe Amelia aan het hare kwam.

Will Thisbee had een ziek varken dat doodging. De LO kwam en schreef een overlijdensakte uit, zeggend dat het beest echt dood was, en liet het aan Will over het arme beest te begraven. Maar dat deed Will niet, hij haastte zich door het bos met het kleine kadaver en gaf het aan Amelia Maugery. Amelia verstopte haar eigen gezonde varkentje en riep de LO, met de boodschap: 'Kom vlug, mijn varken is doodgegaan.'

De LO liet niet lang op zich wachten, en toen hij het varken zag liggen, met de poten omhoog, kwam het niet in hem op dat het hetzelfde beest was dat hij eerder op de dag had gezien. Hij schreef nog een dood varken bij in zijn boek met dode dieren.

Amelia bracht hetzelfde kadaver naar een andere vriend, en die haalde de volgende dag dezelfde truck uit. We konden dit blijven doen tot het varken begon te stinken. De Duitsers kwamen er uiteindelijk achter en ze begonnen alle koeien en varkens meteen na de geboorte te brandmerken, dus werden er geen dode varkens meer uitgewisseld.

Maar Amelia, met een levend, verborgen, vet en gezond varken, had alleen nog Dawsey nodig om het in stilte te slachten. Het moest geluidloos gebeuren omdat er een Duitse eenheid bij haar boerderij gelegerd was, en als de soldaten de doodskreten van het varken hoorden, zouden ze erop afkomen.

Varkens voelden zich altijd tot Dawsey aangetrokken; als hij de stal binnenkwam dromden ze om hem heen om zich over hun rug te laten kriebelen. Kwam er iemand anders, dan schopten ze een hoop herrie, krijsten, knorden en renden in het rond. Maar Dawsey kon ze kalmeren, en hij wist precies de juiste plek onder hun kin te vinden waar hij vliegensvlug zijn mes in moest steken. De varkens kregen niet eens de kans om te gillen, ze gleden zachtjes neer op het zeil op de grond.

Ik zei tegen Dawsey dat ze alleen maar verbaasd opkeken, maar hij ontkende dat, varkens waren slim genoeg het te merken als er verraad dreigde, en ik moest niet proberen de zaak mooier voor te stellen.

Amelia's varken leverde ons een geweldig maal op – er waren uien en aardappelen om het gebraad te vullen. We waren bijna vergeten hoe het was om een volle maag te hebben, maar algauw wisten we niet beter meer. Achter de gesloten gordijnen van Amelia's huis, met vrienden rond de dis, konden we net doen alsof er niets veranderd was en er geen Duits leger in de buurt bestond.

U hebt gelijk als u Elizabeth moedig noemt. Dat is ze, en dat is ze altijd geweest. Als klein meisje is ze met haar moeder en sir Ambrose Ivers vanuit Londen naar Guernsey gekomen. Ze leerde mijn dochter Jane kennen tijdens haar eerste zomer hier, toen ze allebei tien waren, en vanaf dat moment waren ze hartsvriendinnen.

Toen Elizabeth in het voorjaar van 1940 terugkwam om het huis van sir Ambrose af te sluiten, bleef ze langer dan de veiligheid toeliet, omdat ze Jane tot steun wilde zijn. Mijn meisje was er niet best aan toe sinds haar man John naar Engeland was gegaan om te tekenen – dat was in december 1939 – en haar baby dreigde voortijdig ter wereld te komen. Dokter Martin schreef bedrust voor, dus bleef Elizabeth om Jane gezelschap te houden en met Eli te spelen. Eli vond niets leuker dan met Elizabeth spelen. Ze vormden een gevaar voor het meubilair, maar het was heerlijk om hen te horen lachen. Eens ging ik hen beiden afhalen voor het eten en toen ik binnenkwam lagen ze – languit, schots en scheef, op een stapel kussens onder aan de trap. Ze hadden de mooie eikenhouten trapleuning van sir Ambrose in de was gezet en waren drie verdiepingen omlaag gegleden!

Het was Elizabeth die de noodzakelijke voorbereidingen trof om Eli op het schip mee te laten evacueren. Wij eilanders kregen pas een dag tevoren bericht toen de boten van Engeland kwamen om de kinderen weg te halen. Ze werkte zich een slag in de rondte, waste en verstelde Eli's kleren en legde hem uit waarom hij zijn konijn niet mee kon nemen. Toen we op weg gingen naar het schoolplein, moest Jane zich omdraaien om Eli bij het afscheid niet een betraand gezicht te laten zien, maar Elizabeth nam hem bij de hand en zei dat het goed weer was voor een zeereis.

Zelfs daarna wilde Elizabeth Guernsey nog niet verlaten, toen alle anderen probeerden weg te komen. 'Nee,' zei ze, 'ik wacht de komst van Janes baby af – wanneer ze goed op gewicht is, gaan Jane en ik met haar naar Londen. Dan gaan we uitzoeken waar Eli zit en halen hem op.' Elizabeth was iemand die niet gauw opgaf, ze had een sterke wil. Ze hield haar poot stijf en het was duidelijk dat het geen enkele zin had te proberen haar over te halen om te vertrekken. Zelfs niet toen we de rook konden zien opstijgen van Cherbourg, waar de

Fransen hun brandstoftanks in de fik hadden gezet zodat die niet in handen van de Duitsers zouden vallen. Maar dat maakte niks uit, Elizabeth zou toch niet gaan zonder Jane en de baby. Ik denk dat sir Ambrose haar had gezegd dat hij en een van zijn vrienden rechtstreeks naar St. Peter Port zouden zeilen om hen van Guernsey weg te halen voor de Duitsers kwamen. Om de waarheid te zeggen, ik was blij dat ze toen is gebleven. Ze was bij me in het ziekenhuis toen Jane en de baby stierven. Ze zat naast Jane en liet haar hand geen moment los.

Toen Jane was gestorven, stonden Elizabeth en ik in de hal als verlamd uit het raam te staren. Op dat moment zagen we zeven Duitse vliegtuigen laag over de haven aankomen. We dachten dat het om onschuldige verkenningsvluchten ging – maar nee, ze wierpen bommen af – die vielen achter elkaar naar beneden. We zeiden geen woord, maar ik weet wat we beiden dachten – goddank was Eli veilig weggekomen. Elizabeth is Jane en mij in die moeilijke tijd tot steun geweest, en ook daarna heeft ze veel voor me betekend. Ik was niet in staat Elizabeth te helpen, dus ik dank de hemel dat haar dochter Kit veilig bij ons is, en ik bid dat Elizabeth gauw thuiskomt.

Het deed me goed te horen over uw vriend die in Australië gevonden is. Ik hoop dat u weer met mij en Dawsey wilt corresponderen, want hij vindt het net zo fijn iets van u te horen als ik.

Uw vriend,
Eben Ramsey

12 maart 1946

Beste Juliet,

Ik ben blij dat u de witte seringen mooi vond.

Ik zal u over de zeep van mevrouw Dilwyn vertellen. Halverwege de bezetting werd zeep schaars; gezinnen kregen slechts één stuk per persoon per maand. Het was gemaakt van een of andere soort Franse klei en lag als een dood ding in de wastobbe. Het maakte geen schuim – je moest gewoon maar schrobben en hopen dat het werkte.

Jezelf schoonhouden kostte veel moeite en we waren er allemaal aan gewend geraakt min of meer vies te zijn, net als onze kleding. We kregen een piepklein beetje zeeppoeder voor de afwas en voor kleren, maar het was lachwekkend weinig; ook hierbij geen schuim. Sommige van de dames, onder wie mevrouw Dilwyn, vonden dat verschrikkelijk. Voor de oorlog had mevrouw Dilwyn haar kleding altijd in Parijs gekocht, en die mooie kleren versleten er sneller door dan gewone.

Op een dag ging het varken van meneer Scope dood aan melk-koorts. Omdat niemand ervan durfde te eten, bood meneer Scope me het kadaver aan. Ik herinnerde me dat mijn moeder daar zeep van maakte, dus ik dacht dat ik het kon proberen. Het resultaat was iets wat eruitzag als bevroren afwaswater en nog erger stonk. Dus smolt ik het hele goedje en begon opnieuw. Booker, die was komen helpen, stelde voor er kleur aan te geven met paprika, en geur met kaneel. Amelia gaf ons van allebei wat, en we voegden het toe aan het mengsel.

Toen de zeep genoeg gehard was, sneden we hem in ronde stukken met Amelia's koeksteker. Ik wikkelde de stukken zeep in kaasdoek, Elizabeth bond er strikken om van rood garen en we gaven ze bij de eerstvolgende bijeenkomst van de leeskring aan alle dames cadeau. Hoe dan ook, zo'n twee weken lang zagen we er weer uit als fatsoenlijke mensen.

Nu werk ik een paar dagen per week in de steengroeve, en ook in de haven. Isola vond dat ik er moe uitzag en mengde een balsem voor pijnlijke spieren – het heet Engelenvingers. Isola heeft een hoestsiroop die Duivelsgoed heet en ik bid dat ik die nooit nodig zal hebben.

Gisteren kwamen Amelia en Kit hier eten en hebben we na afloop een deken meegenomen naar het strand om daar de maan te zien opkomen. Kit vindt dat heerlijk, maar ze valt altijd in slaap voor de maan helemaal boven aan de hemel staat, en dan draag ik haar naar Amelia's huis. Ze weet zeker dat ze de hele avond wakker kan blijven zodra ze vijf is.

Weet u veel van kinderen? Ik niet, en al leer ik wel, ik geloof niet dat ik een snelle leerling ben. Het was veel gemakkelijker voordat Kit leerde praten, maar toen was het niet zo leuk. Ik probeer antwoord te geven op haar vragen, maar ik loop meestal achter en ze is alweer op de volgende vraag overgestapt voordat ik de eerste kan beantwoorden. Dus ik weet niet genoeg om haar tevreden te stellen. Ik weet niet hoe een mangoest eruitziet.

Ik vind het fijn brieven van u te krijgen, maar ik heb vaak het gevoel dat ik weinig nieuws te vertellen heb dat de moeite waard is, dus het doet me goed uw retorische vragen te kunnen beantwoorden.

Met vriendelijke groeten,
Dawsey

Van Adelaide Addison aan Juliet

12 maart 1946

Beste juffrouw Ashton,

Ik merk dat u zich niet door mij laat adviseren. Ik trof Isola Pribby aan, in haar marktkraam, terwijl ze iets aan het neerkrabbelen was – een antwoord op een brief van u! Ik probeerde rustig verder te gaan met boodschappen doen, maar toen zag ik dat Dawsey Adams een brief aan u op de post deed. Wie is de volgende, vraag ik me af. Dit is niet te verdragen, en ik neem de pen ter hand om u tegen te houden.

Ik ben niet helemaal eerlijk tegen u geweest in mijn laatste brief; fijngevoeligheid weerhield me ervan u de ware aard te onthullen van die losbandige groep en haar oprichtster, Elizabeth McKenna. Maar nu zie ik me, bij hoge uitzondering, genoodzaakt mijn principes te verloochenen.

De leden van de leeskring hebben gezamenlijk besloten het bastaardkind van Elizabeth McKenna en haar Duitse minnaar, dokter/kapitein Christian Hellman, op te voeden. Ja, een Duitse soldaat! Het verbaast me niets als u hierdoor geschokt bent.

Welnu, het ligt niet in mijn aard onrechtvaardig te zijn. Ik zeg niet dat Elizabeth was wat onbeschaafd volk een 'moffenhoer' noemde, dat ze dartelde met élke Duitse soldaat op Guernsey die haar cadeaus zou kunnen geven. Ik heb Elizabeth nooit zijden kousen zien dragen of zijden jurken (in feite was ze net zo sjofel gekleed als altijd), heb nooit gemerkt dat ze parfum uit Parijs op had, of dat ze zich te goed deed aan chocola en wijn, of SIGARETTEN ROOKTE, zoals andere sloeries op het eiland.

Maar de waarheid is erg genoeg.

Hier de treurige feiten. In april 1942 schonk de ONGEHUWDE Elizabeth McKenna het leven aan een meisje – in haar eigen huis. Eben Ramsey en Isola Pribby waren aanwezig bij de bevalling – hij om de hand van de moeder vast te houden, zij om het vuur brandend te houden. Amelia Maugery en Dawsey Adams (een ongetrouwd man! Schande!) deden het eigenlijke werk, het halen van de baby, voor dokter Martin kwam. De vermoedelijke vader? Afwezig! In feite had hij korte tijd daarvoor het eiland verlaten. 'Bevel tot dienst op het continent' – ZEGGEN ZE. De zaak is volkomen duidelijk – toen het bewijs voor hun onwettige relatie onweerlegbaar was, liet kapitein Hellman zijn minnares in de steek, waarmee ze haar verdiende loon kreeg.

Ik had deze schandalige afloop kunnen voorspellen. Ik zag Elizabeth bij diverse gelegenheden met haar minnaar – terwijl ze samen wandelden, diep in gesprek, of brandnetels plukten voor de soep of hout sprokkelden. En eenmaal zag ik hem, terwijl ze elkaar aankeken, zijn hand naar haar gezicht brengen en haar jukbeen volgen met zijn duim.

Hoewel ik er weinig van verwachtte, voelde ik het als mijn plicht haar te waarschuwen voor het lot dat haar beschoren was. Ik zei haar dat de gemeenschap van fatsoenlijke mensen haar zou uitstoten, maar ze sloeg geen acht op mij. In feite lachte ze erom. Ik liet het over me heen komen. Toen sommeerde ze me haar huis uit te gaan. Zo worden de rechtschapenen afgewezen!

Ik ben niet trots op mijn vooruitziendheid. Dat zou niet Christelijk zijn.

Terug naar de baby – Christina geheten, roepnaam Kit. Nog geen jaar later beging Elizabeth, onhandig als altijd, een vergrijp dat uitdrukkelijk was verboden door de Duitse Bezetter – ze hielp een ontsnapte gevangene van het Duitse leger onderduiken en bracht hem voedsel. Ze werd gearresteerd en veroordeeld tot gevangenisstraf op het vasteland.

Mevrouw Maugery nam de baby bij zich in huis toen Elizabeth

werd gearresteerd. En sindsdien? Het Literaire Aardappelschiltaart Genootschap van Guernsey heeft de baby grootgebracht alsof het hun eigen kind was – haar bij toerbeurt van het ene huis naar het andere sjouwend. Het belangrijkste aandeel in de verzorging van de baby werd geleverd door Amelia Maugery, met andere leden van de groep die haar voor een paar weken meenamen – als een bibliotheekboek.

Allemaal vertroetelden ze de baby, en nu het kind kan lopen, gaat ze met hen allemaal overal heen – aan de hand of zittend op hun schouders. Dat zijn hun normen! U mag zulke mensen niet verheerlijken in de *Times*.

U zult niet weer van mij horen – ik heb mijn best gedaan. Knoop het in uw oren.
Adelaide Addison

20 maart 1946

Lieve Juliet – Thuisreis uitgesteld. Van paard gevallen, been gebroken. Piers verzorger. Liefs, Sidney

21 maart 1946

O god, welk been? Wat erg. Liefs, Juliet

22 maart 1946

Het was het andere. Geen zorgen – weinig pijn. Piers uitstekende verzorger. Liefs, Sidney

22 maart 1946

Blij dat het niet het been is dat ik je heb laten breken. Kan ik je iets sturen om je te helpen herstellen? Boeken – opnamen – pokerfiches – mijn hartenbloed?

23 maart 1946

Geen bloed, geen boeken, geen pokerfiches. Blijf alleen lange brieven sturen om ons bezig te houden. Liefs, Sidney en Piers

23 maart 1946

Lieve Sophie,

Ik heb alleen een kabeltelegram gekregen, dus jij weet meer dan ik. Maar hoe het ook zij, het is volkomen belachelijk dat je overweegt naar Australië te vliegen. Hoe moet het dan met Alexander? En Dominic? En je ganzen? Die zullen wegkwijnen.

Denk eerst maar eens na, dan besef je waarom je je niet druk moet maken. Ten eerste zal Piers uitstekend voor Sidney zorgen. Ten tweede: liever Piers dan wij – kun je je nog herinneren wat een vreselijke patiënt Sidney de vorige keer was? We zouden blij moeten zijn dat hij in Australië zit. Ten derde is Sidney al jaren ontzettend gespannen. Hij heeft rust nodig, en waarschijnlijk was zijn been breken voor hem de enige manier om die te krijgen. En het belangrijkste, Sophie: hij wíl ons daar niet hebben.

Ik ben er volkomen zeker van dat Sidney me liever een nieuw boek ziet schrijven dan dat ik in Australië aan zijn bed verschijn, dus ik ben van plan hier in mijn sombere flat te blijven en naarstig naar een onderwerp te zoeken. Ik heb mogelijk een piepklein ideetje, maar het is nog te teer en te kwetsbaar om een poging te kunnen wagen het te beschrijven, zelfs aan jou. Ter ere van Sidneys been zal ik het koesteren en voeden en kijken of ik het kan laten groeien.

Nu over Markham V. Reynolds (Junior). Je vragen met betrekking tot deze heer zijn erg tactvol, erg subtiel, erg alsof je op je hoofd wordt geslagen met een polohamer. Of ik verliefd op hem ben? Wat is dat voor vraag? Het is een tuba tussen de fluiten, en ik ben beter van je gewend. De eerste regel bij het je bemoeien met andermans zaken is dat je ze via slinkse wegen hoort te benaderen – toen je me zweverige brieven begon te schrijven over Alexander, heb ik je niet gevraagd of je verliefd op hem was, ik vroeg wat zijn favoriete dier was. Je antwoord vertelde alles wat ik over hem moest weten – hoeveel mannen zouden toegeven dat ze dol waren op eenden? (Dat brengt me op een belangrijk punt: ik weet niet wat Marks lievelingsdier is. Ik betwijfel of het een eend is.)

Zou je prijs stellen op een paar suggesties? Je zou me kunnen vragen wie zijn favoriete auteur is (Dos Passos! Hemingway!!) Of zijn lievelingskleur (blauw, niet zeker welke tint, vermoedelijk koningsblauw). Danst hij goed? (Ja, heel wat beter dan ik, trapt nooit op mijn tenen, maar praat of neuriet zelfs niet onder het dansen. Neuriet helemaal niet, voor zover ik weet.) Heeft hij broers of zussen? Ja, twee oudere zussen, de ene getrouwd met een suikerbaron en de andere sinds een jaar weduwe. Plus een jongere broer, onder hoongelach als een domoor ontslagen.)

Dus nu ik al het werk voor je heb gedaan, kun je misschien je eigen idiote vraag beantwoorden, want ik kan het niet. In de buurt van Mark voel ik me verward, wat een teken van liefde kan zijn, maar misschien ook niet. Het is in elk geval niet rustgevend. Ik zie bijvoorbeeld behoorlijk op tegen de komende avond. Weer een feestelijk diner, erg prachtig, met mannen die over de tafel leunen om iets te poneren en vrouwen die met hun sigarettenpijpjes gebaren. Het liefst zou ik me nu op mijn sofa nestelen, maar ik moet in actie komen en een avondjurk aantrekken. Afgezien van de liefde, betekent Mark een vreselijke aanslag op mijn garderobe.

Lieverd, maak je geen zorgen om Sidney. Die stapt binnenkort weer stevig rond.

Groeten,
Juliet

25 maart 1946

Beste Dawsey,

Ik heb een lange brief ontvangen (twee, in feite!) van ene juffrouw Adelaide Addison, die me waarschuwt in mijn artikel niet over de leeskring te schrijven. Als ik dat toch doe trekt ze voor altijd haar handen van me af. Ik zal proberen die kwelling standvastig te verduren. Ze blaast ook behoorlijk stoom af over 'moffenhoeren'.

Ik heb ook een heerlijke lange brief van Clovis Fossey gekregen over poëzie, en een van Isola Pribby over de gezusters Brontë. Ze deden me niet alleen veel plezier, maar ze gaven me ook gloednieuwe ideeën voor mijn artikel. Door hun toedoen en dat van u, meneer Ramsey en mevrouw Maugery schrijft Guernsey mijn artikel feitelijk in mijn plaats. Zelfs juffrouw Adelaide Addison heeft haar steentje bijgedragen – het zal me een genoegen zijn haar te trotseren.

Ik weet niet zoveel van kinderen als ik zou willen. Ik ben peetmoeder van een heerlijke knul van drie die Dominic heet, het zoontje van mijn vriendin Sophie. Ze wonen in Schotland, bij Oban, en ik krijg hem niet vaak te zien. Wanneer dat wel gebeurt, sta ik er altijd versteld van hoe snel zijn persoonlijkheid zich ontwikkelt – nauwelijks was ik eraan gewend een warm hoopje mens rond te dragen of hij was al geen baby meer en begon zelf rond te dribbelen. Ik heb zes maanden gemist en, kijk eens aan, hij kan ineens praten! Nu praat hij tegen zichzelf, wat ik erg vertederend vind aangezien ik dat zelf ook doe.

Een mangoest, dat kunt u Kit vertellen, is een op een wezel lijkend schepsel met erg scherpe tanden en een slecht humeur. Het is de enige natuurlijke vijand van de cobra en hij is ongevoelig voor slangengif. Bij gebrek aan slangen doet hij zich te goed aan schorpioenen. Misschien kunt u er voor haar een als huisdier nemen.

Met vriendelijke groeten,
Juliet

PS Ik twijfelde over het sturen van deze brief – stel dat Adelaide Addison een vriendin van u is? Toen besloot ik dat ze dat onmogelijk kon zijn – dus daar gaat-ie.

27 maart 1946

Beste juffrouw Ashton,

Amelia Maugery heeft me gevraagd u te schrijven, want ik ben een van de oprichters van Het Literaire Aardappelschiltaart Genootschap van Guernsey – hoewel ik slechts één boek heb gelezen, steeds opnieuw. Het gaat om *De brieven van Seneca. Vertaald uit het Latijn in één deel, met appendix.* Seneca en de leeskring, en alles daaromheen, redden me van het afschrikwekkende leven van een dronkaard.

Van 1940 tot 1944 deed ik tegenover de Duitse autoriteiten alsof ik lord Tobias Penn-Piers was – mijn voormalige werkgever, die over zijn toeren naar Engeland was gevlucht toen Guernsey werd gebombardeerd. Ik was zijn bediende, en ik bleef. Mijn echte naam is John Booker en ik ben geboren en getogen in Londen.

Samen met de anderen ben ik op de avond van Amelia's varkensgebraad na spertijd betrapt. Ik kan het me niet helder meer voor de geest halen. Ik neem aan dat ik aangeschoten was, omdat ik dat meestal was. Ik herinner me dat soldaten schreeuwden en met hun pistolen zwaaiden en dat Dawsey me overeind hield. Toen was daar de stem van Elizabeth. Ze had het over boeken – ik kon niet bevatten waarom. Daarna sleurde Dawsey me in hoog tempo door een weiland, en vervolgens viel ik in bed. Dat is alles.

Maar u wilt weten wat voor invloed boeken hebben gehad op mijn leven, en zoals ik al zei, er was er maar één. Seneca. Weet u wie hij was? Hij was een Romeinse senator die brieven schreef aan verzonnen vrienden die hij vertelde hoe ze zich de rest van hun leven moesten gedragen. Dat klinkt misschien saai, maar de brieven waren dat niet – ze waren grappig. Ik denk dat je meer leert wanneer je tegelijkertijd kunt lachen.

Volgens mij is wat hij zegt de moeite waard – voor alle mensen in alle tijden. Ik zal u een levendig voorbeeld geven: neem de Luftwaffe en hun kapsels. Tijdens de blitzkrieg voegde de Luftwaffe van Guernsey zich bij de grote bommenwerpers die op weg waren naar Londen. Ze vlogen alleen 's nachts, dus overdag konden ze doen wat ze wilden, op hun eigen manier hun tijd besteden in St. Peter Port. En wat deden ze? Ze brachten uren door in schoonheidssalons, lieten hun nagels manicuren, hun gezicht masseren, hun wenkbrauwen bijwerken, hun haar watergolven en coifferen. Wanneer ik ze zag met hun haarnetjes, met z'n vijven in gelijke tred naast elkaar over straat lopend, eilanders van de stoep duwend, dacht ik aan Seneca's woorden over de pretoriaanse garde. Hij had geschreven: 'Geen lid van die ploeg of hij zou liever Rome in wanorde zien dan zijn haar.'

Ik zal u vertellen hoe ik ertoe kwam me voor te doen als mijn voormalige werkgever. Lord Tobias wilde de oorlog uitzitten op een veilige plek, dus verwierf hij zich villa La Fort op Guernsey. Hij had de Eerste Wereldoorlog doorgebracht op de Caribische eilanden maar had daar erg geleden onder de verzengende hitte.

In het voorjaar van 1940 betrok hij La Fort met het grootste deel van zijn bezittingen, inclusief lady Tobias. Chausey, zijn Londense butler, had zichzelf opgesloten in de provisiekast en weigerde mee te gaan. Dus moest ik, zijn bediende, in Chauseys plaats toezicht houden op het plaatsen van het meubilair, het ophangen van draperieën, het poetsen van het zilver en *de bevoorrading van zijn wijnkelder*. Daar legde ik elke fles behoedzaam op zijn plaatsje in het rek, alsof ik een baby in zijn wieg legde.

Net toen het laatste schilderij aan de muur werd gehangen vlogen de Duitse vliegtuigen over en bombardeerden St. Peter Port. Lord Tobias, in paniek door alle tumult, belde de kapitein van zijn jacht en gaf hem opdracht 'het schip in gereedheid te brengen'! We moesten de boot volladen met zijn zilver, zijn schilderijen, zijn snuisterijen en, als er nog genoeg ruimte overbleef, lady Tobias, en dan zou hij onmiddellijk koers zetten naar Engeland.

Ik was de laatste op de valreep, en lord Tobias schreeuwde: 'Schiet op man! Schiet op, de Hunnen komen!'

Op dat moment schoot mijn ware lotsbestemming door me heen, juffrouw Ashton. Ik had nog steeds de sleutel van his lordships wijnkelder. Ik dacht aan al die flessen wijn, champagne, brandewijn en cognac die we niet terug hadden kunnen brengen naar het jacht – en ik zag mezelf te midden daarvan, helemaal alleen. Ik dacht: geen gebel meer, geen livrei meer, geen lord Tobias meer. *Helemaal niet meer in dienst zijn*, dat is waar ik aan dacht.

Ik keerde hem de rug toe en liep vlug de loopplank af. Ik rende de weg naar La Fort op en zag het jacht wegzeilen, met lord Tobias die nog steeds aan het schreeuwen was. Toen ging ik naar binnen, maakte een vuur aan en begaf me naar de wijnkelder. Ik nam een rode tafelwijn mee en ontkurkte mijn eerste fles. Ik liet de wijn chambreren. Toen ging ik naar de bibliotheek, nam een slokje en begon in een boek: *Het gezelschap van de wijnliefhebber*.

Ik las over druiven, hield de tuin bij, sliep in zijden pyjama's – en dronk wijn. Zo ging het door tot september, toen Amelia Maugery en Elizabeth McKenna bij me langskwamen. Elizabeth kende ik oppervlakkig – zij en ik hadden een paar keer tussen de marktkramen met elkaar staan praten – maar Amelia was voor mij een vreemde. Ik vroeg me af of ze me zouden gaan aangeven bij de politie.

Nee, ze waren gekomen om me te waarschuwen. De commandant van Guernsey had alle Joden bevolen zich te melden bij het Royal Hotel en zich te laten registreren. Volgens de commandant zou onze identiteitskaart alleen maar met 'Jood' bestempeld worden en zouden we dan vrij zijn om naar huis te gaan. Elizabeth wist dat mijn moeder Joods was; ik had dat ooit verteld. Ze kwamen me zeggen dat ik onder geen beding naar het Royal Hotel moest gaan.

Maar dat was nog niet alles. Elizabeth had grondig over mijn hachelijke situatie nagedacht (grondiger dan ik) en een plan gemaakt. Waarom zou ik, aangezien alle eilanders toch een identiteitskaart moesten hebben, mezelf niet uitroepen tot lord Tobias Penn-Piers zelf? Ik kon me erop beroepen dat ik, omdat ik maar op bezoek was, al mijn papieren in mijn Londense bank had achtergelaten. Amelia was er zeker van dat meneer Dilwyn mijn transformatie graag zou steunen, en dat was inderdaad het geval. Hij en Amelia gingen met me naar het kantoor van de commandant en we zwoeren allemaal dat ik lord Tobias Penn-Piers was.

Het was Elizabeth die op het gouden idee kwam. De Duitsers namen alle voorname huizen op Guernsey in beslag als verblijf voor hun officieren en ze zouden een villa als La Fort nooit over het hoofd zien – die was niet te missen. En wanneer ze kwamen, moest ik er klaar voor zijn als lord Tobias Penn-Piers. Ik moest eruitzien als een bedaarde lord en me gedragen alsof ik me op mijn gemak voelde. Ik kreeg het doodsbenauwd.

'Onzin,' zei Elizabeth. 'Je hebt persoonlijkheid, Booker. Je bent lang, donker en knap en alle bedienden weten hoe ze verwaand moeten kijken.'

Ze besloot snel een portret van mij als zestiende-eeuwse Penn-Piers te schilderen. Dus ik poseerde als zodanig in een fluwelen mantel met plooikraag, gezeten tegen een achtergrond van donkere wandtapijten en vage schaduwen, met mijn hand aan mijn dolk. Ik zag er Edel, Verongelijkt en Verraderlijk uit.

Het was een briljante zet, want nog geen twee weken later verscheen er een troep Duitse officieren (zes in totaal) in mijn bibliotheek – zonder kloppen. Ik ontving hen daar, nippend aan een Château Margaux '93 en een onmiskenbare gelijkenis vertonend met het portret van mijn 'voorvader' dat achter mij boven op de schoorsteenmantel hing.

Ze bogen voor mij en waren een en al beleefdheid, wat hen er niet van weerhield zich de villa toe te eigenen en mij de volgende dag naar het poortwachtershuisje te verhuizen. Eben en Dawsey glipten die avond na spertijd naar buiten en hielpen me de meeste wijn naar het huisje over te brengen, waar we de flessen vakkundig verstopten achter de houtstapel, in de put, in de schoorsteenpijp, onder de hooiberg en boven de daksparren. Maar ondanks al dat gesleep met flessen raakte ik begin 1941 door de wijn heen. Een trieste dag, maar ik had vrienden die me afleiding bezorgden – en toen, toen ontdekte ik Seneca.

Ik begon onze boekenbijeenkomsten leuk te vinden – ze hielpen de bezetting draaglijker te maken. Sommige boeken klonken goed, maar ik hield het bij Seneca. Ik kreeg het gevoel dat hij tegen me praatte – op zijn grappige, bijtende manier – tegen mij alleen. Zijn brieven hielden me in leven bij wat er later zou gebeuren.

Ik ga nog steeds naar alle bijeenkomsten van onze kring. Iedereen heeft genoeg van Seneca en ze smeken me een andere schrijver te lezen. Maar dat ga ik niet doen. Ik speel ook in stukken die een van onze toneelgezelschappen op de planken brengt – door voor lord Tobias door te gaan heb ik de smaak van het acteren te pakken gekregen en bovendien ben ik lang en spreek ik luid; ik ben op de achterste rij nog te horen.

Ik ben blij dat de oorlog voorbij is en ik nu weer John Booker ben.

Met vriendelijke groeten,
John Booker

31 maart 1946

Beste Sidney en Piers,

Geen bloed – alleen maar verstuikte duimen van het kopiëren van bijgevoegde brieven van mijn nieuwe vrienden op Guernsey. Ik ben dol op hun brieven en kon de gedachte de originelen naar het andere einde van de wereld te sturen, waar ze ongetwijfeld door wilde honden zouden worden opgegeten, niet verdragen.

Ik wist dat de Duitsers het Kanaaleiland hadden bezet, maar ik heb daar tijdens de oorlog nauwelijks aan gedacht. Sindsdien heb ik de *Times* uitgekamd op artikelen en alles wat ik uit de London Library kan plukken over de bezetting. Ik moet ook een goed boek over Guernsey vinden – een met beschrijvingen, en geen tijdtabellen en aanbevelingen voor hotels – iets wat me een idee geeft van het eiland.

Nogal losstaand van mijn interesse in hun belangstelling voor lezen, ben ik verliefd geworden op twee mannen: Eben Ramsey en Dawsey Adams. Clovis Fossey en John Booker vind ik aardig. Ik wil dat Amelia Maugery me adopteert; en ik – ik wil Isola Pribby adopteren. Mijn gevoelens voor Adelaide Addison (juffrouw) moeten jullie zelf maar zien te achterhalen door haar brieven te lezen. De waarheid is dat ik momenteel meer op Guernsey ben dan in Londen – ik doe alsof ik werk, met één oor gespitst op het geluid van de post die in de brievenbus valt, en wanneer ik het hoor storm ik de trap af, ademloos wachtend op het volgende deel van het verhaal. Zo moeten de mensen zich hebben gevoeld toen ze zich verzamelden voor de deur van de drukkerij om de laatste aflevering van *David Copperfield* te bemachtigen zodra die van de pers kwam.

Ik weet dat jullie ook zullen genieten van de brieven – maar zouden jullie geïnteresseerd zijn in meer? Ik vind deze mensen en hun ervaringen tijdens de oorlog fascinerend en ontroerend. Ben je dat met me eens? Denk je dat hier een boek in zit? Wees niet beleefd – ik wil je onverbloemde mening (die van jullie allebei). En je hoeft je geen zorgen te maken – ik zal kopieën van de brieven blijven sturen zelfs als je niet wilt dat ik een boek over Guernsey ga schrijven. Ik sta (meestal) boven kleingeestige wraak.

Aangezien ik mijn duimen heb opgeofferd om jullie afleiding te bezorgen, moeten jullie me in ruil daarvoor maar een van Piers' laatste producten toesturen. Blij te horen dat je weer aan het schrijven bent, mijn beste.

Liefs voor jullie allebei,
Juliet

2 april 1946

Beste Juliet,

Lol hebben is de grootste zonde in de bijbel van Adelaide Addison (gebrek aan nederigheid als goede tweede), en ik ben niet verrast dat ze u schreef over moffenhoeren. Adelaide leeft op haar gramschap.

Er waren maar weinig begerenswaardige mannen over op Guernsey en beslist geen enkele opwindende. Velen van ons waren uitgeput, sjofel, zorgelijk, onverzorgd en vies en hadden geen schoenen meer aan hun voeten – we waren verslagen en zo zagen we er ook uit. We hadden geen energie, tijd of geld meer om plezier te maken. De mannen van Guernsey oefenden geen aantrekkingskracht uit – en de Duitse soldaten wel. Ze waren, volgens een vriendin van mij, groot, blond, knap en zongebruind – als bronzen goden. Ze gaven excessieve feesten, waren plezierig en enthousiast gezelschap, beschikten over auto's, hadden geld en konden de hele nacht door dansen.

Maar sommigen van de meisjes die uitgingen met soldaten gaven de sigaretten aan hun vader en het brood aan hun familie. Ze kwamen van feesten met gebak, pasteien, fruit, vleeskoekjes en puddinkjes die ze in hun handtas hadden gepropt, en dan had hun familie de volgende dag een complete maaltijd.

Ik denk niet dat er eilanders waren die dachten dat de reden om aan te pappen met de vijand voortkwam uit de verveling in die jaren. Verveling kan een sterke drijfveer zijn; het vooruitzicht van plezier oefent grote aantrekkingskracht uit – vooral wanneer je jong bent.

Er waren natuurlijk velen die niets met de Duitsers te maken wilden hebben – als je goedemorgen zei, heulde je in hun ogen al met de vijand. Maar de omstandigheden waren zodanig dat ik me daar niet aan kon houden met betrekking tot kapitein Christian Hellman, arts bij de bezettende macht en voor mij een goede vriend.

Eind 1941 was er geen zout meer op het eiland, en er kwam ook niets vanuit Frankrijk. Wortelgroenten en soepen zijn smakeloos zonder zout, dus de Duitsers kwamen op het idee zeewater te gebruiken om zout te winnen. Ze haalden het uit de baai en goten het in een grote tankwagen die midden in St. Peter Port werd neergezet. We moesten allemaal naar de stad lopen, onze emmers vullen en ze weer naar huis dragen. Dan moest je het water verhitten en laten verdampen en de smurrie op de bodem van de pan als zout gebruiken. Dat plan mislukte doordat er niet voldoende hout was om een vuur te maken dat heet genoeg werd om de pan met water droog te laten koken. Dus we besloten al onze groente direct in zeewater te koken.

Dat hielp wel voor de smaak, maar er waren veel oudere mensen die niet in staat waren naar de stad te lopen of zware emmers naar huis te sjouwen. Niemand had veel kracht meer over voor zulke karweitjes. Ik loop enigszins mank door een slecht gezet gebroken been, en hoewel het me uit de militaire dienst hield, is het nooit erg genoeg geweest om er last van te hebben. Ik was erg fit, en dus begon ik water bij sommige huizen langs te brengen.

Ik ruilde een extra spade en wat garen voor madame LePells oude kinderwagen, en meneer Soames gaf me twee kleine eiken wijnvaten, allebei met een tapkraantje. Ik zaagde de bovenkant van de vaten af om losse deksels te maken en monteerde ze op de kinderwagen – zo had ik een vervoermiddel. Enkele stranden waren zonder mijnen, en het was eenvoudig om van de rotsen te klimmen, een vat te vullen en het weer naar boven te dragen.

De novemberwind is guur, en op een dag waren mijn handen bijna gevoelloos nadat ik van de baai naar boven was geklommen met het eerste vat met zeewater. Ik stond bij mijn kinderwagen en probeerde mijn vingers weer minder stijf te krijgen, toen Christian langsreed. Hij liet zijn auto stoppen, reed achteruit en vroeg of ik hulp nodig had. Ik zei van niet, maar hij stapte toch uit en hielp me het vat op mijn kinderwagen te tillen. Toen ging hij, zonder een woord te zeggen, met me mee naar beneden langs het klif om me te helpen met het tweede vat.

Ik had niet gemerkt dat hij een stijve schouder en arm had, maar mogelijk daardoor en door mijn mankheid en de losse puinhelling gleden we op weg terug omhoog uit en vielen tegen de klifwand, verloren de greep op het vat. Het viel naar beneden, versplinterde op de rotsen en we raakten doorweekt. God mag weten waarom we dat grappig vonden, maar het was zo. We zakten neer tegen de rots-wand, niet in staat op te houden met lachen of ons te bewegen. Op dat moment vielen de verhandelingen van Elia uit mijn zak, en Christian raapte het kletsnatte boekje op. 'Ah, Charles Lamb,' zei hij, en overhandigde het me. 'Dat was niet iemand die bezwaar had tegen een beetje vocht.' Mijn verbazing moet zichtbaar zijn ge-weest, want hij voegde eraan toe: 'Ik lees hem thuis vaak. Ik benijd u om uw draagbare bibliotheek.'

We klommen terug omhoog naar zijn auto. Hij wilde weten of ik een ander vat zou kunnen vinden. Ik zei dat dat wel zou lukken en legde uit dat ik water rondbracht. Hij knikte en ik vertrok met mijn karretje. Maar toen ging ik terug en zei: 'U kunt het boek lenen als u dat leuk vindt.' U had zijn gezicht moeten zien – hij was in de wol-ken. We wisselden namen uit en schudden elkaar de hand.

Daarna hielp hij me vaak het water naar boven dragen, en dan bood hij me een sigaret aan en stonden we langs de weg te praten – over hoe mooi Guernsey was, over geschiedenis, over boeken, over het boerenbedrijf, maar nooit over het heden – altijd over dingen die helemaal niets met de oorlog te maken hadden. Een keer toen we daar stonden, kwam Elizabeth de weg af rammelen op haar fiets. Ze had de hele dag en waarschijnlijk bijna de hele nacht ervoor in het ziekenhuis gewerkt, en net als bij ons allemaal hingen haar kleren van opgenaaide lappen aan elkaar. Maar Christian brak midden in een zin af om haar te zien aankomen. Elizabeth reed naar ons toe en stopte. Geen van beiden sprak een woord, maar ik zag hun gezichten en ik ging er zo snel als ik kon vandoor. Ik had me niet gerealiseerd dat ze elkaar kenden.

Christian was veldchirurg geweest tot de verwonding aan zijn schouder hem van Oost-Europa naar Guernsey voerde. Begin 1942 werd hij naar een ziekenhuis in Caen gestuurd; zijn schip werd tot zinken gebracht door geallieerde bommenwerpers en hij verdronk. Kolonel Mann, het hoofd van het Duitse bezettingsziekenhuis, wist dat we bevriend waren en kwam me zijn dood berichten. Hij deed dat met de bedoeling dat ik het Elizabeth zou vertellen, dus heb ik dat gedaan.

De manier waarop Christian en ik elkaar hebben ontmoet mag dan ongewoon zijn geweest, maar onze vriendschap was dat niet. Ik weet zeker dat veel eilanders bevriend zijn geraakt met sommige van de soldaten. Maar af en toe denk ik aan Charles Lamb en verbaas me erover dat een man die in 1775 werd geboren me in staat heeft gesteld vrienden te worden met twee van zulke mensen als u en Christian.

Hoogachtend,
Dawsey

4 april 1946

Beste Amelia,

De zon schijnt voor het eerst in maanden, en als ik op mijn stoel sta en mijn nek uitsteek, kan ik het licht zien schitteren op de rivier. Ik kijk over de puinhopen aan de andere kant van de straat heen en doe alsof Londen weer mooi is.

Ik heb een brief gekregen van Dawsey waarin hij me vertelt over Christian Hellman, hoe aardig hij was, en over zijn dood. De oorlog houdt maar niet op, zo lijkt het. Zo'n waardevol leven – verloren. En wat een vreselijke klap moet dat zijn geweest voor Elizabeth. Ik ben dankbaar dat ze u, Eben, Isola en Dawsey had om haar te helpen bij de geboorte van haar baby.

De lente komt eraan. Ik heb het bijna warm in mijn kleine beetje zonlicht. En beneden op straat – nu kijk ik nergens overheen – is een man in een opgelapte trui zijn huisdeur hemelsblauw aan het schilderen. Twee kleine jongens, die bezig waren elkaar af te rammelen met stokken, smeken hem om te mogen helpen. Hij geeft ze allebei een kleine kwast. Dus – misschien komt er toch een einde aan de oorlog.

Met vriendelijke groeten,
Juliet

5 april 1946

Lieve Juliet,

Je ontwijkt me en dat vind ik niet leuk. Ik wil het stuk niet met iemand anders zien – ik wil er met jóú heen. Eigenlijk interesseert het stuk me helemaal niet. Ik probeer alleen maar jou uit dat appartement te krijgen. Uit eten? Tea? Cocktails? Varen? Dansen? Jij kiest, en ik zal gehoorzamen. Meestal ben ik niet zo volgzaam – vergooi deze kans om mijn karakter te verbeteren niet.

Uw dienaar,
Mark

Beste Mark,

Wil je met me mee naar het British Museum? Ik heb er een afspraak in de leeszaal om 14.00 uur. Daarna kunnen we de mummies bekijken.

Juliet

De leeszaal en de mummies kunnen naar de pomp lopen. Kom tea-en.

Mark

Van Juliet aan Mark

Noem je dat volgzaam?

Juliet

Volgzaam naar de pomp.

M.

7 april 1946

Beste juffrouw Ashton,

Ik ben lid van Het Literaire Aardappelschiltaart Genootschap van Guernsey. Ik ben handelaar in oud ijzer, maar mensen noemen me graag voddenman. Ik vind ook arbeidsbesparende instrumenten uit – mijn laatste uitvinding is de elektrische wasknijper, die het wasgoed laat wapperen in de wind, wat de polsen van de wasvrouw spaart.

Of lezen me troost biedt? Ja, maar niet in de eerste plaats. Ik wilde net rustig in een hoekje mijn taart gaan zitten eten, toen Isola op me af kwam en zei dat ik een boek moest lezen en erover praten, net als de anderen. Ze gaf me een boek dat *Verleden en heden* heette, van Thomas Carlyle, en dat was een nogal langdradig type – ik kreeg er stekende hoofdpijn van – tot ik bij een stukje over godsdienst kwam.

Ik ben geen godsdienstig mens; niet dat ik het niet heb geprobeerd. Ik ging, net als een bij tussen de bloemen, van kerk naar kapel en weer terug. Maar ik heb nooit vat op het geloof kunnen krijgen – tot meneer Carlyle me een ander idee van godsdienst gaf. Hij ging wandelen bij de ruïnes van de abdij van Bury St. Edmunds. Hij mijmerde over de monniken die daar hadden geleefd, toen er een gedachte bij hem opkwam die hij als volgt opschreef:

> Hebt u er ooit bij stilgestaan dat mensen een ziel hadden – niet slechts van horen zeggen, of bij wijze van spreken; maar als een waarheid die ze kenden en waar ze naar leefden! Toen was het werkelijk een andere wereld... maar toch is het jammer dat we de tijdingen van onze ziel zijn verloren... eigenlijk moeten we haar weer gaan zoeken, anders zal ons erger overkomen.

Is dat niet bijzonder – je eigen ziel kennen van horen zeggen in plaats van te weten wat ze zelf zegt? Waarom zou ik een predikant me laten vertellen of ik er een had of niet? Als ik, helemaal uit mezelf, kon geloven dat ik een ziel had, dan kon ik daar ook uit mezelf naar luisteren.

Ik hield mijn praatje over meneer Carlyle voor de kring, en het riep een felle discussie op over de ziel. Ja? Nee? Misschien? Dokter Stubbins schreeuwde het hardst, en algauw hield iedereen op met redetwisten en luisterden we allemaal naar hem.

Thompson Stubbins is iemand die lang en diep over dingen nadenkt. Hij was psychiater in Londen tot hij in 1934 tijdens het jaarlijkse diner van de Friends of Sigmund Freud Society amok maakte. Hij heeft me ooit het hele verhaal verteld. De Friends waren goede sprekers en hun toespraken duurden uren – terwijl de borden leeg bleven. Uiteindelijk werd er opgediend en daalde stilte neer in het vertrek toen de psychiaters hun karbonades verslonden. Thompson zag zijn kans schoon: hij tikte met zijn lepel tegen zijn glas en schreeuwde door de zaal om zich te laten horen.

'Heeft iemand van u weleens bedacht dat rond de tijd dat de idee van een ZIEL afzwakte, Freud met het EGO op de proppen kwam om haar plaats in te nemen? Wat een timing van die man! Heeft hij er wel goed bij stilgestaan? Onverantwoordelijke ouwe lul! Ik denk dat mensen dit geleuter over ego's spuien omdat ze bang zijn dat ze geen ziel hebben! Denk daar eens over na!'

Thompson werd voor altijd geroyeerd en hij verhuisde naar Guernsey om groenten te kweken. Soms rijdt hij met me mee op mijn wagen en praten we over Mens en God en alles daaromheen. Dat zou ik allemaal hebben gemist als ik niet was gaan meedoen met Het Literaire Aardappelschiltaart Genootschap van Guernsey.

Zegt u me eens, juffrouw Ashton, hoe kijkt u hiertegen aan? Isola vindt dat u naar Guernsey moet komen, en als u dat doet, kunt u op mijn wagen met ons meerijden. Ik zal een kussen meenemen.

Met de beste wensen voor blijvende gezondheid en geluk,
Will Thisbee

8 april 1946

Beste juffrouw Ashton,

Ik heb over u gehoord. Ik heb ooit deel uitgemaakt van die literaire kring, alhoewel ik erom wil wedden dat niemand van hen u over mij heeft verteld. Ik droeg niet voor uit een boek van een dode schrijver. Ik las uit iets wat ik zelf had geschreven – mijn receptenboek. Ik durf te zeggen dat mijn boek meer tranen en verdriet opwekte dan welk werk van Charles Dickens ook.

Ik verkoos voor te lezen hoe een speenvarken op de juiste manier dient te worden gebraden. Smeer het kleine lijfje in met boter, zei ik. Laat de sappen eruit vloeien en zorg dat het vuur knappert. Zoals ik het voorlas, kon je het roosterende varken ruiken, zijn vlees horen knetteren. Ik sprak over mijn vijflagencakes – met twaalf eieren – mijn suikerspinbonbons, chocoladerumballen, biscuitdeegcakes met liters room. Cakes gemaakt van goed wit meel – niet dat geplette graan en vogelzaadspul dat we in die tijd gebruikten.

Nu, juffrouw, mijn publiek kon er niet tegen. Het werd ze te veel om mijn smakelijke recepten te horen. Isola Pribby, die nooit wat je noemt manieren heeft gehad, zij schreeuwde dat ik haar folterde en dat ze mijn steelpannen zou beheksen. Will Thisbee zei dat ik zou branden als mijn vanille-ijs met geflambeerde kersen. Vervolgens vervloekte Thompson Stubbins me en moesten Dawsey en Eben er met z'n tweeën aan te pas komen om me veilig weg te krijgen.

Eben belde me de volgende dag om excuses aan te bieden voor de slechte manieren van de kring. Hij vroeg me te bedenken dat de meesten van hen direct na een avondmaal van rapensoep (met nauwelijks bot erin dat er pit aan kon geven) of op heet ijzer geschroeide voorgekookte aardappelen – omdat er geen vet was om ze in op te bakken – naar de bijeenkomst waren gegaan. Hij vroeg me verdraagzaam te zijn en hun te vergeven.

Nou, dat doe ik niet – ze hebben me uitgescholden. Er was er niet één bij die echt van literatuur hield. Want dat is wat mijn kookboek was – louter poëzie in een pan. Volgens mij verveelden ze zich zo door de avondklok en al die andere naziwetten dat ze alleen maar een excuus zochten om een avond uit te gaan, en kozen ze toevallig voor lezen.

Ik wil dat in uw verhaal de waarheid wordt verteld. Zonder de BEZETTING zouden ze nooit een boek hebben aangeraakt. Ik sta achter wat ik zeg, en u kunt me letterlijk citeren.

Mijn naam is Clara S-A-U-S-S-E-Y. Drie s'en in totaal.

Clara Saussey (mevrouw)

10 april 1946

Mijn beste Juliet,

Ook ik heb het gevoel dat de oorlog maar doorgaat. Toen mijn zoon Ian bij El Alamein stierf – aan de zijde van Eli's vader, John – zeiden mensen die me kwamen condoleren, denkend dat het me zou troosten: 'Het leven gaat door.' Wat een onzin, dacht ik, natuurlijk gaat het niet door. Het is de dood die doorgaat; Ian is nu dood en zal morgen dood zijn en volgend jaar en voor altijd. Dat houdt nooit op. Maar misschien komt er een einde aan het verdriet erover. Verdriet heeft de wereld overspoeld als de wateren van de zondvloed, en er is tijd nodig om het te laten verdwijnen. Maar er zijn al kleine eilandjes van... hoop? geluk? Iets in die geest, in elk geval. Ik vind het beeld mooi dat u staand op uw stoel een glimp van de zon probeert op te vangen terwijl u over de puinhopen heen kijkt.

Mijn grootste plezier bestond eruit dat ik mijn avondwandelingen boven langs het klif kon hervatten. Het Kanaal is niet meer afgezet met rollen prikkeldraad, het uitzicht wordt niet langer bedorven door grote borden met VERBOTEN erop. De mijnen zijn van onze stranden verdwenen en ik kan wandelen wanneer, waar en zo lang als ik maar wil. Als ik op het klif sta en naar voren reik om naar de zee te kijken, zie ik de lelijke cementen bunkers achter me niet, noch het kale land zonder bomen. Ik wend mijn ogen af. Zelfs de Duitsers konden de zee niet bederven.

Deze zomer zal er gaspeldoorn rond de versterkingen gaan groeien, en volgend jaar zal er misschien wingerd overheen kruipen. Ik hoop dat ze gauw overdekt zullen zijn. Ik kan van alles wegkijken, maar ik zal nooit kunnen vergeten hoe ze tot stand gekomen zijn.

De Todt-arbeiders hebben ze gebouwd. Ik weet dat u hebt gehoord over de dwangarbeiders van de Duitsers in de kampen op het vasteland, maar wist u dat Hitler meer dan zestienduizend van hen hier naar de Kanaaleilanden heeft gestuurd?

Hitler was fanatiek met betrekking tot het versterken van deze eilanden – Engeland zou ze nooit meer terugkrijgen! Zijn generaals noemden het 'eilandziekte'. Hij gaf opdracht tot het bouwen van zwaargeschutemplacementen, antitankwallen op de stranden, honderden bunkers en batterijen, wapen- en bommendepots, kilometerslange tunnels, een enorm ondergronds hospitaal en een spoorlijn over het eiland om materialen te vervoeren. De kustversterkingen waren absurd – de Kanaaleilanden waren beter versterkt dan de Atlantikwall die werd gebouwd tegen een invasie van de geallieerden. De installaties staken uit boven iedere baai. Het Derde Rijk moest duizend jaar standhouden – in beton.

Daarom, natuurlijk, had hij die duizenden dwangarbeiders nodig; mannen en jongens werden opgeroepen, sommige waren gearresteerd, andere waren gewoon van straat geplukt – uit rijen voor bioscopen, uit cafés, van velden en lanen op het platteland in welk door de Duitsers bezet gebied ook. Er waren zelfs politieke gevangenen uit de Spaanse Burgeroorlog. Russische krijgsgevangenen werden het slechtst behandeld, misschien vanwege hun overwinning op de Duitsers aan het Russische front.

De meesten van deze dwangarbeiders kwamen in 1942 naar de eilanden. Ze werden gehuisvest in open schuren, uitgegraven tunnels, achter hekken op de meent, sommigen in huizen. Ze moesten het hele eiland over marcheren naar hun werkplekken; graatmager, hun lichaam bedekt met cementstof, in doorgesleten broeken waar de blote huid doorheen scheen, vaak zonder een jas die hen tegen de kou kon beschermen. Geen schoenen of laarzen, hun voeten gewikkeld in bloederige vodden. Jonge knullen van vijftien en zestien waren zo afgemat en uitgehongerd dat ze nauwelijks de ene voet voor de andere konden zetten.

Eilanders op Guernsey stonden vaak bij de poorten om hun wat voedsel of warme kleding die ze konden missen aan te bieden. Soms lieten de Duitsers die de Todt-colonnes bewaakten de mannen uit de gelederen breken om deze giften aan te nemen – andere keren sloegen ze hen tegen de grond met de kolf van hun geweer.

Duizenden van die mannen en jongens zijn hier gestorven, en ik heb pas gehoord dat hun onmenselijke behandeling de opzet was van Eichmann. Hij had zijn plan betiteld als 'Dood door uitputting', en hij bracht het ten uitvoer. Laat ze hard werken, verspil geen waardevolle voeding aan hen, en laat ze doodgaan. Ze konden, en zouden, altijd weer vervangen worden door nieuwe dwangarbeiders uit de bezette landen in Europa.

Sommigen van de Todt-arbeiders werden vastgehouden op de gemeenschapsgronden, achter een omheining van prikkeldraad – ze waren zo wit als geesten, overdekt met cementstof; er was slechts één standpijp met water voor meer dan honderd man om zich mee te wassen.

Kinderen gingen soms het veld op om de Todt-arbeiders achter de prikkeldraadafrastering te zien. Ze staken ze walnoten, appels, soms aardappelen, door de omheining toe. Er was een Todt-arbeider die het eten niet aannam – hij kwam om de kinderen te zien. Hij stak alleen maar zijn arm door de afrastering om hun gezicht in zijn handen te houden, hun haar aan te raken.

De Duitsers gaven de Todt-arbeiders een halve dag in de week vrij – op zondag. Dat was de dag dat de Duitse officieren van de sanitaire genie al het rioolwater op zee loosden door middel van een grote pijp. Vissen kwamen in zwermen op de drab af, en de Todt-arbeiders stonden dan tot hun borst in de uitwerpselen en andere viezigheid – in een poging de vissen met hun blote handen te vangen om ze op te eten.

Bloemen noch wingerdranken kunnen zulke herinneringen bedekken, toch?

Ik heb u het verschrikkelijkste verhaal van de oorlog verteld. Juliet, Isola denkt dat u hierheen moet komen en een boek schrijven over de Duitse bezetting. Ze heeft me gezegd dat zij niet over de vaardigheid beschikt om zelf zo'n boek te schrijven, maar hoe dierbaar Isola me ook is, ik ben bang dat ze een schrijfblok koopt en toch gewoon begint.

Met vriendelijke groeten,
Amelia

11 april 1946

Beste Dawsey,

Nadat ze had beloofd me nooit meer te schrijven, heeft Adelaide Addison me toch nog een brief gestuurd. Die is gewijd aan alle mensen en praktijken die ze betreurt, en u, mijn beste, bent een van hen, samen met Charles Lamb.

Het schijnt dat ze een beroep op u heeft gedaan om het aprilnummer van het parochieblaadje rond te brengen – en dat u nergens te vinden was. Niet de koe aan het melken, niet de tuin aan het schoffelen, niet het huis aan het schoonmaken, niets aan het doen wat een rechtgeaarde boer zou moeten doen. Dus ze kwam uw erf op, en jeetje – wat zag ze? U liggend op uw hooizolder, een boek lezend van Charles Lamb! U was zo 'gegrepen door die dronkaard' dat u haar aanwezigheid niet eens opmerkte.

Wat is die vrouw een kwade genius. Weet u toevallig waardoor dat komt? Ik hou het op een kwade fee bij haar doop.

In elk geval deed het beeld van u liggend in het hooi, Charles Lamb lezend, me veel plezier. Het herinnerde me aan mijn eigen jeugd in Suffolk. Mijn vader was daar boer, en ik hielp vaak een handje op de boerderij; hoewel ik moet toegeven dat ik niet veel meer deed dan van de wagen springen, het hek openmaken, het weer dichtdoen en er weer op springen, eieren rapen, onkruid wieden en het hooi opsteken wanneer ik in de stemming was.

Ik herinner me dat ik liggend op onze hooizolder *De geheime tuin* las met een koeienbel naast me. Dan las ik een uur en luidde vervolgens de bel opdat iemand me een glas limonade bracht. Mevrouw

Hutchins, de kokkin, kreeg uiteindelijk genoeg van deze afspraak en vertelde het mijn moeder, en dat was het einde van mijn koeienbel, maar niet van mijn gelees in het hooi.

Meneer Hastings heeft de biografie van E.V. Lucas over Charles Lamb gevonden. Hij heeft besloten u geen prijs te berekenen maar hem u gewoon direct toe te sturen. Hij zei: 'Een liefhebber van Charles Lamb mag men niet laten wachten.'

Met vriendelijke groeten,
Juliet

11 april 1946

Ik ben zo teerhartig als het eerste het beste meisje, maar verdorie, als je niet gauw terugkomt krijgt Charlie Stephens een zenuwinzinking. Hij is niet in de wieg gelegd om te werken; hij is in de wieg gelegd om grote hoeveelheden geld te overhandigen en jou het werk te laten doen. Hij kwam gisteren zowaar voor tienen op kantoor, maar die inspanning was dodelijk voor hem. Tegen elf uur zag hij lijkbleek, en om halftwaalf nam hij een whisky. Rond het middaguur bracht een van die onschuldige jongeren hem een boekomslag ter goedkeuring – zijn ogen puilden uit van schrik en hij deed dat walgelijke kunstje met zijn oor – hij trekt het er nog een keer af. Hij ging om één uur naar huis, en ik heb hem vandaag nog niet gezien (het is vier uur 's middags).

Andere deprimerende ontwikkelingen zijn dat Harriet Munfries razend is geworden; ze wil de hele kinderlijst 'kleurcoördineren'. Roze met rood. Ik maak geen grapje. De jongen in de postkamer (ik probeer niet eens meer hun namen te onthouden) was dronken en heeft alle post weggegooid die gericht was aan mensen wier naam met een S begon. Vraag me niet waarom. Juffrouw Tilley deed zo onmogelijk grof tegen Kendrick dat hij haar met haar telefoon probeerde te slaan. Ik kan niet zeggen dat ik het hem kwalijk neem, maar het is moeilijk om aan telefoons te komen en we kunnen het ons niet permitteren er een kwijt te raken. Je moet haar ontslaan zodra je terugkomt.

Als je nog meer aanmoediging nodig hebt om een vliegticket te kopen, kan ik je ook nog vertellen dat ik gisteren Juliet en Mark Reynolds erg knus heb zien zitten bij Café Paris. Hun tafeltje was achter de afzetting met het fluwelen koord, maar van mijn plaats in het gedeelte voor minderbedeelden kon ik alle tekenen van een romance bespeuren – hij die onbetekenende woordjes in haar oor fluistert, haar hand in de zijne naast de cocktailglazen, hij die haar op de schouder tikt om haar op een bekende te attenderen. Ik beschouwde het (als je toegewijde werkneemster) als mijn plicht de romance te verstoren, dus baande ik me met mijn ellebogen een weg voorbij de afzetting om Juliet gedag te zeggen. Ze leek opgetogen en nodigde me uit hen gezelschap te houden, maar aan Marks glimlach was duidelijk te zien dat hij daar geen prijs op stelde, dus ik trok me terug. Hoe prachtig zijn dassen ook zijn, die man met zijn iele glimlach moet je niet voor de voeten lopen, en het zou mijn moeders hart breken als mijn ontzielde lichaam dobberend in de Theems zou worden gevonden.

Met andere woorden, zorg voor een rolstoel, een kruk of een ezel om je te dragen en kom nú naar huis.

Groeten,

Susan

12 april 1946

Beste Sidney en Piers,

Ik heb de Londense bibliotheken doorgesnuffeld op informatie over Guernsey. Ik heb me zelfs een toegangsbewijs voor de leeszaal aangeschaft, wat aantoont hoe toegewijd ik ben – zoals jullie weten, vind ik het daar vreselijk.

Ik heb een heleboel gevonden. Kunnen jullie je die erbarmelijke, bespottelijke serie reisboeken uit de jaren twintig herinneren, *N-Tramp op Skye*... of *N-Tramp op Lindisfarm*... of op *Sheepholm* – of welke haven de auteur ook maar met zijn jacht mocht binnenzeilen? Nou, in 1930 voer hij St. Peter Port, Guernsey in, en schreef er een boek over (met dagtochtjes naar Sark, Herm, Alderney en Jersey, waar hij werd toegetakeld door een eend waardoor hij naar huis moest terugkeren).

De echte naam van Tramp was Cee Cee Meredith. Dat was een idioot die dacht dat hij dichter was, en hij was rijk genoeg om overal heen te zeilen, erover te schrijven, het vervolgens in eigen beheer te laten drukken en een exemplaar cadeau te doen aan alle vrienden die het wilden aannemen. Cee Cee bekommerde zich niet om saaie feiten: hij gaf er de voorkeur aan zich naar het dichtstbijzijnde heideveld, strand of bloemenweide te reppen om in extase te geraken met zijn muze. Maar we mogen hem toch dankbaar zijn; zijn boek *N-Tramp op Guernsey* was net wat ik nodig had om een idee van het eiland te krijgen.

Cee Cee ging aan land in St. Peter Port terwijl hij zijn moeder, Dorothea, over de aangrenzende wateren liet dobberen, kokhalzend in de stuurhut. Op Guernsey schreef Cee Cee gedichten op de fresia's en de narcissen. Ook op de tomaten. Hij was een en al bewondering voor de Guernseykoeien en hun wederhelften, de volbloedstieren, en hij componeerde een liedje als lofzang op hun koeienbellen ('rinkel, rinkel, wat een vrolijk geluid...'). Direct na de koeien volgden in zijn waardering 'de eenvoudige inwoners van de plattelandsgemeenten, die nog het Normandische patois spreken en in elfen en heksen geloven'. Cee Cee raakte zelf begeesterd en zag een elfje in de avondschemering.

Na te hebben uitgeweid over de cottages en de hagen en de belastingvrije winkels kwam Cee Cee uiteindelijk bij de zee, of zoals hij meldt: 'De ZEE! Die is overal! De wateren: azuur, smaragd, met zilveren kantwerk, wanneer ze niet hard en donker zijn als een zak spijkers.'

Gelukkig had Tramp een coauteur: zijn moeder, Dorothea, die een sterker karakter had en Guernsey en alles wat daarbij hoorde verfoeide. Zij had de taak de geschiedenis van het eiland te beschrijven, en zij is niet iemand die de zaak mooier voorstelt:

... Wat Guernseys geschiedenis betreft – wel, zwijgen en denken kan niemand krenken. De eilanden behoorden ooit tot het hertogdom Normandië, maar toen Willem, de hertog van Normandië, Willem de Veroveraar werd, bracht hij de Kanaaleilanden mee in zijn achterzak en schonk ze aan Engeland – met speciale privileges. Die privileges werden later uitgebreid door koning Jan, en later nog eens door Eduard III. WAAROM? Wat hebben ze gedaan om die voorkeursbehandeling te verdienen? Vrijwel niets! Later, toen die zwakkeling van een Hendrik VI het voor elkaar kreeg het grootste deel van Frankrijk weer te verliezen aan de Fransen, kozen de Kanaaleilanden ervoor een kroondomein van Engeland te blijven, net als ieder ander zou doen.

De Kanaaleilanden zijn liefde en trouw verschuldigd aan de Engelse kroon, maar let wel, beste lezer – DE KROON KAN ZE NIETS LATEN DOEN WAT ZE NIET WILLEN!

... Het bestuurslichaam van Guernsey, als zodanig, heet 'de

Staten van Beraad' maar wordt in het kort de Staten genoemd. Het werkelijke hoofd van alles is de voorzitter van de Staten, die wordt gekozen door de STATEN en baljuw wordt genoemd. In feite is iedereen gekozen, en niet aangewezen door de koning. Alsjeblieft, waartoe dient een vorst, anders DAN OM MENSEN TE BEVELEN DINGEN TE DOEN?

... De enige vertegenwoordiger van de Kroon in dit onzalige melange is de luitenant-gouverneur. Terwijl hij welkom is om de vergaderingen van de Staten bij te wonen en hij het woord mag voeren en advies geven zoveel hij wil, heeft hij GEEN STEM. Hem is tenminste toegestaan te wonen in het gouvernementshuis, het enige herenhuis van betekenis op Guernsey – als je, net zoals ik, Sausmarez Manor niet meerekent.

... De Kroon kan de eilanden geen belastingen opleggen – noch dienstplicht. De eerlijkheid gebiedt me toe te geven dat de eilanders geen dienstplicht hoeven te hebben om ze de oorlog in te doen gaan voor ons dierbare, geliefde Engeland. Ze traden vrijwillig toe en dienden op respectabele, zelfs heroïsche wijze als soldaten en matrozen tegen Napoleon en de Kaiser. Maar het moge duidelijk zijn – deze onzelfzuchtige daden zijn geen rechtvaardiging voor het feit DAT DE KANAALEILANDEN GEEN INKOMSTEN-BELASTING BETALEN AAN ENGELAND. NOG GEEN SHILLING. DAT IS OM VAN TE SPUGEN!

Dat zijn nog haar aardigste formuleringen – ik zal jullie de rest besparen, maar de teneur is nu vast wel duidelijk.

Laat een van jullie of, beter nog, allebei me schrijven. Ik wil horen hoe het met patiënt én verpleger gaat. Wat zegt de dokter over je been, Sidney – ik zou zweren dat je tijd genoeg gehad hebt om een nieuw aan te laten groeien.

XXXXXX,
Juliet

15 april 1946

Beste Juliet,

Ik weet niet wat Adelaide Addison scheelt. Isola zegt dat ze een kwade genius is omdat ze het prettig vindt een kwade genius te zijn – het geeft haar het gevoel dat ze haar bestemming volgt. Adelaide heeft echter voor één keer iets goeds voor me gedaan, of niet soms? Ze heeft u, beter dan ik het had gekund, verteld hoeveel plezier ik aan Charles Lamb beleefde.

De biografie is gekomen. Ik heb die snel gelezen – was te ongeduldig. Maar ik ga er opnieuw aan beginnen – deze keer zal ik langzamer lezen, zodat ik alles in me op kan nemen. Ik vond het aardig wat meneer Lucas over hem zei – 'hij kon alles wat simpel en alledaags was in iets nieuws en moois veranderen'. Wat Lamb schrijft maakt dat ik me meer thuisvoel in zijn Londen dan ik hier en nu doe in St. Peter Port.

Maar wat ik me niet kan voorstellen is Charles, thuiskomend van zijn werk, die zijn moeder doodgestoken aantreft, zijn vader bewusteloos, terwijl zijn zus Mary met een bloederig slagersmes over hen beiden heen gebogen staat. Hoe kreeg hij het voor elkaar de kamer in te gaan en haar het mes af te pakken? Hoe heeft hij, nadat de politie haar had afgevoerd naar Bedlam, de rechter ervan overtuigd dat hij haar moest vrijlaten en aan zijn zorg, en alleen de zijne, toevertrouwen? Hij was pas twintig jaar toen – hoe heeft hij ze daartoe kunnen bewegen?

Hij beloofde voor de rest van haar leven voor Mary te zorgen – en toen hij eenmaal de eerste stap in die richting had gezet, is hij daar niet meer van afgeweken. Het is triest dat hij op moest houden met het schrijven van poëzie, waar hij van hield, en kritieken en verhandelingen, waaraan hij niet veel waarde hechtte, moest produceren om geld te verdienen.

Ik denk over hoe hij leefde, werkend als klerk bij de East India Company, zodat hij geld kon sparen voor de dag, die steeds weer kwam, dat Mary opnieuw gek werd en hij haar in een inrichting moest onderbrengen.

En dan leek hij haar zelfs te missen – ze waren zulke goede vrienden. Stelt u zich voor, Juliet: hij moest haar echt als een havik in de gaten houden, lettend op de akelige symptomen, en zijzelf kon zeggen wanneer de krankzinnigheid begon op te komen maar kon er niets tegen doen – dat moet het allerergst van alles zijn geweest. Ik zie hem voor me, terwijl hij heel stiekem naar haar zit te kijken, en haar terwijl ze zit te kijken hoe hij haar in de gaten houdt. Wat moeten ze het vreselijk gevonden hebben dat de ander zo moest leven.

Maar lijkt het u ook niet dat wanneer Mary gezond was, er geen verstandiger – of beter – gezelschap was? Charles dacht dat beslist, en al hun vrienden eveneens: Wordsworth, Hazlitt, Leigh Hunt en, bovenal, Coleridge. Op de dag dat Coleridge stierf, vonden ze een notitie die hij had neergekrabbeld in het boek dat hij aan het lezen was. Er stond: 'Charles en Mary Lamb, mij na aan het hart, ja, als het ware in mijn hart.'

Misschien heb ik al te lang over hem geschreven, maar ik wilde dat meneer Hastings en u weten hoeveel uw boeken me te denken hebben gegeven en dat ik er veel plezier aan beleef.

Ik vind het verhaal over uw jeugd mooi – de koebel en het hooi. Ik zie het voor me. Vond u het fijn op een boerderij te wonen – mist u het weleens? Op Guernsey ben je nooit ver van het platteland, zelfs niet in St. Peter Port, dus ik kan me moeilijk voorstellen hoe anders het is om te wonen in een grote stad als Londen.

Kit heeft de strijd opgenomen tegen mangoesten nu ze weet dat die slangen eten. Ze hoopt een *boa constrictor* onder een rots te vinden. Isola kwam vanavond even langs en zei u de groeten te doen – ze zal u schrijven zodra ze haar rozemarijn, dille, tijm en bilzekruid heeft geoogst.

Met vriendelijke groeten,
Dawsey

18 april 1946

Beste Dawsey,

Ik ben zo blij dat u het op papier met mij over Charles Lamb wilt hebben. Ik heb altijd gedacht dat het leed van Mary Charles tot een groot schrijver maakte – zelfs al moest hij daardoor de poëzie opgeven en als klerk bij de East India Company gaan werken. Geen van zijn vrienden was zo meevoelend als hij. Toen Wordsworth hem verweet niet genoeg om de natuur te geven, schreef Charles: 'Ik heb geen passie voor bosjes en valleien. Het huis waarin ik ben geboren, de meubels die mijn ogen mijn leven lang hebben aanschouwd, een boekenkast die me overal waarheen ik maar verhuisd ben is gevolgd als een trouwe hond – oude stoelen, oude straten, pleinen waar ik in de zon heb gezeten, mijn oude school – is dat niet genoeg voor mij, zonder uw bergen? Ik benijd u niet. Ik zou medelijden met u moeten hebben, ware het niet dat ik weet dat de geest alles tot vriend kan maken.' Een geest die alles tot vriend kan maken – daar heb ik in de oorlog vaak aan gedacht.

Toevallig stuitte ik vandaag op een ander verhaal over hem. Hij dronk vaak te veel, veel te veel, maar hij had geen kwade dronk over zich. Eens moest de butler van zijn gastheer hem, in de brandweergreep over diens schouder, thuisbrengen. De volgende dag schreef Lamb aan zijn gastheer een zodanig jolig excuusbriefje dat deze het zijn zoon naliet in zijn testament. Ik hoop dat Charles de butler ook heeft geschreven.

Hebt u ooit opgemerkt dat wanneer je geest zich heeft opengesteld voor of zich aangetrokken voelt tot een nieuw iemand, de naam van de betrokkene ineens overal opduikt waar je gaat of staat? Mijn vriendin Sophie noemt het toeval, en dominee Simpless noemt het Genade. Hij denkt dat als je bijzonder veel om een nieuw iemand of iets nieuws geeft, je een soort energie de wereld in stuurt en dat daardoor een 'rijke oogst' wordt aangetrokken.

Hoogachtend,
Juliet

18 april 1946

Beste Juliet,

Nu we correspondentievriendinnen zijn, wil ik u wat persoonlijke vragen stellen. Dawsey zei dat het niet beleefd zou zijn, maar het gaat om een verschil tussen mannen en vrouwen, niet tussen beleefd en brutaal. Dawsey heeft me nooit een persoonlijke vraag gesteld. Ik zou het vriendschappelijk opvatten als hij het deed, maar Dawsey is zwijgzaam van aard. Ik verwacht niet dat ik hem kan veranderen, noch mezelf. Ik merk dat u het fijn vond dingen over ons te weten, dus ik vermoed dat u het ook prettig vindt als wij dingen over u weten – maar dat u er alleen niet direct aan hebt gedacht.

Ik heb een foto van u gezien op de stofomslag van uw boek over Anne Brontë, dus weet ik dat u onder de veertig bent – hoe ver? Scheen de zon in uw ogen of kijkt u toevallig scheel? Is dat blijvend? Het moet een winderige dag zijn geweest omdat uw krullen alle kanten op staan. Ik kon niet zien wat de kleur ervan was, hoewel het niet blond is – waar ik blij om ben. Ik ben niet zo dol op blondines.

Woont u aan de rivier? Dat hoop ik, want mensen die langs stromend water wonen zijn veel aardiger. Ik zou zo vals zijn als een pitbull als ik landinwaarts woonde. Heeft u een aanbidder? Ik niet.

Is uw flat knus of luxueus? Overdrijf het maar, want ik wil me er een beeld van kunnen vormen. Zou u het fijn vinden ons op Guernsey te komen bezoeken? Heeft u een huisdier? Wat voor een?

Hoogachtend,
Isola

18 april 1946

Beste Isola,

Ik ben blij dat u meer over mij wilt weten en het spijt me dat ik daar zelf niet eerder aan heb gedacht.

Eerst het heden: ik ben drieëndertig en u hebt gelijk – de zon scheen in mijn ogen. In een goede bui noem ik mijn haar kastanjebruin met gouden strepen. In een slechte bui noem ik het muisbruin. Het was geen winderige dag; mijn haar zit altijd zo. Van nature krullend haar is een vloek, en laat nooit iemand u iets anders wijsmaken. Mijn ogen zijn hazelnootkleurig. Ik ben tenger, maar niet zo lang dat ik er een goed figuur door heb.

Ik woon niet meer aan de Theems en dat is wat ik het meest mis wat mijn oude huis betreft – ik hield van het uitzicht op de rivier en het geluid van het water de hele dag door. Ik woon nu in een geleende flat in Glebe Place. Hij is klein en schaars gemeubileerd, en de eigenaar komt pas in november terug uit de Verenigde Staten, dus ik mag tot die tijd zijn huis gebruiken. Ik wou dat ik een hond had, maar huisdieren zijn in het appartementencomplex niet toegestaan! Kensington Gardens is niet ver weg, dus als ik me opgesloten begin te voelen kan ik naar het park wandelen, een ligstoel huren voor een shilling, onder de bomen rondhangen, naar de voorbijgangers kijken en de kinderen zien spelen, en dan voel ik me weer – een beetje – prettiger.

Oakley Street 81 werd iets meer dan een jaar geleden getroffen door een verdwaalde V-1. Drie verdiepingen (waaronder de mijne) werden weggevaagd, en nummer 81 is nu een grote puinhoop. Ik hoop dat meneer Grant, de eigenaar, het gaat herbouwen – want ik wil mijn etage, of een kopie daarvan, weer terug, net zoals ze was – met vanuit mijn ramen uitzicht op Cheyne Walk en de rivier.

Gelukkig was ik ver weg in Bury toen de V-1 insloeg. Sidney Stark, mijn vriend die nu uitgever is, haalde me die avond af van de trein en nam me mee naar mijn huis, en we zagen de enorme berg puin en de restanten van het gebouw.

Doordat er een deel van de muur was verdwenen, kon ik mijn aan flarden gescheurde gordijnen zien wapperen in de wind; mijn tafel stond met drie poten neergezakt op de overgebleven helft van de scheve vloer. Mijn boeken waren een modderige, natte stapel en hoewel ik mijn moeders portret aan de muur kon zien hangen, half uitstekend en beroet, bestond er geen veilige manier om het te redden. Het enige wat nog ongeschonden was gebleven, was mijn grote kristallen presse-papier – met bovenop CARPE DIEM ingegraveerd. Die was van mijn vader geweest – en daar lag hij, helemaal gaaf, boven op een stapel gebroken bakstenen en versplinterd hout. Ik kon niet zonder, dus klom Sidney over het puin en haalde hem voor me.

Ik was een tamelijk leuk kind tot mijn twaalfde, toen mijn ouders stierven. Ik moest weg van onze boerderij in Suffolk en ging bij mijn oudoom in Londen wonen. Ik was een boos, verbitterd, stuurs meisje. Ik ben twee keer weggelopen, en heb daarmee mijn oom een hoop last bezorgd – toentertijd deed me dat nog groot plezier ook. Nu schaam ik me bij de gedachte aan hoe ik hem heb behandeld. Hij stierf toen ik zeventien was, dus heb ik nooit mijn verontschuldigingen kunnen aanbieden.

Toen ik dertien was besloot mijn oom dat ik naar kostschool moest. Ik ging, koppig als altijd, kwam bij de directrice, die me naar de eetzaal bracht. Ze leidde me naar een tafel met vier andere meisjes. Ik ging zitten: met mijn armen over elkaar, de handen onder mijn oksels gestoken, boos kijkend als een adelaar in de rui, loerend naar iemand aan wie ik een hekel kon hebben. Mijn blik viel op Sophie Stark, Sidneys jongere zusje.

Een volmaakt kind, met gouden krullen, grote blauwe ogen en

een heel lieve glimlach. Ze deed een poging met me te praten. Ik gaf geen antwoord tot ze zei: 'Ik hoop dat je hier gelukkig zult zijn.' Ik zei haar dat ik niet lang genoeg zou blijven om dat uit te vinden. 'Zodra ik weet hoe het zit met de treinen, ben ik weg!' zei ik.

Die avond klom ik door het raam het dak van de slaapzaal op, om daar lekker in het donker te gaan zitten broeien. Na een paar minuten voegde Sophie zich bij me – met een treindienstregeling voor mij.

Onnodig te zeggen dat ik nooit ben weggelopen. Ik bleef – met Sophie als nieuwe vriendin. Haar moeder nodigde me voor de vakanties vaak bij hen thuis uit, waar ik Sidney ontmoette. Hij was tien jaar ouder dan ik en natuurlijk verafgoodde ik hem. Later veranderde hij in een bazige oudere broer, en nog later werd hij een van mijn beste vrienden.

Sophie en ik gingen van school en vertrokken – omdat we genoeg van het schoolleven hadden en echt wilden LEVEN– naar Londen, waar we samenwoonden in een huis dat Sidney voor ons had gevonden. We werkten allebei een tijdje in dezelfde boekwinkel, en ik schreef 's avonds verhalen die ik meteen weer weggooide.

Toen organiseerde de Daily Mirror een schrijfwedstrijd – een stuk van vijfhonderd woorden over 'Waar vrouwen het bangst voor zijn'. Ik wist waar de Mirror op uit was, maar ik ben veel banger voor kippen dan voor mannen, dus daar schreef ik over. De juryleden, enthousiast dat ze niet wéér over seks hoefden te lezen, kenden me de eerste prijs toe. Vijf pond, en eindelijk verscheen er een tekst van mij in druk. De Daily Mirror kreeg zoveel fanmail dat ze me opdracht gaven voor een ander artikel, en toen nog een. Ik begon algauw hoofdartikelen te schrijven voor andere kranten en tijdschriften. Toen brak de oorlog uit en werd ik uitgenodigd tweemaal per week een column te schrijven voor de Spectator, met als titel 'Izzy Bickerstaff op oorlogspad'. Sophie ontmoette een piloot, Alexander Strachan, en werd verliefd op hem. Ze trouwden en Sophie verhuisde naar de boerderij van zijn familie in Schotland. Ik ben peettante van hun zoon, Dominic, en ik heb hem dan wel geen kerkgezangen geleerd, maar de laatste keer dat ik hem zag hebben we de scharnieren van de kelderdeur ontwricht – het was een hinderlaag voor piraten. Hij is een heerlijk knulletje – maar ik zou een of twee kleintjes van mezelf willen hebben.

Ik geloof dat ik een aanbidder heb, maar ik ben daar nog niet helemaal aan gewend. Hij is vreselijk charmant, en hij overvoert me met heerlijke maaltijden, maar soms denk ik dat ik de voorkeur geef aan pretendenten uit boeken boven hun tegenhangers van vlees en bloed. Hoe vreselijk, achterlijk, laf en gestoord moet het overkomen als dat waar blijkt te zijn.

Sidney heeft een boek met mijn Izzy Bickerstaffcolumns uitgegeven en ik ben daarmee op tournee geweest. En daarna ben ik begonnen brieven te schrijven aan vreemden op Guernsey, vrienden nu, die ik echt graag zou gaan opzoeken.

Liefs,
Juliet

21 april 1946

Beste juffrouw Ashton,

Dank u wel voor de stukken hout. Ze zijn erg mooi. Ik kon niet geloven wat ik zag toen ik uw doos opendeed – al die maten en tinten, van licht tot donker.

Hoe heeft u zulke verschillende soorten en vormen hout kunnen vinden? U moet naar zoveel verschillende plaatsen zijn geweest om ze allemaal te verzamelen. Daar wil ik om wedden en ik weet niet hoe ik u in de eerste plaats daarvoor moet bedanken, en bovendien omdat u eropuit bent gegaan om al die stukken te vinden. Ze kwamen ook nog eens precies op het juiste moment. Kits favoriete beest was een slang die ze in een boek heeft gezien, en hij was makkelijk uit te snijden, omdat hij zo lang en dun was. Nu is ze overgestapt op fretten. Ze zegt dat ze nooit meer mijn snijhout zal aanraken als ik een fret voor haar maak. Ik denk niet dat het al te moeilijk zal zijn er een te snijden, want die zijn ook puntig. Door uw cadeau heb ik hout om mee te oefenen.

Is er een dier dat u zou willen hebben? Ik wil een geschenk voor u snijden, maar ik zou graag iets maken wat u leuk vindt. Houdt u van muizen? Ik ben goed in muizen.

Hoogachtend,
Eli

22 april 1946

Beste Juliet,

Uw doos voor Eli kwam dinsdag – wat aardig van u. Hij zit de stukken hout te bestuderen – alsof hij er iets in verborgen ziet en hij het met zijn mes tevoorschijn kan laten komen.

U vroeg of alle kinderen van Guernsey geëvacueerd waren naar Engeland. Nee, sommige bleven, en wanneer ik Eli miste, keek ik naar de kleintjes om me heen en was blij dat hij weg was. De kinderen hier hadden het slecht, want er was geen eten om van te groeien. Ik herinner me dat ik de zoon van Bill LePell optilde – hij was twaalf maar woog niet meer dan een kind van zeven.

Het was vreselijk om zo'n beslissing te moeten nemen – je kinderen wegsturen om bij vreemden te leven of ze bij jou te laten blijven. Misschien kwamen de Duitsers wel niet, maar als ze dat toch deden – hoe zouden ze zich dan tegenover ons opstellen? En stel dat ze Engeland ook binnenvielen – hoe zouden de kinderen het dan redden, zonder hun eigen familie?

Weet u in welke toestand we verkeerden toen de Duitsers kwamen? Ik zou het een shock noemen. De waarheid is dat we dachten dat de Duitsers ons niet wilden hebben. Ze waren op Engeland uit en wij hadden geen enkel nut voor ze. We dachten dat we het publiek waren, en niet zelf op het toneel hoefden te staan.

Toen drong Hitler in het voorjaar van 1940 in Europa door als een mes door een pakje boter. Hij kreeg elke stad in handen. Het ging zo snel – de ruiten op heel Guernsey trilden en rinkelden van de explosies in Frankrijk, en toen de kust van Frankrijk eenmaal verloren bleek, was het zo duidelijk als wat dat Engeland zijn mannen en schepen niet kon inzetten om ons te verdedigen. Ze moesten die sparen voor wanneer hun eigen invasie serieus begon. Dus werden we aan ons lot overgelaten.

Midden juni, toen het vrij zeker was geworden dat we erin betrokken zouden raken, namen de Staten telefonisch contact op met Londen en vroegen of men schepen wilde sturen voor onze kinderen en ze naar Engeland wilde brengen. Vliegen was niet mogelijk, de vrees bestond dat de vliegtuigen door de Luftwaffe zouden worden neergehaald. Londen zei ja, maar de kinderen moesten meteen klaarstaan. De boten zouden snel naar hier moeten varen en weer terug nu er nog tijd was. Het was zo'n vreselijke tijd voor de mensen en er was zo'n ontzettend gevoel van Haast, Haast, Haast.

Jane had nauwelijks meer kracht dan een kat in die tijd, maar ze wist wat ze wilde. Ze wou dat Eli ging. Andere vrouwen aarzelden – laten gaan of hier houden? – en wilden niets liever dan erover praten, maar Jane zei Elizabeth hen bij haar vandaan te houden. 'Ik wil hen zich niet druk horen maken,' zei ze. 'Dat is slecht voor de baby.' Jane had het idee dat baby's alles wat er om hen heen gebeurde opvingen, zelfs voor ze geboren waren.

De tijd om te dubben was gauw voorbij. Gezinnen hadden één dag om te beslissen, en vijf jaar om hun besluit te aanvaarden.

Schoolkinderen en baby's met hun moeders gingen als eersten op 19 en 20 juni. De Staten gaven de kinderen zakgeld als de ouders niets konden missen. De kleinsten waren allemaal opgewonden over het snoep dat ze ermee konden kopen. Sommige kinderen dachten dat het zoiets was als een uitstapje van de zondagsschool, en dat ze 's avonds terug zouden zijn. Dat waren de gelukkigsten. De oudere kinderen wisten wel beter.

Van alles wat ik heb gezien op de dag dat ze weggingen, is er één beeld dat ik niet uit mijn hoofd kan zetten. Twee kleine meisjes, helemaal opgetut in roze glanzende feestjurken met stijve petticoats – alsof hun moeder dacht dat ze naar een feestje gingen. Hoe koud moeten ze het hebben gehad bij de oversteek over het Kanaal.

Alle kinderen moesten door hun ouders afgezet worden bij het plein van hun eigen school. Daar moesten we afscheid nemen. Bussen kwamen naar de scholen om de kinderen naar de pier te brengen. De boten, net terug van Duinkerken, hadden meteen de steven gewend om het Kanaal over te steken om de kinderen te halen. Er was geen tijd om een konvooi bij elkaar te krijgen om de schepen te begeleiden. Er was ook geen tijd om genoeg reddingsboten aan boord te krijgen, of reddingsvesten.

Die ochtend gingen we eerst langs het ziekenhuis om Eli zijn moeder vaarwel te laten zeggen. Dat kon hij niet. Zijn kaken zaten zo strak op elkaar geklemd dat hij alleen maar kon knikken. Jane hield hem een tijdje vast, en toen brachten Elizabeth en ik hem naar het schoolplein. Ik knuffelde hem stevig, en dat was de laatste keer dat ik hem zag voor de komende vijf jaar. Elizabeth bleef omdat ze had aangeboden de kinderen binnen te helpen zich klaar te maken.

Ik was op de terugweg naar Jane in het ziekenhuis toen ik me iets herinnerde wat Eli ooit eens tegen me had gezegd. Hij was toen ongeveer vijf en we liepen naar La Courbrie om de vissersboten te zien binnenvaren. Er was midden op het pad een oude linnen badschoen blijven liggen. Eli liep eromheen, staarde ernaar. Ten slotte zei hij: 'Opa, die schoen is alleen.' Ik antwoordde dat dat inderdaad zo was. Hij keek er nog een keer naar, en toen gingen we verder. Na een tijdje zei hij: 'Opa, dat is iets wat ik nooit ben.' Ik vroeg hem: 'Wat is "dat"?' En hij zei: 'Alleen in mijn ziel.'

Hebbes! Ik had Jane toch iets vrolijks te vertellen, en ik bad dat het voor hem waar zou blijven.

Isola zegt dat ze u zelf zal schrijven over wat er in de school gebeurde. Ze zegt dat ze getuige was van een scène waar u als schrijfster vast over wilt weten: Elizabeth gaf Adelaide Addison een klap in haar gezicht en zorgde ervoor dat ze wegging. U kent juffrouw Addison niet, en dat is maar goed ook – die vrouw moet je niet dagelijks om je heen hebben.

Isola vertelde me dat u misschien naar Guernsey komt. Met alle plezier bied ik u mijn en Eli's gastvrijheid aan.

Uw vriend,
Eben

Heeft Elizabeth echt Adelaide Addison geslagen? Was ik er maar bij geweest! Stuur alstublieft details. Groet, Juliet

24 april 1946

Beste Juliet,

Ja, dat deed ze – ze sloeg haar recht in haar gezicht. Het was geweldig.

We waren allemaal op de St. Claire School om de kinderen te helpen zich klaar te maken voor de bussen die hen naar de boten zouden brengen. De Staten wilden niet dat de ouders de school zelf in kwamen – te vol en te triest. Beter buiten afscheid nemen. Als er één kind ging huilen zouden ze allemaal van streek kunnen raken.

Dus waren het de onbekenden die veters strikten, neuzen afveegden, de kinderen een naamplaatje om de hals hingen. We knoopten jassen dicht en deden spelletjes met ze tot de bussen kwamen.

Ik had een stel kinderen die hun best deden om met hun tong hun neus aan te raken, en Elizabeth liet een groepje dat spel doen waarbij ze moeten liegen zonder dat hun gezicht het verraadt – ik ben vergeten hoe het heet – toen Adelaide Addison binnenkwam met dat akelige smoel van haar, een en al medelijden en geen greintje verstand.

Ze verzamelde een kring van kinderen om zich heen en begon het gebed 'Voor hen in nood op zee' voor hen te bidden. Maar 'behoed voor stormen' was niet genoeg voor haar. Nee, God moest ze er ook voor bewaren dat ze opgeblazen werden. Toen begon ze de arme schatjes op te dragen elke avond voor hun ouders te bidden – wie weet wat de Duitse soldaten hun aan zouden doen. Vervolgens zei ze dat ze extra braaf moesten zijn zodat pappa en mamma – als ze dood zouden zijn – vanuit de hemel op hen neer konden kijken en TROTS OP ZE KONDEN ZIJN.

Ik kan je zeggen, Juliet, ze maakte die kinderen aan het huilen en snikken alsof ze doodgingen. Ik was te geschokt om me te verroeren, maar Elizabeth niet. Razendsnel greep ze Adelaide bij de arm en zei haar dat ze HAAR MOND MOEST HOUDEN.

Adelaide krijste: 'Laat me los! Ik spreek het woord van God!'

Elizabeth kreeg een blik in haar ogen die de duivel in steen had doen veranderen, en toen sloeg ze Adelaide recht in haar gezicht – mooi en goedgericht, zodat ze suizebolde – sleepte haar naar de uitgang, schoof haar naar buiten en deed de deur op slot. De beste Adelaide bleef maar op de deur kloppen, maar niemand schonk er enige aandacht aan. Nou lieg ik – die stomme Daphne Post probeerde open te doen, maar ik greep haar vast en ze hield ermee op.

Volgens mij heeft het zien van een stevige knokpartij alle angst bij de kinderen weggenomen; ze stopten met huilen, de bussen kwamen en we zetten de kinderen erin. Elizabeth en ik gingen niet meteen naar huis, we bleven op de weg staan zwaaien tot de bussen uit het zicht waren.

Dank u voor uw levensverhaal. Wat hebt u veel droefheid gekend met uw vader en moeder en uw huis bij de rivier, dat doet me leed. Maar ik ben blij dat u dierbare vrienden hebt zoals Sophie en haar moeder en Sidney. Wat die Sidney betreft, het lijkt erop dat hij een fijne vent is – alleen een beetje bazig. Daar hebben meer mannen last van.

Clovis Fossey heeft gevraagd of u de kring een kopie zou willen sturen van het artikel over kippen waarmee u een prijs hebt gewonnen. Hij denkt dat het leuk zou zijn het op een bijeenkomst voor te lezen. Daarna zouden we het in ons archief kunnen stoppen, als we dat ooit krijgen.

Ik zou het ook wel willen lezen, omdat kippen er de oorzaak van waren dat ik van het dak van een kippenhok ben gevallen – daar hadden ze me op gejaagd. Zoals ze allemaal op me af kwamen – met hun messcherpe snavels en priemende ogen! Mensen weten niet hoe kippen zich tegen je kunnen keren, maar daar zijn ze toe in staat – net als dolle honden. Ik hield tot de oorlog nooit kippen – toen moest ik wel, maar ik voel me nooit bij ze op mijn gemak. Ik heb liever dat Ariel met zijn hoorns tegen mijn achterste stoot – dat doet hij open en bloot en niet stiekem als een kip die naar je toe sluipt om je te pikken.

Ik zou het fijn vinden als u ons komt opzoeken. Net als Eben en Amelia en Dawsey – en ook Eli. Van Kit is dat niet zeker, maar daar moet u zich niks van aantrekken. Ze komt wel los. Uw krantenartikel zal binnenkort verschijnen, dus dan kunt u hier komen uitrusten. Het is best mogelijk dat u hier een verhaal vindt waarover u wilt schrijven.

Uw vriendin,
Isola

26 april 1946

Beste Juliet,

Mijn tijdelijke werk bij de steengroeve is afgelopen, en Kit blijft een tijdje bij me. Ze zit onder de tafel waarop ik aan het schrijven ben te fluisteren. Wat fluister je, vroeg ik, en toen was het lange tijd stil. Toen begon ze opnieuw te fluisteren en ik kan mijn eigen naam horen tussen de andere geluiden. Dit is wat generaals een zenuwenoorlog noemen, en ik weet wie die gaat winnen.

Kit lijkt uiterlijk niet veel op Elizabeth, afgezien van haar grijze ogen en de blik die ze krijgt wanneer ze zich sterk concentreert. Maar innerlijk is ze net als haar moeder – met heftige gevoelens. Dat was zelfs al zo toen ze nog maar een klein wezentje was. Ze brulde dat de ruiten ervan rinkelden, en wanneer ze mijn vinger in haar kleine vuistje knelde, werd die wit. Ik wist niks van baby's, maar Elizabeth leerde het me. Ze zei dat ik was voorbestemd om vader te zijn en het was haar verantwoordelijkheid ervoor te zorgen dat ik er meer dan gebruikelijk vanaf wist. Ze miste Christian, niet alleen voor zichzelf, maar ook voor Kit.

Kit weet dat haar vader dood is. Amelia en ik hebben het haar verteld, maar we wisten niet op welke manier we over Elizabeth moesten praten. Op het laatst zeiden we dat ze weggestuurd was en dat we hoopten dat ze gauw thuis zou komen. Kit keek van mij naar Amelia en terug, maar stelde geen enkele vraag. Ze ging naar buiten, in de schuur zitten. Ik weet niet of we er goed aan hebben gedaan.

Er zijn dagen dat de wens dat Elizabeth thuiskomt het enige is wat me bezighoudt. We hebben vernomen dat sir Ambrose Ivers bij een van de laatste bombardementen op Londen is omgekomen, en omdat Elizabeth zijn landgoed heeft geërfd, zijn zijn advocaten een zoektocht naar haar begonnen. Die zullen wel betere manieren kennen om haar te vinden dan wij, dus ik hoop dat meneer Dilwyn spoedig iets van – of over – haar zal horen. Zou het niet heerlijk zijn voor Kit en voor ons allemaal als Elizabeth werd gevonden?

De kring heeft zaterdag een uitstapje. We gaan naar de voorstelling *Julius Caesar* van het Guernsey Toneel Gezelschap – John Booker is Marcus Antonius en Clovis Fossey speelt Caesar. Isola heeft Clovis zijn tekst voorgelezen, en ze zegt dat we allemaal versteld zullen staan van zijn optreden, vooral wanneer hij, nadat hij dood is gegaan, sist: 'Gij zult mij zien bij Philippi!' Alleen al de gedachte aan de manier waarop Clovis sist heeft haar drie nachten wakker gehouden, zegt ze. Isola overdrijft, maar dat doet ze alleen om zichzelf te plezieren.

Kit is opgehouden met fluisteren. Ik heb net onder de tafel gegluurd, ze is in slaap gevallen. Het is later dan ik dacht.

Hoogachtend,
Dawsey

30 april 1946

Liefste,

Kom net aan – die hele reis had niet gehoeven als Hendry me had gebeld, maar ik heb een paar koppen tegen elkaar geslagen en ze hebben de hele lading door de douane gekregen. Ik heb het gevoel dat ik
jaren weg ben geweest. Zie ik je vanavond? Ik moet met je praten.

Groet,

M.

30 april 1946

Natuurlijk. Wil je hier komen? Ik heb worst.

Juliet

Worst – wat appetijtelijk.
   Suzette, om 20.00 uur?

Groet,

M.

Zeg alsjeblieft.

J.

Alsjeblieft, ik zie je bij Suzette om 20.00 uur.

Groet,

M.

1 mei 1946

Beste Mark,

Ik heb niet nee gezegd, weet je. Ik heb gezegd dat ik erover wilde nadenken. Je was zo druk bezig uit te varen over Sidney en Guernsey dat je het misschien niet gemerkt hebt – ik heb alleen maar gezegd dat ik tijd nodig had. Ik ken je nu twee maanden. Dat is voor mij niet lang genoeg om er zeker van te zijn dat we de rest van ons leven samen door zouden moeten brengen, zelfs al ben jij het wel. Ik heb ooit een vreselijke vergissing begaan en was bijna met een man getrouwd die ik nauwelijks kende (misschien heb je erover gelezen in de kranten) – en in dat geval was de oorlog tenminste nog een verzachtende omstandigheid. Ik zal niet weer zo dom zijn.

Bedenk eens: ik heb je huis nooit gezien – ik weet zelfs in feite niet eens waar het is. In New York, maar in welke straat? Hoe ziet het eruit? Welke kleur hebben je muren? Je bank? Zet je je boeken op alfabetische volgorde? (Ik hoop van niet.) Zijn je laden netjes of rommelig? Hou je meer van katten dan van honden? Of van vissen? Wat eet je als ontbijt – of heb je een kok?

Begrijp je? Ik ken je niet goed genoeg om met je te trouwen.

Ik heb nog een nieuwtje dat je zal interesseren: Sidney is niet je rivaal. Ik ben niet verliefd op hem en zal dat ook nooit worden, en hij ook niet op mij. Ik zal nooit met hem trouwen. Is dat afdoende?

Ben je er absoluut zeker van dat je niet liever met iemand trouwt die meer meegaand is dan ik?

Je toegenegen
Juliet

2 mei 1946

Liefste Sophie,

Ik wou dat je hier was. Ik wou dat we nog steeds samenwoonden in ons leuke appartementje en nog in de winkel van meneer Hawke werkten en elke avond crackers met kaas aten als diner. Ik wil zo graag met je praten. Ik wil dat je me zegt of ik met Mark Reynolds moet trouwen of niet.

Hij heeft me gisteravond gevraagd – niet met gebogen knie, maar met een ring met een diamant zo groot als een duivenei – in een romantisch Frans restaurant. Ik weet niet zeker of hij vandaag nog steeds met me wil trouwen, want ik heb hem niet ondubbelzinnig het jawoord gegeven. Ik heb geprobeerd uit te leggen dat ik hem nog niet lang genoeg kende en dat ik tijd nodig had om na te denken, maar hij wilde niet naar me luisteren. Hij was ervan overtuigd dat ik hem afwees vanwege een geheime liefde – voor Sidney! Die twee zijn echt door elkaar geobsedeerd.

Godzijdank waren we tegen die tijd in zijn flat aangekomen – hij begon te schreeuwen over Sidney en godvergeten eilanden en vrouwen die meer geven om een stelletje vreemden (dat zijn Guernsey en mijn nieuwe vrienden daar) dan mannen die recht voor hun neus stonden. Ik bleef maar proberen het uit te leggen en hij bleef maar schreeuwen tot ik van frustratie begon te huilen. Toen deed hij berouwvol, wat zo helemaal niet bij hem paste en zo vertederend was dat ik bijna van gedachten was veranderd en ja had gezegd. Maar toen stelde ik me een leven voor waarin ik moest huilen om ervoor te zorgen dat hij aardig tegen me deed en kwam ik weer uit op nee. We maakten ruzie en hij las me de les en ik huilde nog een beetje omdat ik zo uitgeput was, en uiteindelijk belde hij zijn chauffeur om me naar huis te brengen. Toen hij me had klemgezet op de achterbank, leunde hij naar binnen om me te kussen en zei: 'Je bent een idioot, Juliet.'

En misschien heeft hij wel gelijk. Kun je je nog die vreselijke Bouquetreeksromans herinneren die we die zomer lazen toen we dertien waren? Mijn favoriete was *De meester van Blackheath.* Ik heb hem wel twintig keer gelezen (en jij ook, doe maar niet alsof dat niet zo is). Weet je nog hoe Ransom manhaftig zijn liefde voor de meisjesachtige Eulalie verborg zodat ze vrij kon kiezen, zonder er ook maar enig idee van te hebben dat zij al gek op hem was sinds ze op haar twaalfde van haar paard was gevallen? Dat is het punt, Sophie – Mark Reynolds is precies zo als Ransom. Hij is lang en knap, met een scheve glimlach en een geprononceerde kaak. Hij baant zich een weg door de menigte zonder acht te slaan op de bewonderende blikken die hem volgen. Hij is ongeduldig en onweerstaanbaar, en wanneer ik mijn neus ga poederen hoor ik andere vrouwen over hem praten, net als Eulalie in het museum. Mensen merken hem op. Hij is daar niet op uit – het gaat vanzelf.

Ik kreeg altijd de rillingen van Ransom. Dat heb ik bij Mark soms ook – wanneer ik naar hem kijk – maar ik kan het knagende gevoel dat ik geen Eulalie ben niet van me af zetten. Als ik ooit van een paard val, zou het heerlijk zijn door Mark opgepakt te worden, maar ik denk niet dat het erin zit dat ik binnenkort van een paard val. Het is waarschijnlijker dat ik naar Guernsey ga om een boek te schrijven over de bezetting, en Mark kan die gedachte niet verdragen. Hij wil dat ik in Londen blijf en meega naar restaurants en theaters en als verstandig mens met hem trouw.

Schrijf me en zeg wat ik moet doen.

Hartelijke groeten aan Dominic – en ook aan jou en Alexander,
Juliet

3 mei 1946

Beste Sidney,

Ik mag dan zonder jou wel niet zo verloren zijn als Stephens & Stark dat is, maar ik mis je echt en wil graag je advies. Laat alles uit je handen vallen en schrijf me onmiddellijk terug.

Ik wil weg uit Londen. Ik wil naar Guernsey gaan. Je weet dat ik erg dol ben geworden op mijn vrienden op Guernsey, en dat ik gefascineerd ben geraakt door hun leven onder de Duitsers – en daarna. Ik ben langs geweest bij de Channel Islands Refugee Committee en heb hun archieven doorgenomen. Ik heb de verslagen van het Rode Kruis gelezen. Ik heb alles onder ogen gehad wat ik kon vinden over de Todt-dwangarbeiders – dat was nog niet veel. Ik heb enkele van de soldaten geïnterviewd die Guernsey hebben bevrijd en gesproken met de Royal Engineers die de duizenden mijnen van de stranden daar hebben verwijderd. Ik heb alle 'ongeklassificeerde' regeringsrapporten over de gezondheid, of het gebrek daaraan, van de eilanders gelezen. Maar ik wil er meer van weten. Ik wil de verhalen kennen van de mensen die daar woonden, en die krijg ik niet te horen door in een bibliotheek in Londen te zitten.

Een voorbeeld – gisteren las ik een artikel over de bevrijding. Een verslaggever vroeg een bewoner van Guernsey: 'Wat was het lastigste wat u is overkomen tijdens de Duitse bezetting?' Hij stak de draak met het antwoord, maar voor mij was het volkomen logisch. De eilander vertelde hem: 'U weet toch dat ze al onze draadloze ontvangers afpakten? Als je werd betrapt op het bezit van een radio, werd je naar de gevangenis op het vasteland gestuurd. Nou, van degenen die een verborgen radio hadden, hoorden we over de landing van de geallieerden in Normandië. Het punt was dat we verondersteld werden dat niet te weten! Het lastigste wat me ooit is overkomen, was op 7 juni door St. Peter Port te lopen zonder te grijnzen of te glimlachen of de Duitsers op een andere manier te laten merken dat IK WIST dat hun einde in zicht was. Het was erg moeilijk te doen alsof ik niet wist dat D-Day had plaatsgevonden.'

Ik wil met mensen als hij praten (hoewel hij nu waarschijnlijk niets meer met journalisten te maken wil hebben) en horen over hun oorlog, want dat is wat ik zou willen lezen, in plaats van statistieken over graan. Ik weet nog niet hoe een boek hierover vorm moet krijgen, als ik er al een kan schrijven. Maar ik wil graag naar St. Peter Port gaan en het uitzoeken.

Heb ik je zegen?

Liefs voor jou en Piers,
Juliet

10 mei 1946

Hierbij mijn zegen! Guernsey is een geweldig idee, voor jou én voor
een boek. Liefs, Sidney

11 mei 1946

Zegen ontvangen. Mark Reynolds verkeert niet in de positie mij iets te verbieden of toe te staan. Liefs, Juliet

13 mei 1946

Mijn beste,

Het was heerlijk gisteren uw telegram te ontvangen en te vernemen dat u ons komt opzoeken!

Ik heb uw instructies opgevolgd en het nieuws direct doorgegeven – u hebt de kring in rep en roer gebracht. De leden boden meteen aan u van alles te voorzien wat u nodig zou kunnen hebben: bed, kast, introducties, een voorraad elektrische wasknijpers. Isola is in de wolken vanwege uw komst en is al aan het werk gegaan voor uw boek. Hoewel ik haar gewaarschuwd heb dat het nog maar een idee was, is ze vastbesloten materiaal voor u te zoeken. Ze heeft iedereen die ze op de markt kent gevraagd (misschien wel onder bedreiging) om u brieven te sturen over de bezetting; ze denkt dat u hen nodig hebt om uw uitgever ervan te overtuigen dat het onderwerp een boek waard is. Wees niet verbaasd als u de komende weken overstroomd wordt met post.

Isola is ook naar de bank geweest om meneer Dilwyn te spreken en hem te vragen of hij u Elizabeths cottage te huur wil aanbieden voor de duur van uw bezoek. Die is aantrekkelijk gelegen, in een weide onder aan het grote huis, en hij is klein genoeg voor u om makkelijk te kunnen bijhouden. Elizabeth is erin getrokken toen de Duitse officieren beslag legden op het grote huis. U zou het daar comfortabel kunnen hebben, en Isola verzekerde meneer Dilwyn dat de enige moeite die hij hoeft te doen is een huurovereenkomst voor u opstellen. Zelf wil ze voor alle andere dingen zorgen: kamers luchten, ramen lappen, tapijten uitkloppen en spinnen verjagen.

Voel u alstublieft niet verplicht door al deze afspraken, want meneer Dilwyn was al van plan het landgoed op korte termijn geschikt te maken voor de verhuur. De advocaten van sir Ambrose zijn een onderzoek begonnen naar de verblijfplaats van Elizabeth. Ze hebben ontdekt dat er geen aanwijzingen zijn dat ze in Duitsland is aangekomen, alleen dat ze in Frankrijk op transport is gesteld met Frankfurt als eindbestemming van de trein. Er zullen verdere naspeuringen worden gedaan, en ik bid dat die naar Elizabeth zullen leiden, maar in de tussentijd wil meneer Dilwyn het onroerend goed dat sir Ambrose aan Elizabeth heeft nagelaten verhuren om inkomen voor Kit te genereren ingeval Elizabeth niet bij ons terugkomt.

Soms denk ik dat we moreel verplicht zijn op zoek te gaan naar Kits Duitse familie, maar ik kan mezelf er niet toe zetten. Christian was een zeldzame ziel, en hij verfoeide wat zijn land aan het doen was, maar dat gaat voor veel Duitsers, die geloofden in de droom van het Duizendjarige Rijk, niet op. En hoe zouden we Kit weg kunnen sturen naar een vreemd – en verwoest – land, zelfs als haar verwanten gevonden zouden worden? Wij zijn de enige familie die ze ooit heeft gekend.

Toen Kit geboren was, heeft Elizabeth haar moederschap verborgen gehouden. Niet uit schaamte, maar omdat ze bang was dat de baby haar zou worden afgenomen en naar Duitsland zou worden gestuurd om daar te worden grootgebracht. Er gingen vreselijke geruchten over zulke dingen. Ik vraag me af of het bestaan van Kit Elizabeth had kunnen redden als ze het bekend had gemaakt bij haar arrestatie. Maar aangezien zij dat niet heeft gedaan, is het niet aan mij daar iets aan te veranderen.

Excuseer me dat ik mijn hart lucht. Mijn zorgen blijven maar door mijn hoofd spoken en het is een verlichting ze aan het papier toe te vertrouwen. Ik zal overgaan op vrolijker onderwerpen – zoals de bijeenkomst van de leeskring van gisteravond.

Nadat de beroering over uw aanstaande bezoek was weggeëbd, hebben we met de kring uw artikel in de *Times* gelezen over boeken en lezen. Iedereen vond het leuk – niet alleen omdat we over onszelf lazen, maar ook omdat u ons gezichtspunten aangaf die we nooit met ons lezen in verband hadden kunnen brengen. Dr. Stubbins sprak uit dat u de enige bent die 'ontspanning' in een eerbaar woord heeft veranderd – in plaats van het te zien als gebrek aan karakter. Het artikel was kostelijk, en we waren er allemaal trots op dat we erin werden genoemd.

Will Thisbee wil ter ere van u een welkomstfeest houden. Hij zal voor die gelegenheid een aardappelschiltaart bakken en heeft er een glazuur van gesmolten marshmallows en cacao voor bedacht. Hij heeft een verrassingstoetje gemaakt voor onze bijeenkomst van gisteren – banana flambé, dat gelukkig aanbrandde in de pan, zodat we het niet hoefden op te eten. Ik wou dat Will het kokkerellen opgaf en zich weer ging toeleggen op de ijzerhandel.

We zien er allemaal naar uit u te verwelkomen. U hebt gezegd dat u verscheidene recensies moet afmaken voor u uit Londen weg kunt – maar we zullen verrukt zijn u te zien, om het even wanneer u komt. Laat ons alleen datum en aankomsttijd weten. Natuurlijk is vliegen naar Guernsey vlugger en comfortabeler dan een tocht met de postboot (Clovis Fossey zei dat ik u moest vertellen dat de stewardessen de passagiers gin serveren – waarvan op de postboot geen sprake is). Maar tenzij u last heeft van zeeziekte, zou ik de middagboot uit Weymouth nemen. Er is geen mooiere manier om Guernsey te naderen dan via zee – ofwel tegen zonsondergang, ofwel met goudomrande, zwarte stormwolken, of terwijl het eiland oprijst uit de mist. Op die laatste manier zag ik Guernsey voor het eerst, als kersverse bruid.

Liefs,
Amelia

14 mei 1946

Beste Juliet,

Ik heb uw huis helemaal klaar voor u gemaakt. Ik heb een aantal van mijn vrienden op de markt gevraagd u over hun ervaringen te schrijven, dus ik hoop dat ze dat doen. Als meneer Tatum schrijft om geld voor zijn herinneringen te vragen, geef hem dan geen penny. Hij is een grote leugenaar.

Wilt u misschien weten over de eerste keer dat ik de Duitsers zag? Ik zal adjectieven gebruiken om het levendiger te maken. Dat is niet mijn gewoonte – ik geef de voorkeur aan naakte feiten.

Guernsey leek die dinsdag rustig – maar we wisten waar ze zaten! De hele maandag waren er vliegtuigen en schepen met soldaten aangekomen. Enorme kisten landden ronkend en na de mannen gedropt te hebben vlogen ze weer weg. Lichter zonder hun lading, vlogen ze speels laag, omhoogschietend en neerduikend boven Guernsey, tot schrik van de koeien in de weilanden.

Elizabeth was bij mij thuis, maar we konden ons er niet toe zetten haartonicum te maken, ook al was mijn duizendblad geoogst. We zwalkten rond als een stel demonen. Toen raapte Elizabeth zichzelf bij elkaar. 'Kom op,' zegt ze, 'ik ga niet binnen op ze zitten wachten. Ik ga naar de stad om mijn vijanden op te sporen.'

'En wat ga je doen wanneer je ze vindt?' vraag ik, een beetje vinnig.

'Ik ga naar ze kijken,' zegt ze. 'We zijn geen gekooide dieren – dat zijn zij. Zij zitten met ons opgescheept op dit eiland, net zo goed als wij met hen zijn opgescheept. Kom op, Isola, laten we ze gaan aangapen.'

Het idee stond me wel aan, dus we zetten onze hoeden op en gingen. Maar Juliet, je zult nooit geloven wat we in St. Peter Port zagen.

Er waren honderden Duitse soldaten – en ze waren aan het WINKELEN! Gearmd slenterden ze door Fountain Street – stralend, lachend, in etalages glurend, winkels binnengaand en naar buiten komend met armenvol pakjes, naar elkaar roepend. De North Esplanade was ook vol soldaten. Sommigen hingen wat rond, anderen tikten tegen hun pet en bogen, deden beleefd. Een man zei tegen me: 'Uw eiland is prachtig. We zullen gauw in Londen gaan vechten, maar nu hebben we vakantie – in de zon.'

Een andere arme sukkel dacht dat hij in Brighton was. Ze kochten ijslolly's voor de slierten kinderen die achter hen aan liepen. Ze lachten en hadden plezier. Als die groene uniformen er niet waren geweest, hadden we gedacht dat de veerboot van Weymouth was binnengevaren!

We begonnen bij Candie Gardens, en daar werd alles anders – van een feest kwamen we terecht in een nachtmerrie. Eerst hoorden we lawaai – het luide gestadige ritme van laarzen die zwaar op harde steen neerkwamen. Toen kwam een troep soldaten in paradepas onze straat in gemarcheerd; alles aan hen glom: knopen, laarzen, de op kolenemmers lijkende stalen helmen. Hun ogen keken naar niets of niemand – ze staarden recht vooruit. Dat was angstaanjagender dan de geweren die over hun schouder hingen, of de messen en granaten die aan de schachten van hun laarzen waren bevestigd.

Meneer Ferré, die achter ons liep, greep me bij de arm. Hij had aan de Somme gevochten. De tranen stroomden hem over de wangen, en zonder het te merken verdraaide hij mijn arm, wrong hem, terwijl hij zei: 'Hoe kunnen ze dit weer doen? We hebben ze verslagen en nu zijn ze weer hier. Hoe kan het dat we ze dit weer hebben laten doen?'

Uiteindelijk zei Elizabeth: 'Ik heb genoeg gezien. Ik ben toe aan een borrel.'

Ik heb een flinke voorraad gin, dus we gingen op huis aan.

Ik ga nu afsluiten, maar binnenkort kan ik kennis met u maken en dat doet me plezier. We willen u allemaal komen afhalen – maar nu komt er ineens vrees bij me op. Er kunnen wel twintig andere passagiers op de boot zijn, en hoe weet ik wie van hen u is? De foto op dat boek is zo klein en onscherp, en ik wil niet de verkeerde vrouw gaan kussen. Kunt u niet een grote rode hoed met een sluier opzetten en lelies meebrengen?

Uw vriendin,
Isola

Vrijdagavond

Beste juffrouw,

Ook ik ben lid van Het Literaire Aardappelschiltaart Genootschap van Guernsey – maar ik heb u nooit geschreven over mijn boeken omdat ik alleen maar twee kinderverhaaltjes over trouwe, dappere en betrouwbare honden heb gelezen. Isola zegt dat u komt om mogelijk over de bezetting te schrijven, en ik denk dat u de waarheid moet weten over wat onze Staten dieren aandeden! Onze eigen regering, let wel, niet die vuile Duitsers! Zij zouden zich schamen als ze het moesten vertellen, maar ik niet.

Ik geef niet veel om mensen – dat heb ik nooit gedaan en zal ik ook nooit doen. Daar heb ik zo mijn redenen voor. Ik ben nog nooit een mens tegengekomen die half zo betrouwbaar is als een hond. Als je een hond goed behandelt, zal hij ook goed voor jou zijn – hij houdt je gezelschap, is je vriend, stelt nooit vragen. Met katten is het anders, maar dat heb ik ze nooit kwalijk genomen.

U moet weten wat sommige bewoners van Guernsey met hun huisdieren hebben gedaan toen ze bang waren dat de Duitsers zouden komen. Duizenden verlieten het eiland – vlogen naar Engeland, zeilden weg, en lieten hun honden en katten achter. Lieten hen aan hun lot over, zodat ze hongerig en dorstend over straat moesten zwerven – de zwijnen!

Ik ving alle honden op die ik te pakken kon krijgen, maar dat was niet genoeg. Toen besloten de Staten het probleem aan te vatten – op een heel wrede manier. De Staten waarschuwden in de kranten dat er vanwege de oorlog een tekort aan voedsel voor mensen zou kunnen ontstaan, en al helemaal voor dieren. 'Je mag één huisdier houden,' zeiden ze, 'maar de Staten zullen de rest moeten laten inslapen. Verwilderde katten en honden die over het eiland zwerven betekenen een gevaar voor de kinderen.'

En dat deden ze. De Staten verzamelden de dieren in vrachtwagens en brachten ze naar St. Andrews Animal Shelter, en de assistentes en dierenartsen lieten ze allemaal inslapen. Zodra er een trucklading huisdieren was afgemaakt, kwam de volgende er weer aan.

Ik heb het allemaal gezien – het vangen, het uitladen bij het asiel en het begraven.

Ik zag een assistente uit het asiel komen, de frisse lucht in, overgevend. Ze zag eruit alsof ze zelf doodziek was. Ze rookte een sigaret en toen ging ze weer terug om door te gaan met het moorden. Het kostte twee dagen om alle dieren af te maken.

Dat is alles wat ik wil zeggen, maar zet het in uw boek.

Een dierenvriend

15 mei 1946

Beste juffrouw Ashton,

Juffrouw Pribby vertelde me dat u naar Guernsey zou komen om over de oorlog te horen. Ik hoop dat we elkaar dan zullen ontmoeten, maar ik schrijf nu omdat ik van brieven schrijven houd. Eigenlijk houd ik in het algemeen van schrijven.

Ik dacht dat u zou willen weten over mijn persoonlijke ontluistering tijdens de oorlog – in 1943, toen ik twaalf was. Ik had schurft.

Er was niet genoeg zeep op Guernsey om alles schoon te houden – kleren, onze huizen of onszelf. Iedereen had wel een of andere soort huidziekte – eczeem of puisten of luizen. Ikzelf had schurft op mijn hoofd – onder mijn haar – en dat wilde maar niet weggaan.

Uiteindelijk zei dokter Ormond dat ik naar het ziekenhuis in de stad moest gaan, waar ze mijn hoofd kaal zouden scheren en de bovenkant van de schurftkorsten eraf zouden halen om de pus eruit te laten lopen. Ik hoop dat u nooit de schande van een lekkende schedel hoeft te beleven. Ik wilde dood.

Toen ontmoette ik mijn vriendin, Elizabeth McKenna. Ze assisteerde de verpleegsters op mijn afdeling. De zusters waren altijd aardig, maar juffrouw McKenna was aardig én grappig. Haar grappigheid hielp me in de moeilijkste tijd van mijn leven. Nadat mijn hoofd geschoren was, kwam ze mijn kamer in met een kom, een fles Dettol en een scherpe scalpel.

Ik zei: 'Dat gaat toch geen pijn doen, of wel? Dokter Ormond zei dat het geen pijn zou doen.' Ik begon te huilen.

'Hij heeft gelogen,' zei juffrouw McKenna, 'het gaat pijn doen als de hel. Zeg niet tegen je moeder dat ik "als de hel" heb gezegd.'

Daar moest ik om giechelen en ze maakte de eerste snee voor ik tijd had om bang te worden. Het deed pijn, maar niet als de hel. We deden een spelletje terwijl zij de rest van de korsten openmaakte – we schreeuwden de namen van alle vrouwen die ooit voor de bijl waren gegaan. 'Mary, koningin van Schotland – snipsnap!' 'Anne Boleyn – whap!' 'Marie-Antoinette – sssjjjt!' En het was klaar.

Het deed pijn, maar het was ook leuk omdat juffrouw McKenna er een spelletje van had gemaakt.

Ze bestreek mijn kale hoofd met Dettol en kwam me 's avonds opzoeken – met een zijden sjaal van haarzelf om als een tulband rond mijn hoofd te winden. 'Hier,' zei ze, en gaf me een spiegel. Ik keek erin – het was een mooie sjaal, maar mijn neus leek te groot voor mijn gezicht, net als altijd. Ik vroeg me af of ik ooit knap zou worden, en vroeg het aan juffrouw McKenna.

Wanneer ik mijn moeder diezelfde vraag stelde, zei ze altijd dat ze geen tijd had voor zulke onzin en dat schoonheid maar oppervlakkig was. Niets daarvan bij juffrouw McKenna. Ze keek aandachtig naar me, en toen zei ze: 'Over niet al te lange tijd, Sally, zul je een schoonheid zijn. Blijf in de spiegel kijken en je zult het zien. Het gaat om persoonlijkheid, en die heb je onmiskenbaar. Met die elegante neus van jou zul je de nieuwe Nefertete worden, dus je kunt het beste maar gaan oefenen om hooghartig te kijken.'

Mevrouw Maugery kwam bij me op bezoek in het ziekenhuis en ik vroeg haar wie Nefertete was, en of ze dood was. Het klonk een beetje zo. Mevrouw Maugery zei dat ze inderdaad in zekere zin dood was, maar op een andere manier onsterfelijk. Later wist ze de hand te leggen op een afbeelding van Nefertete voor mij. Ik had niet echt een idee van wat hooghartig was, dus ik probeerde eruit te zien als zij. Tot nog toe ben ik niet over mijn neus heen gegroeid, maar ik weet zeker dat dat nog komt – juffrouw McKenna heeft het gezegd.

Een ander droevig verhaal over de bezetting heeft te maken met mijn tante Letty. Ze had een groot, somber, oud huis in de buurt van de kliffen bij La Fontenelle. De Duitsers zeiden dat het in hun vuurlinie lag en hun schietoefeningen belemmerde. Dus bliezen ze het op. Tante Letty woont nu bij ons.

Hoogachtend,
Sally Ann Frobisher

15 mei 1946

Beste juffrouw Ashton,

Isola gaf me uw adres omdat ze er zeker van is dat u het leuk zou vinden mijn lijst voor uw boek te zien.

Als u me vandaag mee zou nemen naar Parijs en me in een goed Frans restaurant zou zetten – het soort met witkanten tafelkleden, kaarsen aan de muren en zilveren deksels over alle schalen – nou, ik zou zeggen dat het niets zou zijn, niets vergeleken bij mijn Vega-doos.

Voor het geval dat u het niet weet: de Vega was een schip van het Rode Kruis dat voor het eerst naar Guernsey kwam op 27 december 1944. Ze hadden voedsel voor ons gekocht toen, en nog drie keer daarna – en dat hield ons in leven tot het einde van de oorlog.

Ja, dat zeg ik – hield ons in leven! Er was in die tijd al een aantal jaren niet zoveel eten geweest. Afgezien van de duivels op de zwarte markt was er geen lepel suiker meer te vinden op het eiland. Al het meel voor brood was op sinds 1 december 1944. De Duitse soldaten waren net zo hongerig als wij – met gezwollen buiken en zonder lichaamswarmte door gebrek aan voedsel.

Nou, ik had schoon genoeg van gekookte aardappelen en rapen, en ik zou spoedig mijn tenen hebben gestrekt en zijn gestorven als de Vega toen niet in onze haven was verschenen.

Meneer Churchill wilde het Rode Kruis ons voor die tijd geen voedsel laten brengen omdat hij zei dat de Duitsers het zouden pakken en het zelf op zouden eten. Nu mag dat u een slim plan lijken – de klootzakken uithongeren! Maar voor mij betekende het dat het hem niks kon schelen als we samen met hen van de honger omkwamen.

Nou, blijkbaar gebeurde er het een en ander waardoor hij tot inkeer kwam, en hij besliste dat we mochten eten. Dus in december zei hij tegen het Rode Kruis – vooruit, ga je gang en breng ze eten.

Juffrouw Ashton, er waren TWEE DOZEN met voedsel voor iedere man, vrouw en kind op Guernsey – allemaal opgeslagen in het ruim van de Vega. Er waren ook andere dingen: spijkers, plantzaad, kaarsen, bakolie, lucifers om vuur te maken, wat kleding en wat schoenen. Zelfs wat babyspullen voor baby's die erbij gekomen waren.

Er was meel en tabak – Mozes kan zoveel over manna praten als hij wil, maar hij heeft nooit zoiets als dit gezien! Ik zal u vertellen wat er allemaal in mijn doos zat, want ik heb alles opgeschreven om het in mijn herinneringenboek te plakken.

anderhalf ons chocola	een pond biscuit
een ons thee	een pond boter
anderhalf ons suiker	vier ons ham
een halve deciliter gecondenseerde melk	twee ons rozijnen
twee potten marmelade	een pond zalm
anderhalf ons sardines	een ons kaas
anderhalf ons gedroogde pruimen	dertig gram peper
dertig gram zout	een stuk zeep

Ik gaf mijn pruimen weg – maar was dat niet geweldig! Wanneer ik doodga laat ik al mijn geld na aan het Rode Kruis. Ik heb ze dat geschreven.

Er is nog iets wat ik u moet vertellen. Het gaat wel over de Duitsers, maar ere wie ere toekomt. Ze laadden al die dozen van de Vega met voedsel voor ons uit en ze hebben er geen enkele, niet één doos, voor zichzelf gehouden. Natuurlijk had hun commandant hun gezegd: 'Dat voedsel is voor de eilanders, het is niet van jullie. Wie ook maar het minste steelt wordt doodgeschoten.' Toen gaf hij elke soldaat die het schip loste een theelepeltje, zodat hij wat meel of graan kon opschrapen dat onderweg was gemorst. Dat mochten ze opeten.

In feite was het een meelijwekkend gezicht – die kerels. Stelend uit tuinen, op deuren kloppend om om restjes te vragen. Een keer zag ik een soldaat een kat vangen, die hij met zijn kop tegen een muur sloeg. Toen sneed hij die eraf en verborg de kat in zijn jasje. Ik volgde hem – tot hij bij een veld kwam. De Duitser vilde de kat, kookte hem in zijn gamel en at hem ter plekke op.

Dat was werkelijk waar treurig om te zien. Ik werd er misselijk van, ik dacht: daar gaat Hitlers Dritte Reich – uit eten; en toen begon ik onbedaarlijk te lachen. Nu schaam ik me ervoor, maar ik heb het echt gedaan.

Dat is alles wat ik kan vertellen. Ik wens u alle goeds bij het schrijven van uw boek.

Hoogachtend,
Micah Daniels

16 mei 1946

Beste Juliet,

Amelia vertelde ons dat u naar Guernsey komt om verhalen te verzamelen voor uw boek. Ik zal u hartelijk verwelkomen, maar ik ben
niet in staat u te vertellen wat er met mij is gebeurd omdat ik de rillingen krijg wanneer ik erover praat. Misschien is het niet nodig dat
u het me hoort vertellen wanneer ik erover schrijf. Het gaat overigens
niet over Guernsey – ik was niet hier. Ik zat in concentratiekamp
Neuengamme in Duitsland.

U weet toch dat ik drie jaar lang heb gedaan alsof ik lord Tobias
was? Peter Jenkins' dochter Lisa ging uit met Duitse soldaten – iedere
Duitse soldaat die haar maar kousen of lipsticks gaf. In elk geval tot
ze het aanlegde met sergeant Willy Gurtz. Hij was een gemeen etter-
tje. Die twee samen tart elke beschrijving. Het was Lisa die me aan de
Duitse commandant verried.

In maart 1944 liet Lisa haar haar opkammen in de schoonheidssalon, waar ze een oud, vooroorlogs nummer vond van het tijdschrift
Tatler. Daar, op pagina 124, stond een kleurenfoto van lord en lady
Tobias Penn-Piers. Ze waren op een bruiloft in Sussex – dronken
champagne en aten oesters. De tekst onder de foto vertelde alles over
haar japon, haar diamanten, haar muiltjes, haar gezicht en zijn geld.
Het tijdschrift meldde dat ze een landgoed bezaten, La Fort, op het
eiland Guernsey.

Nou, het was tamelijk duidelijk – zelfs voor Lisa, die zo dom is als
het achtereind van een varken – dat ik niet lord Tobias Penn-Piers
was. Ze wachtte niet eens tot haar haar helemaal gedaan was, maar

ging onmiddellijk weg om de foto aan Willy Gurtz te laten zien, die hem direct naar de commandant bracht.

De Duitsers voelden zich voor gek gezet, omdat ze al die tijd hadden staan buigen en pluimstrijken tegenover een bediende – dus ze waren extra wraakgierig en stuurden me naar Neuengamme.

Ik dacht dat ik de eerste week niet zou overleven. Met andere gevangenen werd ik erop uitgestuurd om bij luchtaanvallen niet-geëxplodeerde bommen te ontmantelen. Wat een keuze – over een veld rennen terwijl het bommen regende of je laten neerschieten door de bewakers omdat je weigerde. Ik rende en stoof als een rat alle kanten op en probeerde me te beschermen wanneer ik de bommen langs mijn oren hoorde fluiten, en op de een of andere manier was ik aan het eind nog steeds in leven. Dat zei ik ook tegen mezelf – nou, je leeft nog. Ik denk dat we allemaal elke ochtend hetzelfde zeiden wanneer we wakker werden – nou, ik leef nog. Maar de waarheid is dat dat níét het geval was. We waren niet dood, maar we leefden ook niet. Ik probeerde aan iets te denken wat me blij maakte, iets wat ik leuk vond – maar niet iets waarvan ik hield, want dat maakte het erger. Iets simpels zoals een picknick met school of een heuvel af fietsen – dat was het enige wat ik kon verdragen.

Ik had het gevoel dat het dertig jaar duurde, maar het was er slechts één. In april 1945 pikte de commandant van Neuengamme degenen die nog fit genoeg waren om te werken eruit en stuurde ons naar Belsen. We reden een aantal dagen in een grote open vrachtwagen – geen eten, geen dekens, geen water, maar we waren blij dat we niet hoefden te lopen. De modderpoelen op de weg waren rood.

Ik veronderstel dat u al iets weet van Belsen en van wat daar gebeurde. Toen we van de vrachtwagen kwamen, kregen we schoppen aangereikt. We moesten grote kuilen delven om de doden te begraven. Ze leidden ons door het kamp naar de plek, en ik was bang dat ik gek werd omdat iedereen die ik zag dood was. Zelfs de levenden zagen eruit als lijken, en de lijken lagen waar ze ze hadden laten vallen. Ik wist niet waarom ze moeite deden ze te begraven. Het feit was dat de Russen vanuit het oosten oprukten, en de geallieerden vanuit het westen – en dat de Duitsers doodsbenauwd waren voor wat die zouden zien wanneer ze kwamen.

Het crematorium kon al die lijken niet snel genoeg verbranden – dus nadat we lange geulen hadden gegraven, trokken en sleepten we de lichamen naar de rand en gooiden ze erin. U zult het wel niet geloven, maar de ss dwong de gevangenen muziek te spelen wanneer we de lijken erin gooiden; ik hoop dat ze zullen branden in de hel onder het geblèr van polka's. Als de geulen vol waren, goot de ss petroleum over de lijken en stak ze in brand. Daarna moesten we ze met modder bedekken – alsof je zoiets kon verbergen.

De volgende dag kwamen de Britten en, lieve god, wat waren we blij hen te zien. Ik was sterk genoeg om de weg af te lopen, dus ik zag de tanks door de poorten denderen met de Britse vlag op de zijkanten geschilderd. Ik wendde me tot een man die vlakbij tegen een hek zat en riep uit: 'We zijn gered! Het zijn de Britten!' Toen zag ik dat hij dood was. Hij had het met een paar minuten gemist. Ik zakte neer in de modder en snikte alsof hij mijn beste vriend was geweest.

Toen de Tommy's de tanks uit kwamen huilden zij ook – zelfs de officieren. De goede mannen gaven ons eten en dekens, brachten ons naar het ziekenhuis. En goddank brandden ze een week later Belsen volkomen plat.

Ik heb in de krant gelezen dat ze er nu een kamp voor oorlogsvluchtelingen hebben opgezet. Ik huiver bij de gedachte dat daar nieuwe barakken worden gebouwd, ook al is het voor een goed doel. Wat mij betreft blijft dat stuk grond altijd leeg.

Ik zal hier niet meer over schrijven, en ik hoop dat u begrijpt dat ik er niet over wil praten. Zoals Seneca zegt: 'Klein leed is spraakzaam, maar het grote is sprakeloos.'

Ik herinner me iets wat u misschien graag wilt weten voor uw boek. Het is op Guernsey gebeurd, toen ik nog deed alsof ik lord Tobias was. Soms liepen Elizabeth en ik naar de landtong om de bommenwerpers te zien overvliegen – bij honderden, op weg om Londen te bombarderen. Het was vreselijk om te zien en te weten waarheen ze op weg waren en wat ze gingen doen. De Duitse radio had ons verteld dat Londen met de grond gelijk was gemaakt, dat er niets over was dan puin en as. We geloofden ze niet helemaal, het was natuurlijk Duitse propaganda, maar toch...

Op een van die avonden liepen we door St. Peter Port en kwamen langs het huis van McLaren. Dat was een mooi oud huis dat door Duitse officieren was gevorderd. Er stond een raam open en uit de radio kwam prachtige muziek. We bleven staan om te luisteren, denkend dat het een programma uit Berlijn was. Maar toen de muziek was afgelopen, hoorden we de Big Ben slaan, en een Britse stem zei: 'Dit is de BBC – Londen.' In het geluid van de Big Ben kun je je niet vergissen! Londen was er nog! Elizabeth en ik omhelsden elkaar ter plaatse en we begonnen over straat te dansen.

Dat was een van de dingen waar ik niet aan kon denken toen ik in Neuengamme zat.

Uw vriend,
John Booker

16 mei 1946

Beste Juliet,

Er valt niets meer te doen voor uw aankomst behalve wachten. Isola heeft Elizabeths gordijnen gewassen, gesteven en gestreken, de schoorsteenpijp gecontroleerd op vleermuizen, de ramen gelapt, de bedden opgemaakt en alle kamers gelucht.

Eli heeft een cadeautje voor u uitgesneden, Eben heeft uw houtschuur gevuld en Clovis heeft uw wei gemaaid – de groepjes wilde bloemen heeft hij voor u laten staan om van te genieten. Amelia maakt plannen voor een feestelijk etentje op uw eerste avond hier.

Mijn enige taak is Isola in leven te houden tot u hier bent. Ze heeft hoogtevrees, maar toch is ze op het dak van Elizabeths cottage geklommen om losse dakpannen goed te leggen. Gelukkig zag Kit haar voor ze bij de dakrand kwam en ging ze mij halen om haar naar beneden te praten.

Ik wou dat ik meer kon doen – ik hoop dat ik u spoedig kan verwelkomen. Ik ben blij dat u komt.

Met vriendelijke groeten,
Dawsey

19 mei 1946

Beste Dawsey,

Ik zal er overmorgen zijn! Ik ben veel te laf om te vliegen, zelfs onder bedwelming met gin, dus ik kom met de avondboot.

Wilt u Isola een boodschap doorgeven? Zeg haar alstublieft dat ik geen hoed met een sluier heb, en dat ik geen lelies mee kan brengen – die maken me aan het niezen – maar ik heb wel een rode wollen cape en die zal ik dragen op de boot.

Dawsey, er is niets wat u kunt doen om me nog meer welkom te voelen op Guernsey dan u al gedaan hebt. Ik heb moeite te geloven dat ik u eindelijk ga ontmoeten.

Met vriendelijke groeten,
Juliet

20 mei 1946

Lieve Juliet,

Je hebt me gevraagd je tijd te gunnen, en dat heb ik gedaan. Je hebt me gevraagd het niet over trouwen te hebben, en daar heb ik me aan gehouden. Maar nu laat je me weten dat je naar dat miserabele Guernsey gaat, voor – voor hoelang? Een week? Een maand? Voor altijd? Denk je dat ik achterover ga zitten leunen en je laat gaan?

Je bent belachelijk, Juliet. Iedere halvegare kan zien dat je probeert te vluchten, maar wat niemand kan begrijpen is waarom je het doet. We passen bij elkaar – je maakt me gelukkig, je verveelt me nooit, je bent in dezelfde dingen geïnteresseerd als ik, en ik hoop dat ik mezelf niet misleid als ik zeg dat dat ook voor jou geldt. We horen bij elkaar. Ik weet dat je het verfoeit wanneer ik je zeg wat het beste voor je is, maar in dit geval doe ik dat.

Om godswil, vergeet dat ellendige eiland en trouw met me. Ik neem je er mee naartoe op huwelijksreis, als het moet.

Liefs,
Mark

20 mei 1946

Beste Mark,

Misschien heb je wel gelijk, maar desondanks ga ik morgen naar Guernsey en JE KUNT ME NIET TEGENHOUDEN.

Het spijt me dat ik je niet het antwoord kan geven dat je wilt horen. Ik wou dat ik het kon.

Liefs,

Juliet

PS Bedankt voor de rozen.

Van Mark aan Juliet

Om godswil. Wil je dat ik je naar Weymouth breng?

Mark

Beloof je niet te gaan preken?

Juliet

Geen preken. Maar alle andere overtuigingsvormen zullen worden toegepast.

Mark

Je maakt me niet bang. Wat kun je doen onder het rijden?

Juliet

Je zult versteld staan. Zie je morgen.

M.

DEEL II

Van Juliet aan Sidney

22 mei 1946

Beste Sidney,

Er is zoveel te vertellen. Ik ben pas twintig uur op Guernsey, maar elk uur is zo rijk aan nieuwe gezichten en ideeën geweest dat ik vellen vol kan schrijven. Zie je hoe bevorderlijk het eilandleven is? Kijk maar naar Victor Hugo – ik word nog eens echt productief als ik hier een tijdje blijf.

De reis vanaf Weymouth was verschrikkelijk, de postboot steunde en kraakte en dreigde stuk te breken op de golven. Ik wenste bijna dat dat zou gebeuren, om een einde aan mijn ellende te maken, alleen wilde ik wel Guernsey nog zien voor ik doodging. En zodra het eiland in zicht kwam liet ik het idee helemaal varen omdat de zon door de wolken brak en de kliffen deed glinsteren als zilver.

Toen de boot stampend de haven binnenvoer, zag ik St. Peter Port in terrasvormige lagen boven de zee uit rijzen met bovenaan een kerk bij wijze van taartversiering, en ik besefte dat mijn hart als een razende tekeerging. Ofschoon ik mezelf ervan probeerde te overtuigen dat het door de opwindende aanblik kwam, wist ik wel beter. Al die mensen die ik had leren kennen en van wie ik zelfs een beetje was gaan houden, stonden daar te wachten – op mij. En dat, Sidney, zonder papier om me achter te verschuilen. Ik ben de laatste twee of drie jaar beter geworden in schrijven dan in leven (en bedenk eens wat jij met mijn schrijfsels doet). Op papier ben ik uiterst charmant, maar dat is slechts een trucje dat ik heb geleerd. Het heeft niets met mij te maken. Tenminste, dat was wat ik dacht toen de postboot de pier naderde. Ik voelde de laffe aanvechting mijn rode cape overboord te gooien en te doen alsof ik iemand anders was.

Toen we langs de pier kwamen, kon ik de gezichten van de wachtende mensen zien – en toen was er geen weg terug. Ik kende ze van hun brieven. Daar stond Isola met een rare hoed en een paarse omslagdoek, vastgespeld met een glinsterende broche. Ze stond geforceerd te glimlachen in de verkeerde richting en ik was meteen dol op haar. Naast haar stond een man met een doorgroefd gelaat en aan zijn zijde een jongen, allebei lang en hoekig. Eben en zijn kleinzoon Eli. Ik zwaaide naar Eli en er verscheen een glimlach als een zonnestraal op zijn gezicht en hij stootte zijn grootvader aan en toen werd ik verlegen en raakte verloren in de menigte die de loopplank af gestuwd werd.

Isola was als eerste bij me door over een krat met kreeften te springen en ze greep me in een stevige omhelzing vast waardoor ik de grond onder mijn voeten verloor. 'Ah, geweldig!' schreeuwde ze terwijl ik daar bungelde.

Was dat niet aandoenlijk? Al mijn nervositeit werd tegelijk met mijn adem uit me geperst. De anderen kwamen wat rustiger naar me toe, maar met niet minder warmte. Eben schudde glimlachend mijn hand. Het is te zien dat hij ooit breedgebouwd en sterk was, maar hij is nu te mager. Hij speelt het klaar tegelijkertijd ernstig en vriendelijk te kijken. Hoe krijgen mensen dat voor elkaar? Ik merkte dat ik indruk op hem wilde maken.

Eli tilde Kit op zijn schouders en ze kwamen samen naar voren. Kit heeft mollige beentjes en een strak gezicht – donkere krullen, grote grijze ogen – en ze kwam me geen haarbreed tegemoet. Eli's trui zat onder de houtkrullen en hij had een cadeau voor me in zijn zak – een schattig muisje met geknakte snorharen, uit walnotenhout gesneden. Ik gaf hem een kus op zijn wang en overleefde Kits boosaardige dreigende blik. Voor een vierjarige heeft ze iets erg grimmigs over zich.

Toen stak Dawsey zijn handen uit – ik had verwacht dat hij eruit zou zien als Charles Lamb; dat is een beetje het geval – hij heeft dezelfde kalme strakke blik. Hij overhandigde me een bos anjelieren van Booker, die zelf niet aanwezig kon zijn; hij had zichzelf tijdens een repetitie een hersenschudding bezorgd en moest een nacht in het ziekenhuis blijven ter observatie. Dawsey is donker en pezig en ziet er rustig en oplettend uit – tot hij glimlacht. Met uitzondering van een zekere zus van jou heeft hij de liefste glimlach die ik ooit heb gezien, en ik herinner me dat Amelia schreef dat hij zeldzaam overtuigend kan zijn – dat geloof ik graag. Net als Eben – net als iedereen hier – is hij te mager, maar je ziet dat hij ooit steviger is geweest. Zijn haar wordt grijs en hij heeft diepliggende bruine ogen, zo donker dat ze zwart lijken. De lijntjes bij zijn ogen maken dat hij lijkt te gaan glimlachen ook wanneer dat niet het geval is, maar ik denk dat hij niet ouder is dan veertig. Hij is slechts iets langer dan ik en loopt een beetje mank, maar hij is sterk – hij tilde moeiteloos al mijn bagage, mijzelf, Amelia en Kit in zijn wagen.

Ik schudde hem de hand – ik kan me niet herinneren of hij iets heeft gezegd – en toen stapte hij opzij voor Amelia. Zij is een van die dames die er op hun zestigste mooier uitzien dan ze op hun twintigste moeten zijn geweest (o, wat hoop ik dat iemand dat later ooit over mij zal zeggen!). Klein, met een smal gezicht, een heerlijke glimlach en grijs haar in tot kransen gerolde vlechten; ze greep mijn handen lichtjes vast en zei: 'Juliet ik ben blij dat je er eindelijk bent. Laten we je spullen pakken en naar huis gaan.' Het klonk heerlijk, alsof het echt mijn thuis was.

Toen we op de pier stonden, flitste er steeds een glimp licht in mijn ogen, en vervolgens langs de ligplaats. Isola snoof en zei dat het Adelaide Addison was, die met een toneelkijker door haar raam elke beweging van ons gadesloeg. Isola wuifde energiek in de richting van de glinstering en toen hield het op.

Terwijl we erom lachten, pakte Dawsey mijn bagage bij elkaar, zorgde hij dat Kit niet van de pier viel en maakte zich nuttig in het algemeen. Ik begon te begrijpen dat dat is wat hij doet – en dat iedereen op hem rekent.

Wij vieren – Amelia, Kit, Dawsey en ik – reden in Dawseys wagen naar Amelia's boerderij, terwijl de anderen liepen. Het was niet ver, tenzij je naar het landschap kijkt, want we gingen St. Peter Port uit, het platteland op. Er zijn glooiende weiden, maar ze eindigen plotseling op kliffen, en overal ruik je de vochtige zilte zeelucht. Tijdens de rit ging de zon onder en kwam de mist opzetten. Je weet toch hoe geluiden in nevel versterkt worden? Nou, zo was het – elk vogelgetjilp was wagneriaans en symbolisch. Mist stulpte over de randen van het klif en de velden waren in grijs gehuld tegen de tijd dat we het huis bereikten, maar ik zag spookachtige vormen, volgens mij de cementbunkers die de Todt-arbeiders hebben gebouwd.

Kit zat naast me in de wagen en wierp vele zijdelingse blikken op me. Ik was niet zo dwaas te proberen met haar te praten maar ik deed mijn truc met de afgehakte duim – je weet wel, die waarbij het lijkt alsof je duim in tweeën is gehakt.

Ik deed het steeds opnieuw, onopvallend, ik keek niet naar haar, terwijl zij me als een babyhavik volgde. Ze was aandachtig en gefascineerd maar niet lichtgelovig genoeg om te gaan giechelen. Ze zei op het laatst alleen: 'Laat eens zien hoe je dat doet.'

Ze zat bij het avondeten tegenover me en keurde haar spinazie met gestrekte arm af, haar hand rechtop als een klaarover. 'Niet voor mij,' zei ze, en ik althans wilde niet ongehoorzaam zijn. Ze trok haar stoel dicht naast die van Dawsey en at met een elleboog stevig op zijn arm gedrukt, die zo op zijn plaats houdend. Hij scheen er geen bezwaar tegen te hebben, ook al werd het lastig voor hem zijn kip te snijden, en toen de maaltijd voorbij was klom ze onmiddellijk bij hem op schoot. Het is blijkbaar haar rechtmatige troon, en hoewel Dawsey leek deel te nemen aan de conversatie, bespeurde ik dat hij een van een servet gevouwen konijn tevoorschijn liet springen terwijl we spraken over het gebrek aan voedsel tijdens de bezetting. Wist je dat de eilanders vogelzaad maalden voor meel tot het op was?

Ik moet een of andere test hebben doorstaan waarvan ik niet wist dat die me werd afgenomen, want Kit vroeg of ik haar in bed wilde stoppen. Ze wilde een verhaaltje horen over een fret. Ze hield van ongedierte, ik ook? Zou ik een rat op zijn lippen kussen? Ik zei 'nooit' en dat nam haar blijkbaar voor me in – ik was duidelijk een lafaard, maar geen hypocriet. Ik vertelde haar een verhaaltje en zij bood me een oneindig veel minder dan een millimeter klein stukje van haar wang waar ik een kusje op mocht geven.

Wat een lange brief – en er staat alleen iets in over de eerste vier uur van de twintig. Op de andere zestien zul je moeten wachten.

Liefs,
Juliet

Guernsey, 24 mei 1946

Liefste Sophie,

Ja, ik ben er. Mark heeft zijn best gedaan me tegen te houden, maar ik heb hem koppig weerstaan, tot het bittere einde. Ik heb mijn vasthoudendheid altijd beschouwd als een van mijn minder charmante eigenschappen, maar die was de afgelopen week erg nuttig.

Pas toen de boot afmeerde en ik hem op de pier zag staan, lang en met gefronst voorhoofd – de man die om de een of andere reden met míj wil trouwen – begon ik te denken dat hij misschien gelijk had. Misschien ben ik een volslagen idioot. Ik weet dat er drie vrouwen gek op hem zijn – hij zal in een mum zijn ingepikt, en dan kan ik mijn jaren van aftakeling doorbrengen in een groezelige zit-slaapkamer terwijl mijn tanden een voor een uitvallen. Ik zie het nu allemaal voor me: niemand koopt mijn boeken, ik bedelf Sidney onder smoezelige, onleesbare manuscripten en hij doet uit medelijden alsof hij ze gaat uitgeven. Bevend en mompelend schuifel ik over straat, met mijn armzalige rapen in een boodschappennetje en met kranten in mijn schoenen gestopt. Jij stuurt me lieve kaarten met Kerstmis (toch?) en ik schep op tegen vreemden dat ik ooit bijna verloofd was met Markham Reynolds, de mediamagnaat. Ze schudden hun hoofd – dat arme oude wijf is natuurlijk zo gek als een deur, maar ongevaarlijk.

O god, dit leidt tot krankzinnigheid.

Guernsey is prachtig en mijn nieuwe vrienden hebben me hartelijk verwelkomd, met zoveel warmte dat ik er niet aan twijfelde dat ik er goed aan heb gedaan hierheen te komen – tot voor kort, toen ik over mijn tanden begon te denken. Daar houd ik mee op. Ik ga de deur uit, zo de wildebloemenwei in, en ren zo hard als ik kan naar het klif. Dan val ik neer en kijk naar de lucht, die vanmiddag glanst als een parel, en adem de warme geur van gras in en doe alsof Markham V. Reynolds niet bestaat.

Ik kom net weer binnen. Het is uren later – de ondergaande zon heeft de wolken omrand met schitterend goud en de zee beukt kreunend tegen de voet van de kliffen. Mark Reynolds? Wie is dat?

Liefs als altijd,

Juliet

27 mei 1946

Beste Sidney,

De cottage van Elizabeth is beslist gebouwd als verblijf voor een belangrijke gast, want hij is heel ruim. Beneden zijn er een grote zitkamer, een werkkamer en een enorme keuken. Op de bovenverdieping zijn er drie slaapkamers en een badkamer. En het mooiste van alles is dat er overal ramen zijn, zodat de zeelucht elke kamer kan binnenwaaien.

Ik heb een schrijftafel onder het grootste raam in de zitkamer geschoven. Het enige nadeel van deze opstelling is de voortdurende verleiding om naar buiten te gaan en langs de rand van het klif te wandelen. De zee en de wolken blijven nog geen vijf minuten achtereen hetzelfde en ik ben bang iets te missen wanneer ik binnenblijf. Toen ik vanmorgen opstond, was de zee goudgespikkeld van de zon – en nu ligt over alles een citroengeel waas. Schrijvers moeten diep in het binnenland wonen of pal naast de vuilstortplaats van de stad als ze ooit iets uit hun pen willen krijgen. Of misschien moeten ze meer vastberaden zijn dan ik.

Als ik nog enige aanmoediging nodig had om gefascineerd te zijn door Elizabeth, wat niet het geval is, zouden haar bezittingen me die geven. Toen de Duitsers kwamen om het huis van sir Ambrose in beslag te nemen, gaven ze haar maar zes uur om haar spullen naar de cottage over te brengen. Isola zei dat Elizabeth slechts een paar potten en pannen, wat bestek en keukenservies (de Duitsers hielden het tafelzilver, de kristallen glazen, het dure porselein en de wijn voor zichzelf), haar schildersbenodigdheden, een oude opwindbare grammofoon en enkele platen had meegenomen; de rest bestond uit armladingen vol boeken. Zoveel boeken, Sidney, dat ik nog geen tijd heb gehad om er echt naar te kijken – ze vullen de planken in de woonkamer en gaan door tot in de keukenkast. Ze heeft zelfs een stapel boeken aan het eind van de bank gezet om als tafeltje te gebruiken – is dat geen briljante vondst?

In elk hoekje en gaatje vind ik kleine dingen die me iets over haar vertellen. Ze was een waarnemer, Sidney, net als ik, want langs de randen van alle planken liggen schelpen, veren, gedroogde soorten zeegras, kiezelstenen, eierschalen, en het skelet van iets wat een vleermuis zou kunnen zijn. Het zijn maar dingen die op de grond lagen, waar ieder ander overheen of bovenop zou stappen, maar zij zag hoe prachtig ze waren en nam ze mee naar huis. Ik vraag me af of ze ze voor stillevens gebruikte. En of haar schetsboeken hier ergens zijn. Er moet rondgesnuffeld worden. Werk gaat voor, maar het treffen van de voorbereidingen is net als zeven dagen per week kerstavond vieren.

Elizabeth heeft ook een van de schilderijen van sir Ambrose meegenomen. Het is een portret van haarzelf, geschilderd toen ze, denk ik, ongeveer acht was. Ze zit op een schommel, helemaal klaar om zich af te zetten en de hoogte in te gaan – maar ze moest stilzitten zodat sir Ambrose haar kon schilderen. Je kunt aan haar wenkbrauwen zien dat ze het niet leuk vindt. Boze blikken moeten erfelijk zijn, want die van haar en Kit zijn identiek.

Mijn cottage is omgeven door hekken (eenvoudige boerenhekken met drie spijlen). De wei rondom de cottage is bezaaid met wilde bloemen tot bij de rand van het klif, waar wilde grassen en gaspeldoorns het overnemen.

Het Grote Huis (bij gebrek aan een betere naam) is het huis dat Elizabeth kwam afsluiten voor Ambrose. Het ligt aan het eind van de oprijlaan die langs de cottage loopt en het is erg mooi. Het is L-vormig, heeft twee verdiepingen en is gebouwd van fraaie blauwgrijze steen. Het heeft een leistenen dak met dakkapellen en er is een terras dat zich vanaf de knik van de L over de hele lengte uitstrekt. Op het haakse gedeelte staat een torentje met ramen dat uitkijkt op de zee. De meeste van de hoge oude bomen moesten omgehakt worden voor haardhout, maar meneer Dilwyn laat Eben en Eli nieuwe bomen planten – kastanjes en eiken. Hij gaat ook perzikleibomen neerzetten langs de stenen tuinmuren – zodra ook die weer zijn opgebouwd. De verhoudingen van het huis zijn erg mooi, met brede hoge ramen recht boven het stenen terras. Het grasveld is weer groen en weelderig aan het worden en begint de bandensporen van Duitse auto's en vrachtwagens te bedekken.

Afwisselend onder geleide van Eben, Eli, Dawsey of Isola heb ik de afgelopen vijf dagen de tien gemeenten van het eiland doorkruist; Guernsey is erg mooi in al zijn gevarieerdheid – velden, bossen, hagen, kleine valleien, herenhuizen, dolmens, woeste kliffen, heksenhoekjes, tudorhuizen en Normandische stenen huisjes. Bij vrijwel elke nieuwe plek of gebouw zijn me verhalen verteld over de (bijzonder onstuimige) geschiedenis van het eiland.

De piraten van Guernsey hadden een uitstekende smaak – ze bouwden prachtige huizen en imponerende openbare gebouwen. Die zijn helaas vervallen en moeten nodig gerestaureerd worden, maar hun architectonische schoonheid is desondanks zichtbaar. Dawsey bracht me naar een kerkje – dat helemaal bestaat uit mozaïek van scherven porselein en stukjes aardewerk. Een priester heeft dit helemaal in zijn eentje gedaan – hij moet zijn pastorale huisbezoeken hebben afgelegd met een moker in de hand.

Mijn gidsen zijn even verschillend als de bezienswaardigheden. Isola vertelt me over vervloekte piratenkisten gemaakt van gebleekte botten die aanspoelen op het strand en wat meneer Cheminie in zijn schuur verborgen houdt (hij kan wel zeggen dat het een kalf is, maar wij weten wel beter). Eben beschrijft hoe alles er vroeger uitzag, voor de oorlog, en Eli verdwijnt ineens en duikt dan weer op met een engelachtige glimlach en perziksap op zijn snoet. Dawsey zegt het minst, maar hij laat me wonderen zien – zoals het kerkje. Dan houdt hij zich op de achtergrond en laat mij ervan genieten zolang ik wil. Hij is de meest haastloze persoon die ik ooit ben tegengekomen. Toen we gisteren de weg af wandelden, zag ik dat die erg dicht langs de kliffen liep, en er was een pad dat omlaag leidde naar het strand. 'Heb je hier Christian Hellman ontmoet?' vroeg ik. Dawsey keek verschrikt en beaamde dat dit de plek was. 'Hoe zag hij eruit?' vroeg ik, want ik wilde de scène graag voor me zien. Ik verwachtte dat dat een nutteloze vraag was, omdat mensen elkaar nu eenmaal lastig kunnen beschrijven, maar Dawsey kon het. 'Hij zag eruit zoals je je een Duitser voorstelt – lang, blond, blauwe ogen, rechte neus, opvallende glimlach – alleen was hij in staat pijn te voelen.'

Met Amelia en Kit ben ik een aantal keren naar de stad gelopen om te teaën. Cee Cee had gelijk toen hij lyrisch deed over het binnenzeilen van St. Peter Port. De haven, met de stad die recht omhoog naar de hemel lijkt te kruipen, moet een van de mooiste ter wereld zijn. De etalages in High Street en de Pollet zijn stralend schoon en beginnen gevuld te raken met nieuwe artikelen. St. Peter Port mag dan nu wel voornamelijk kleurloos zijn – er moeten zoveel gebouwen worden opgeknapt – maar het heeft niet de dodelijk vermoeide uitstraling van het arme Londen. Dat komt vast door het heldere licht dat over alles heen valt en de schone, frisse lucht en de bloemen die overal bloeien – in velden, bermen, spleten, tussen de straatstenen.

Je moet echt zo groot zijn als Kit om deze wereld naar behoren te zien. Ze is er geweldig in me op dingen te wijzen die ik anders had gemist – vlinders, spinnen, heel kleine bloemetjes die dicht bij de grond groeien – die neem je nauwelijks waar wanneer je voor een oogverblindende muur van fuchsia's en bougainvillea staat. Gisteren stuitte ik op Kit en Dawsey die ineengedoken in de bosjes naast de poort zaten, stil als dieven. Ze waren natuurlijk niet aan het stelen; ze keken naar een merel die een worm uit de grond trok. De worm verzette zich danig, en we zaten daar met z'n drieën heel stilletjes tot de merel hem eindelijk naar binnen had gewerkt. Ik had het hele proces nog nooit echt gezien. Het is afschuwelijk.

Kit heeft soms een kleine doos bij zich wanneer we naar de stad gaan – van karton, strak dichtgebonden met een koord en met een handvat van rood touw. Zelfs wanneer we theedrinken houdt ze hem op schoot en let ze er erg goed op. Er zijn geen gaatjes in het doosje, dus er kan geen fret in zitten. Of, o mijn god, misschien is het wel een dode fret. Ik zou graag willen weten wat erin zit, maar kan het natuurlijk niet vragen.

Ik vind het hier fijn, en ik heb me nu goed genoeg geïnstalleerd om aan het werk te kunnen gaan. Dat doe ik zodra ik vanmiddag terugkom van het vissen met Eben en Eli.

Groeten aan jou en Piers,
Juliet

30 mei 1946

Beste Sidney,

Weet je nog dat je mij verplichtte mee te doen aan vijftien sessies van Sidney Starks Scholing in Perfecte Mnemoniek? Je zei dat schrijvers die tijdens een interview aantekeningen zaten neer te krabbelen onbeleefd, lui en incompetent waren en je zou ervoor zorgen dat ik je nooit te schande zou maken. Je was onuitstaanbaar arrogant en ik verfoeide je, maar ik heb je lessen goed ter harte genomen – en nu kun je de vruchten van je noeste arbeid zien:

Ik ben gisteravond naar mijn eerste bijeenkomst van Het Literaire Aardappelschiltaart Genootschap van Guernsey geweest. Die werd gehouden in Clovis en Nancy Fosseys huiskamer (met overloop naar de keuken). De spreker van die avond was een nieuw lid, Jonas Skeeter, die het zou hebben over *De meditaties van Marcus Aurelius*.

Meneer Skeeter beende naar voren in de kamer, keek ons allemaal boos aan en verklaarde dat hij hier niet wilde zijn en Marcus Aurelius' domme boek alleen maar had gelezen omdat zijn oudste, beste en voormálige vriend Woodrow Cutter hem daar tot zijn schande toe had overgehaald. Iedereen draaide zich om naar Woodrow, en die zat daar maar te zitten, duidelijk geschokt en met open mond.

'Woodrow,' vervolgde Jonas Skeeter, 'kwam mijn land op lopen, waar ik bezig was de composthoop om te zetten. Hij hield dit boekje in zijn hand en zei dat hij het net uit had. Hij wilde dat ik het ook las, zei hij – het was erg diepgaand.

"Woodrow, ik heb geen tijd om diepgaand te zijn," zei ik.

Hij zei: "Je zou tijd moeten maken, Jonas. Als je het zou lezen, zouden we betere gespreksonderwerpen hebben bij Crazy Ida. We zouden meer plezier hebben bij ons biertje."

Nou, dat kwetste me, het heeft geen zin dat te ontkennen. Mijn vriend uit mijn kindertijd voelde zich al een tijdje te goed voor me – en dat allemaal omdat hij boeken las voor jullie en ik niet. Ik liet het eerst maar zo – ieder zijn meug, zoals mijn mams altijd zei. Maar nu was hij te ver gegaan. Hij had me beledigd. Hij voelde zich echt te goed voor mij.

"Jonas," zei hij, "Marcus was een Romeinse generaal – een machtige krijgsman. Dit boek gaat over wat hij dacht, daar tussen de Quaden. Dat waren barbaren die in de bossen zaten te wachten om alle Romeinen om zeep te helpen. En Marcus, in het nauw gedreven door die Quaden, nam de tijd om dit boekje met zijn gedachten te schrijven. Hij had lange, lange gedachten, en we zouden er daar wel een paar van kunnen gebruiken, Jonas."

Dus ik onderdrukte mijn gekwetstheid en nam dat verdomde boek aan, maar ik ben hier vanavond vooral gekomen om je te zeggen dat ik het schandelijk vind, Woodrow! Een schande dat je een boek meer waard vindt dan je jeugdvriend!

Maar ik heb het gelezen en ik denk er zo over: Marcus Aurelius was een oud wijf – alsmaar de temperatuurschommelingen van zijn geest opnemen, alsmaar zich afvragen wat hij had gedaan, of wat hij niet had gedaan. Had hij gelijk, of ongelijk? Vergiste de rest van de wereld zich? Of kon het zijn dat hij toch fout zat? Nee, ieder ander had het bij het verkeerde eind, en hij maakte de dingen duidelijk voor ze. Broedse hen die hij was, had hij nooit ook maar de geringste gedachte die hij niet kon omzetten in een zedenpreek. Waarom, ik wil erom wedden dat de man zelfs niet een pis...'

Iemand zei ontzet: 'Pis! Hij zei pis waar dames bij zijn!'

'Laat hem zijn excuses aanbieden!' schreeuwde een ander.

'Hij hoeft zich niet te verontschuldigen. Het is de bedoeling dat hij zegt wat hij denkt, en dit is wat hij denkt. Of het je bevalt of niet!'

'Woodrow, hoe kon je je vriend zo kwetsen?'

'Schandalig, Woodrow!'

Het werd stil in de kamer toen Woodrow opstond. De twee mannen ontmoetten elkaar in het midden. Jonas omarmde Woodrow, en Woodrow omhelsde Jonas, en beiden vertrokken, gearmd, naar Crazy Ida. Ik hoop dat dat een pub is en geen vrouw.

Groeten,
Juliet

PS Dawsey was het enige lid van de club dat de bijeenkomst van gisteravond erg grappig vond. Hij is te beleefd om hardop te lachen, maar ik zag zijn schouders schokken. Ik hoorde van de anderen dat het een tevreden stemmende maar in geen geval uitzonderlijke avond was geweest.

Opnieuw groeten,
Juliet

31 mei 1946

Beste Sidney,

Lees alsjeblieft de ingesloten brief – die vond ik vanmorgen onder mijn deur door geschoven.

Beste juffrouw Ashton,

Juffrouw Pribby vertelde me dat u informatie wilde hebben over de afgelopen bezetting door het Duitse leger – vandaar mijn brief.

Ik ben een bescheiden mens, en hoewel mijn moeder zegt dat ik nooit iets bijzonders heb gedaan, heb ik dat wel. Ik heb haar er alleen nooit over verteld. Ik ben fluitkampioen. Ik heb wedstrijden en prijzen gewonnen met fluiten. Tijdens de bezetting heb ik dit talent gebruikt om de vijand te verzwakken.

Wanneer mijn moeder sliep, sloop ik het huis uit. Ik liep zachtjes naar het bordeel van de Duitsers in Saumarez Street. Ik hield me verscholen in de schaduw tot er een soldaat van zijn afspraakje kwam. Dikwijls kwam de soldaat alleen naar buiten. Ik weet niet of dames zich ervan bewust zijn, maar mannen zijn niet op hun fitst na zo'n gelegenheid. De soldaat ging dan lopend terug naar zijn verblijf, vaak fluitend. Ik begon dan ook langzaam te lopen, en floot hetzelfde deuntje (maar veel beter). Hij stopte dan met fluiten, maar ík stopte niet met fluiten. Dan stopte hij even, denkend dat wat hij voor een echo had gehouden in feite iemand anders was – die hem volgde in het donker.

Maar wie? Hij keek achter zich, ik was een portiek in geglipt. Hij zag niemand – hij ging weer op weg, maar floot niet. Ik begon weer te lopen en weer te fluiten. Hij stopte – ik stopte. Hij haastte zich voort, maar ik floot nog steeds, hem volgend met hoorbare voetstappen. De soldaat rende dan zonder op te letten naar zijn kwartier, en ik ging terug naar het bordeel om te wachten tot ik nog een Duitser achterna kon zitten. Ik geloof dat ik het heel wat soldaten lastig heb gemaakt om de volgende dag hun taken goed uit te voeren. Begrijpt u?

Nu zal ik meer vertellen over bordelen. Ik geloof niet dat die jongedames daar waren omdat ze het wilden. Ze waren gestuurd vanuit de bezette gebieden in Europa, net als de Todt-arbeiders. Het kan geen leuk werk zijn geweest. Het spreekt voor de soldaten dat ze de Duitse autoriteiten vroegen de vrouwen een extra groot rantsoen voedsel te geven, hetzelfde als de werklieden kregen die zware arbeid verrichtten. Verder zag ik dat sommige van deze dames hun eten deelden met de Todt-arbeiders, die soms 's avonds uit hun kamp werden gelaten om te jagen om aan voedsel te komen.

De zus van mijn moeder woont op Jersey. Nu de oorlog voorbij is, kan ze ons komen bezoeken – helaas. Ze vertelde mijn moeder een akelig verhaal, dat past bij het soort vrouw dat ze is.

Na D-Day besloten de Duitsers hun bordeeldames terug te sturen naar Frankrijk, dus zetten ze hen allemaal op een boot naar St. Malo. Nu zijn de wateren daar erg onberekenbaar, woelig en ijzig. Hun boot werd op de rotsen geworpen en alle opvarenden verdronken. Je kon de arme verdronken vrouwen – hun gelige haar (gebleekte sletten noemde mijn tante hen) uitgespreid in het water, zien aanspoelen op de rotsen. 'Hun verdiende loon, de hoeren,' zei mijn tante – zij en mijn moeder lachten.

Dat werd me te veel! Ik sprong op van mijn stoel en gooide expres de hele theetafel over ze heen. Ik noemde ze vuile oude roddelaarsters.

Mijn tante zegt dat ze nooit meer een voet in ons huis zal zetten, en moeder heeft sinds die dag niet meer tegen me gesproken. Ik vind het heerlijk rustig zo.

Hoogachtend,
Henry A. Toussant

6 juni 1946

Beste Sidney,

Ik kon nauwelijks geloven dat jij het was die me gisteravond belde vanuit Londen! Hoe wijs van je om niet te vertellen dat je naar huis ging vliegen; je weet hoe bang ik ben voor vliegtuigen – zelfs wanneer ze geen bommen werpen. Heerlijk om te weten dat je niet meer vijf oceanen van me vandaan bent, en alleen maar aan de andere kant van het Kanaal. Kom je ons zo gauw mogelijk opzoeken?

Isola is beter dan een lokeend. Ze heeft zeven mensen ingebracht om me hun verhaal over de bezetting te vertellen – en ik heb een groeiende stapel blaadjes met notities over de gesprekken. Maar tot nog toe zijn het niet meer dan aantekeningen. Ik weet niet of er een boek in zit – of, als dat mogelijk is, hoe dat vorm moet krijgen.

Kit is begonnen enkele ochtenden hier door te brengen. Ze brengt stenen of schelpen mee en zit er rustig – nu ja, redelijk rustig – op de grond mee te spelen terwijl ik werk. Wanneer ik klaar ben gaan we picknicken op het strand. Als het te mistig is, spelen we binnen; óf schoonheidssalon – we borstelen elkaars haar tot het knettert – óf Dode Bruid.

Dode Bruid is niet net zo'n ingewikkeld spel als ganzenborden. Het is heel eenvoudig. De bruid hult zich in een kanten gordijn en propt zichzelf in de wasmand, waar ze voor dood ligt terwijl de gekwelde bruidegom naar haar op zoek is. Wanneer hij haar uiteindelijk vindt, begraven in de wasmand, barst hij uit in luid gejammer. Dan, en niet eerder, springt de bruid op, schreeuwt 'Verrassing!' en grijpt hem stevig vast. Daarna is het een en al vreugde en glimlachjes en kussen. Persoonlijk geef ik dat huwelijk weinig kans.

Ik wist dat alle kinderen wreed waren, maar ik weet niet of het de bedoeling is dat ik hen daarin aanmoedig. Ik durf Sophie niet te schrijven om te vragen of Dode Bruid een te morbide spel is voor een vierjarige. Als ze zegt van wel, moeten we ermee ophouden, en dat wil ik niet. Ik vind Dode Bruid geweldig.

Er rijzen zoveel vragen wanneer je je dagen met een kind doorbrengt. Bijvoorbeeld, als je heel lang scheel kijkt, kunnen je ogen dan voor altijd zo blijven staan – of is dat maar een gerucht? Mijn moeder zei dat, en ik geloofde haar, maar Kit is van weerbarstiger materiaal gemaakt en heeft zo haar twijfels.

Ik doe erg mijn best me de ideeën van mijn ouders over het opvoeden van kinderen te herinneren, maar als product van hun opvoeding is het niet echt aan mij daar een oordeel over te geven. Ik weet dat ik een pak voor m'n broek kreeg omdat ik mijn bonen over de tafel naar mevrouw Morris had gespuugd, maar dat is alles wat ik me kan herinneren. Misschien had ze het verdiend. Kit lijkt er geen kwalijke gevolgen van te ondervinden dat ze bij stukjes en beetjes is opgevoed door leden van de leeskring. Het heeft haar beslist niet angstig en teruggetrokken gemaakt. Ik vroeg Amelia er gisteren naar. Ze glimlachte en zei dat er weinig kans was dat een kind van Elizabeth angstig en teruggetrokken zou zijn. Toen vertelde ze me een mooi verhaal over Elizabeth en haar zoon Ian. Hij zou naar een school in Engeland worden gestuurd, en daar was hij helemaal niet blij mee, dus hij besloot van huis weg te lopen. Hij vroeg Jane en Elizabeth om raad en Elizabeth haalde hem ertoe over haar boot te kopen om te ontsnappen. Het enige probleem was dat ze geen boot had – maar dat vertelde ze hem niet. In plaats daarvan bouwde ze er zelf een, in drie dagen. Op de afgesproken middag sleepten ze hem naar het strand en Ian koos zee, terwijl Elizabeth en Jane hem uitwuifden met hun zakdoeken. Ongeveer een halve mijl van de kust begon de boot te zinken – heel snel. Jane wilde meteen haar vader gaan halen, maar Elizabeth zei dat daar geen tijd voor was, en omdat het allemaal haar schuld was, moest zij hem redden. Ze deed haar schoenen uit, dook in de golven en zwom naar Ian toe. Samen trokken ze het wrak naar de kust en ze bracht de jongen naar het huis van sir Ambrose om op te drogen. Ze gaf hem zijn geld terug en terwijl ze voor het vuur zaten te stomen, draaide ze zich naar hem toe en zei mistroostig: 'We zullen gewoon een boot moeten stelen, dat is alles.' Ian had zijn moeder verteld dat hij tot de conclusie was gekomen dat het eigenlijk eenvoudiger was om maar gewoon naar school te gaan.

Ik weet dat het flink wat tijd gaat kosten om je werk te hervatten. Als je een moment overhebt, kun je dan een boek met aankleedpoppen voor me zoeken? Een met veel prachtige avondjurken alsjeblieft.

Ik weet dat Kit dol op me begint te worden – ze slaat me op de knie wanneer ze voorbijkomt.

Liefs,
Juliet

Van Juliet aan Sidney

11 juni 1946

Beste Sidney,

Ik heb net een geweldig pakje gekregen van je nieuwe secretaresse. Heet ze echt Billee Bee Jones? Doet er niet toe, ze is gewoon een genie. Ze heeft voor Kit twee boeken met aankleedpoppen gevonden – en niet zomaar wat oude aankleedpoppen. Nee, Greta Garbo en aankleedpoppen van *Gone with the Wind*. Bladzijden vol mooie jurken, bontmantels, hoeden, boa's – o, ze zijn prachtig. Billee Bee stuurde ook een stompe schaar mee, heel attent, dat zou nooit bij me zijn opgekomen. Kit gebruikt die nu.

Dit is geen brief, maar een bedankje. Ik ben Billee Bee er ook een aan het schrijven. Hoe heb je in 's hemelsnaam zo'n efficiënt iemand kunnen vinden? Ik hoop dat ze stevig en moederlijk is, want zo stel ik me haar voor. Ze deed er een briefje bij dat ogen niet scheel blijven staan – dat is oudewijvenpraat. Kit is er opgewonden van en is van plan scheel te kijken tot het avondeten.

Liefs voor jou,
Juliet

PS Ik wil erop wijzen dat in tegenstelling tot zekere insinuaties in je laatste schrijven meneer Dawsey in deze brief niet voorkomt. Ik heb meneer Dawsey Adams niet meer gezien sinds dinsdagmiddag, toen hij Kit kwam halen. Hij trof ons getooid met onze mooiste juwelen aan terwijl we door de kamer marcheerden op de opwekkende strijkers van 'Land of Hope and Glory' op de grammofoon. Kit maakte voor hem een droogdoekcape en hij marcheerde met ons mee. Ik denk dat hij ergens van aristocraten afstamt; hij kan net als een hertog met zijn blik op oneindig welwillend rondkijken.

Aan: 'Eben' of 'Isola' of een ander lid van een boekenclub op Guernsey, Kanaal-eilanden, Groot-Brittannië

Bezorgd bij Eben op 14 juni 1946

Beste boekenclub,

Ik zend jullie mijn groeten als dierbaren van mijn vriendin Elizabeth McKenna. Ik schrijf jullie nu om te vertellen van haar dood in het concentratiekamp Ravensbrück. Zij is daar in maart 1945 geëxecuteerd.

In de dagen voordat het Russische leger het kamp kwam bevrijden, heeft de ss karrenvrachten papier naar het crematorium gebracht en verbrand in de ovens daar. Dus ik was bang dat jullie nooit iets zouden vernemen over Elizabeths gevangenschap en dood.

Elizabeth had het vaak over Amelia, Isola, Dawsey, Eben en Booker. Ik herinner me geen achternamen maar ik denk dat de namen Eben en Isola ongebruikelijke voornamen zijn en hoop dan ook dat jullie gemakkelijk te vinden zijn op Guernsey.

Ik weet ook dat ze jullie koesterde als haar familie, en ze was dankbaar en gerust omdat jullie voor haar dochter Kit zorgden. Daarom schrijf ik zodat jullie en het kind iets horen over haar en over de kracht die ze ons toonde in het kamp. Niet alleen kracht, maar ook de gave die ze had om ons voor even te doen vergeten waar we waren.

Ik verblijf nu in het Hospice La Forêt in Louviers in Normandië. Mijn Engels is nog armzalig, dus zuster Touvier verbetert mijn zinnen terwijl ze ze opschrijft.

Ik ben nu vierentwintig. In 1944 ben ik door de Gestapo in Plouha in Bretagne gepakt met een pakket vervalste distributiekaarten. Ik werd ondervraagd, alleen maar geslagen, en naar het concentratiekamp Ravensbrück gestuurd. Ik werd in blok elf ondergebracht en daar leerde ik Elizabeth kennen.

Ik zal jullie vertellen hoe we elkaar ontmoet hebben. Op een avond kwam ze naar me toe en zei mijn naam, Rémy. Het was fijn en verrassend om mijn naam te horen uitspreken. Ze zei: 'Kom mee. Ik heb een geweldige verrassing voor je.' Ik begreep niet wat ze bedoelde, maar ik rende met haar naar de achterkant van de barak. Een gebarsten ruit daar was dichtgestopt met papier en dat trok ze eruit. We klommen naar buiten en renden naar de Lagerstraße.

Daar zag ik pas echt wat ze had bedoeld met een geweldige verrassing. De lucht die boven de muren te zien was leek in brand te staan – laaghangende rode en paarse wolken, van achteren belicht met donkergoud. Hun vormen en schaduwen veranderden terwijl ze voortjoegen langs de hemel. We stonden daar, hand in hand, tot het donker werd.

Ik denk niet dat iemand buiten het kamp kon weten hoeveel het voor me betekende om zo'n rustig moment samen te delen.

Ons huis, blok elf, huisvestte bijna vierhonderd vrouwen. Voor elke barak was een sintelbaan waar twee keer per dag appel werd gehouden, om halfzes 's ochtends en 's avonds na het werk. De vrouwen van elke barak stonden daarbij in vierkanten van elk honderd vrouwen – tien rijen van tien vrouwen. De vierkanten strekten zich links en rechts van ons zo ver uit dat we vaak in de mist het eind ervan niet konden zien.

Onze bedden lagen op houten planken, in drie etages boven elkaar. We sliepen op strozakken, die zuur roken en vol vlooien en luizen zaten. Er waren grote gele ratten die 's avonds over onze voeten renden. Dat had zo zijn voordelen, want de opzichters hadden de pest aan de ratten en de stank, zodat we op de late avond van ze af waren.

Toen vertelde Elizabeth me over het eiland Guernsey en jullie leeskring. Dat leek voor mij de hemel. In de kooien zat de lucht die we inademden vol ziekte en viezigheid, maar wanneer Elizabeth vertelde kon ik me de zuivere, frisse zeelucht voorstellen en de geur van fruit in de warme zon. Hoewel het niet waar kan zijn, herinner ik me niet dat de zon in Ravensbrück ook maar een enkele dag heeft geschenen. Ik vond het ook heerlijk te horen over hoe jullie leeskring is ontstaan. Ik moest bijna lachen toen ze vertelde over het gebraden varken, maar ik deed het niet. Gelach veroorzaakte problemen in de barak.

Er waren een paar standpijpen met koud water waar we ons mee konden wassen. Eens per week werden we meegenomen om te douchen en kregen we een stuk zeep. Dat was bittere noodzaak, want wat ons het meest angst aanjoeg was vies te zijn, te vervuilen. We durfden niet ziek te worden, want dan konden we niet werken. Dan waren we niet meer van nut voor de Duitsers en zouden ze ons ter dood moeten brengen.

Elizabeth en ik liepen elke ochtend om zes uur met onze groep naar de Siemens-fabriek waar we werkten. Die was buiten de muren van het kamp. Eenmaal daar, duwden we handkarren naar het rangeerspoor, waarop we de zware metalen platen legden die we moesten uitladen. We kregen meelspijs en erwten als middagmaal en keerden terug naar het kamp voor het appel van zes uur 's avonds en rapensoep als avondeten.

Onze taken werden aangepast naar behoefte, en op een dag kregen we opdracht een greppel te graven om aardappelen in op te slaan voor de winter. Onze vriendin Alina stal een aardappel maar liet hem op de grond vallen. Het graafwerk werd gestaakt tot de opzichter de dief had ontdekt.

Alina had ontstoken hoornvliezen, en het was van levensbelang dat de opzichters dat niet merkten – want ze zouden kunnen denken dat ze bezig was blind te worden. Elizabeth zei snel dat zij de aardappel had gepikt en werd voor een week naar de strafbunker gestuurd.

De cellen in die bunker waren erg klein. Op een dag, toen Elizabeth daar was, deed een bewaker de deuren van alle cellen open en richtte hogedrukspuiten op de gevangenen. De kracht van de straal sloeg Elizabeth tegen de grond, maar ze had het geluk dat het water niet haar opgevouwen deken raakte. Ze kon opstaan en onder haar deken blijven liggen tot ze ophield met rillen. Maar een jonge zwangere vrouw in de cel ernaast had niet het geluk zo sterk te zijn dat ze op kon staan. Ze stierf die nacht, vastgevroren aan de vloer.

Ik vertel misschien te veel, dingen die jullie niet willen weten. Maar ik moet dit doen om duidelijk te maken hoe Elizabeth leefde – en hoe ze haar best deed haar vriendelijkheid en moed te bewaren. Ik zou willen dat haar dochter dit ook te weten komt.

Nu moet ik jullie vertellen over de aanleiding tot haar dood. Vaak hield bij de vrouwen in het kamp, binnen een paar maanden, de menstruatie op. Maar bij sommige niet. De kampartsen hadden geen voorzieningen getroffen voor de persoonlijke hygiëne van de gevangenen gedurende die periode – geen lappen, geen maandverband, geen zeep. De vrouwen die menstrueerden moesten het bloed gewoon langs hun benen laten lopen.

De opzichters vonden dat leuk, dat o zo afzichtelijke bloed, het gaf hun een excuus om te schreeuwen, te slaan. Een vrouw, ze heette Binta, was opzichter bij ons avondappel en zij begon tegen een bloedend meisje uit te varen. Tegen haar tekeer te gaan en haar te bedreigen met geheven wapenstok. Toen begon ze het meisje te slaan.

Elizabeth brak snel uit onze rij – razendsnel. Ze griste de wapenstok uit Binta's hand en richtte die tegen haar, sloeg haar keer op keer. Bewakers kwamen aanrennen en twee van hen sloegen Elizabeth tegen de grond met hun geweren. Ze gooiden haar in een vrachtwagen en brachten haar weer naar de strafbunker.

Een van de bewakers vertelde me dat soldaten de volgende dag een escorte vormden en Elizabeth uit haar cel haalden. Buiten de kampmuren stond een groepje populieren. De bomen vormden een laan en Elizabeth liep daar zelf doorheen, zonder hulp. Ze knielde neer en ze schoten haar in het achterhoofd.

Ik zal nu stoppen. Ik weet dat ik mijn vriendin vaak bij me heb gevoeld toen ik ziek was na het kamp. Ik had koorts en ik stelde me voor dat Elizabeth en ik naar Guernsey zeilden in een kleine boot. We hadden hiervoor plannen gemaakt in Ravensbrück – dat we samen in haar cottage zouden wonen met haar baby Kit. Het hielp me om in slaap te komen.

Ik hoop dat jullie net als ik Elizabeths aanwezigheid gaan voelen. Het is niet zo dat haar kracht het had begeven, noch haar verstand, nooit – ze heeft alleen één wreedheid te veel gezien.

Met vriendelijke groeten,
Rémy Giraud

Dit bericht is van zuster Cécile Touvier, verpleegster. Rémy moet van mij nu gaan rusten. Zo'n lange brief kan mijn goedkeuring niet wegdragen. Maar ze stond erop hem te schrijven.

Ze zal u niet zeggen hoe ziek ze is geweest, maar ik doe dat wel. Kort voordat de Russen in Ravensbrück aankwamen, bevalen die smerige nazi's iedereen die kon lopen te vertrekken. Ze zetten de poorten open en lieten ze vrij in het verwoeste land. 'Ga,' bevalen ze. 'Ga – ga maar op zoek naar geallieerde troepen, als je die kunt vinden.'

Ze lieten de uitgeputte, verhongerende vrouwen vele kilometers lopen zonder voedsel of water. Er waren niet eens een paar korenhalmen over op de velden waar ze langs kwamen. Geen wonder dat hun wandeling uitliep op een dodenmars. Honderden vrouwen stierven onderweg.

Na een paar dagen waren Rémy's benen en lichaam zo gezwollen van hongeroedeem dat ze niet verder kon. Dus ging ze op de weg liggen om te sterven. Gelukkig werd ze gevonden door een compagnie Amerikaanse soldaten. Ze probeerden haar iets te eten te geven, maar haar lichaam kon het niet verdragen. Ze brachten haar naar een veldhospitaal, waar ze in bed werd gelegd en liters vocht uit haar lichaam werden gehaald. Na vele maanden in het ziekenhuis was ze sterk genoeg om naar dit verpleeghuis in Louviers te kunnen worden vervoerd. Ik kan u vertellen dat ze nog geen dertig kilo woog toen ze hier kwam. Anders had ze u zeker eerder geschreven.

Ik denk dat ze haar krachten weer terugkrijgt nu ze deze brief heeft geschreven en kan beginnen de gedachten aan haar vriendin van zich af te zetten. U mag haar natuurlijk schrijven, maar stel haar alstublieft geen vragen over Ravensbrück. Het is voor haar het beste om het te vergeten.

Hoogachtend,
zuster Cécile Touvier

16 juni 1946

Beste mademoiselle Giraud,

Hoe goed van u om ons te schrijven – hoe goed en hoe attent. Het moet geen gemakkelijke taak zijn geweest om uw eigen verschrikkelijke herinneringen naar boven te halen om ons over de dood van Elizabeth te vertellen. We hebben er steeds voor gebeden dat ze bij ons terug zou komen, maar het is beter de waarheid te kennen dan in onzekerheid te leven. We waren dankbaar te mogen horen van uw vriendschap met Elizabeth en te denken aan de troost die jullie elkaar geschonken hebben.

Mogen Dawsey Adams en ik u in Louviers komen bezoeken? We zouden dat erg graag willen, maar niet als u ons bezoek te belastend vindt. We willen u leren kennen en we willen u iets voorstellen. Maar, nogmaals, als u liever hebt dat we niet komen, dan doen we dat niet.

Wij zullen u altijd zegenen om uw vriendelijkheid en moed.

Met vriendelijke groeten,
Amelia Maugery

16 juni 1946

Beste Sidney,

Wat was het troostend je 'godverdomme, o godverdomme' te horen zeggen. Dat is het enige wat je kunt zeggen, toch? De dood van Elizabeth is vreselijk en dat zal nooit veranderen.

Het is raar, veronderstel ik, om te rouwen om iemand die je nooit hebt ontmoet. Maar dat doe ik. Ik heb Elizabeths aanwezigheid overal gevoeld, die is waarneembaar in elke kamer die ik binnenga, niet alleen in de cottage, maar ook in Amelia's bibliotheek, die ze heeft volgestouwd met boeken, en Isola's keuken, waar ze drankjes mixte. Iedereen praat altijd over haar in de tegenwoordige tijd – zelfs nu nog – en ik had mezelf ervan overtuigd dat ze terug zou komen. Ik wilde haar zo graag leren kennen.

Voor alle anderen is het erger. Toen ik Eben gisteren zag, leek hij ouder dan ooit. Ik ben blij dat hij Eli heeft. Isola is verdwenen. Amelia zegt dat ik me daar niet ongerust over moet maken; dat doet Isola vaker wanneer ze last van hartzeer heeft.

Dawsey en Amelia hebben besloten naar Louviers te gaan om mademoiselle Giraud over te halen naar Guernsey te komen. In haar brief stond een ontroerende passage – Elizabeth hielp haar in slaap te komen door plannen te maken voor hun toekomst op Guernsey. Ze zei dat het voor haar als de hemel klonk. Het arme kind kan wel wat hemel gebruiken; ze is al door de hel gegaan.

Ik ga voor Kit zorgen wanneer ze weg zijn. Ik heb zo met haar te doen – ze zal haar moeder nooit leren kennen, alleen van horen zeggen. Ik vraag me af hoe haar toekomst er nu uit gaat zien, nu ze – officieel – wees is. Meneer Dilwyn zei me dat er genoeg tijd is om een beslissing te nemen. 'We moeten het nu nog maar even laten rusten.' Hij klinkt als geen enkele andere bankier of bewindvoerder die ik ooit heb gehoord, godzijdank.

Veel liefs,
Juliet

21 juni 1946

Beste Juliet,

We zijn hier in Louviers, maar we hebben Rémy nog niet gezien. Amelia is erg moe van de reis en ze wil een nacht goed slapen voor we naar het verpleeghuis gaan.

De reis naar Normandië was vreselijk. Bergen opgeblazen stenen muren en verwrongen metaal liggen langs de straten in de steden. Er gapen grote gaten tussen gebouwen en de panden die nog overeind staan zien eruit als zwarte, afgebroken tanden. Hele muren van huizen zijn verdwenen en je kunt zo naar binnen kijken, je ziet gebloemd behang en omgevallen ledikanten die zich op de een of andere manier aan de vloer lijken vast te klampen. Ik begrijp nu hoeveel geluk Guernsey eigenlijk heeft gehad in de oorlog.

Er zijn nog veel mensen in de straten, ze slepen bakstenen en keien weg met kruiwagens en karren. Ze hebben wegen gemaakt van zwaar draadgaas over puin, en daar rijden tractors overheen. Buiten de steden zijn er onbruikbaar geworden weiden met enorme kraters en verwoeste akkers en hagen.

Het is pijnlijk om de bomen te zien. Geen grote populieren, olmen en kastanjes – wat er nog over is gebleven, is armzalig, zwartgeblakerd en onvolgroeid – takken die geen schaduw geven.

Monsieur Piaget, de hotelier, vertelde ons dat de Duitse genieofficieren honderden soldaten opdracht hadden gegeven levende bomen om te hakken – hele bossen en kreupelhout. Ze haalde de takken eraf, smeerden de stammen in met creosoot en zetten ze rechtop in gaten die ze in de velden hadden gegraven. De bomen werden 'Rommels asperges' genoemd en dienden om de geallieerden te beletten zweefvliegtuigen te laten landen en parachutisten te droppen.

Amelia ging meteen na het avondeten naar bed, dus ben ik door Louviers gaan wandelen. Op sommige plaatsen is de stad mooi, maar grote delen zijn gebombardeerd en de Duitsers hebben de boel in de fik gestoken toen ze de aftocht bliezen. Hoe dit weer een levende stad moet worden weet ik niet.

Toen ik terugkwam heb ik op het terras gezeten tot het helemaal donker was, denkend aan morgen.

Geef Kit een knuffel namens mij.

Je vriend,
Dawsey

Van Amelia aan Juliet

23 juni 1946

Beste Juliet,

We hebben gisteren met Rémy kennisgemaakt. Op de een of andere manier voelde ik me niet opgewassen tegen de ontmoeting. Maar daar had Dawsey goddank geen last van. Hij haalde op zijn gemak een paar tuinstoelen, zette ons neer onder een schaduwrijke boom en vroeg een verpleegster of we thee konden krijgen.

Ik wilde dat Rémy ons aardig vond, dat ze zich veilig bij ons voelde. Ik wilde meer horen over Elizabeth, maar werd afgeschrikt door Rémy's breekbaarheid en de vermaningen van zuster Touvier. Rémy is erg klein en veel te mager. Haar donkere, krullende haar is kortgeknipt, uit haar enorm grote ogen spreekt gekweldheid. Je kunt zien dat ze in betere tijden een schoonheid was, maar nu lijkt ze wel van glas. Haar handen trillen hevig en daarom houdt ze ze zorgvuldig in haar schoot. Ze verwelkomde ons zo goed als ze kon, maar ze was erg afstandelijk tot ze naar Kit had gevraagd – was ze naar sir Ambrose in Londen gegaan?

Dawsey vertelde haar dat sir Ambrose overleden is en dat wij Kit opvoeden. Hij liet haar de foto zien van jou en Kit die hij bij zich heeft. Toen glimlachte ze en zei: 'Ze is Elizabeths kind. Is ze sterk?' Ik kon niet meer praten bij de gedachte aan het verlies van Elizabeth, maar Dawsey zei ja, heel sterk, en vertelde over Kits passie voor fretten. Daar moest ze ook om glimlachen.

Rémy is alleen op de wereld. Haar vader stierf lang voor de oorlog; in 1943 werd haar moeder naar Drancy gestuurd omdat ze vijanden van de regering onderdak had verleend – zij stierf later in Ausch-

247

witz. Rémy's beide broers worden vermist; ze dacht dat ze een van hen had gezien op een Duits treinstation toen ze onderweg was naar Ravensbrück, maar hij had zich niet omgedraaid toen ze zijn naam riep. De andere heeft ze sinds 1941 niet gezien. Ze gelooft dat zij ook dood zijn. Ik was blij dat Dawsey de moed had haar vragen te stellen – het leek een opluchting voor Rémy om over haar familie te praten.

Uiteindelijk bracht ik het onderwerp ter sprake dat Rémy een tijdje bij mij zou komen logeren op Guernsey. Ze deed toen weer gereserveerd en legde uit dat ze al heel gauw weg zou gaan uit het verpleeghuis. De Franse regering biedt overlevenden van de concentratiekampen een pensioen; voor de verloren tijd in het kamp, voor blijvend letsel, en als erkenning voor het doorstane leed. Ze geven ook een kleine beurs voor degenen die hun opleiding willen hervatten.

Ter aanvulling op de rijksbeurs zal de Association Nationale des Internés de la Résistance Rémy helpen met het betalen van de huur van een kamer of om een flat te delen met andere overlevenden, en ze heeft besloten naar Parijs te gaan en een leerplaats te zoeken in een bakkerij.

Ze was vastbesloten, dus heb ik het onderwerp laten rusten, maar ik geloof niet dat Dawsey dat ook van plan is. Hij denkt dat het onze morele plicht tegenover Elizabeth is om Rémy onderdak te verlenen – misschien heeft hij gelijk, of misschien is het alleen een manier om ervoor te zorgen dat we ons minder hulpeloos voelen. Hoe dan ook, hij heeft afgesproken morgen terug te komen en Rémy mee uit wandelen te nemen langs het kanaal en dan naar een patisserie te gaan die hij in Louviers heeft gezien. Soms vraag ik me af waar onze oude, verlegen Dawsey is gebleven.

Ik voel me goed, alleen ben ik ongewoon vermoeid – misschien komt het door de verwoeste aanblik van mijn geliefde Normandië. Lieverd, ik zal blij zijn als ik weer thuis ben.

Een kus voor jou en Kit,
Amelia

28 juni 1946

Beste Sidney,

Wat een briljant cadeau heb je Kit gestuurd – roodsatijnen tapdansschoenen met lovertjes erop. Waar heb je die vandaan? Waar blijven de mijne?

Amelia is erg moe sinds haar terugkeer uit Frankrijk, dus het lijkt voor Kit het beste dat ze bij mij blijft, vooral als Rémy besluit naar Amelia te komen wanneer ze uit het verpleeghuis weg mag. Kit vindt het blijkbaar ook een goed plan, gelukkig. Kit weet nu dat haar moeder dood is, maar ik kan er niet goed hoogte van krijgen hoe ze zich daarbij voelt. Ze heeft niks gezegd, en ik peins er niet over druk op haar uit te oefenen. De enige verandering die me is opgevallen is dat ze me in en om de cottage als een schaduw volgt. Ik probeer niet overmatig om haar heen te hangen of haar extra te verwennen. Toen mijn vader en moeder waren verongelukt, bracht de kokkin van dominee Simpless me enorme plakken cake en bleef dan bedroefd staan kijken terwijl ik die probeerde door te slikken. Ik vond het vreselijk dat ze blijkbaar dacht dat cake op de een of andere manier het verlies van mijn ouders minder erg voor me maakte. Natuurlijk was ik een stakker van twaalf, en is Kit nog maar vier – waarschijnlijk zou ze wat extra cake best lekker vinden, maar je begrijpt wel wat ik bedoel.

Sidney, ik heb problemen met mijn boek. Ik heb veel gegevens uit de verslagen van de Staten en genoeg interviews met bewoners om met het verhaal over de bezetting te kunnen beginnen – maar ik kan er geen verbindende structuur voor vinden die me bevalt. Puur

chronologisch is te langdradig. Zal ik je de pagina's die ik heb toesturen? Er is een scherper en onpersoonlijker oog voor nodig dan
het mijne. Zou je tijd hebben om er nu naar te kijken of loop je nog
steeds erg achter door je reis naar Australië?

Als dat zo is, maak je geen zorgen – ik werk gewoon door en misschien krijg ik wel een geniaal idee.

Liefs,
Juliet

30 juni 1946

Lieve Juliet,

Stuur ze maar niet op – ik kom zelf naar Guernsey. Schikt jou dit weekeinde?

Ik wil jou, Kit en Guernsey zien – in die volgorde. Ik ben niet van plan je pagina's te lezen terwijl jij voor mijn neus loopt te ijsberen – ik zal het manuscript meenemen naar Londen.

Ik kan vrijdagmiddag komen met het vliegtuig van vijf uur en tot maandagavond blijven. Wil je een hotelkamer voor me reserveren? Kun je ook een klein etentje voor me organiseren? Ik wil Eben, Isola, Dawsey en Amelia leren kennen. Ik zorg voor de wijn.

Groet,
Sidney

Woensdag

Beste Sidney,

Geweldig! Isola wil er niet van horen dat je een kamer neemt in het hotel (ze maakt toespelingen op bedwantsen). Ze wil je zelf herbergen en wil weten of vroege ochtendgeluiden je misschien storen. Die zijn er wanneer Ariel, haar geit, wakker wordt. Zenobia, de papegaai, is een langslaper.

Dawsey en ik en zijn wagen zullen je van het vliegveld ophalen. Moge vrijdag opschieten en snel komen.

Liefs,
Juliet

Van Isola aan Juliet (onder Juliets deur door geschoven)

Vrijdag – vlak voor zonsopgang

Liefje, ik kan niet blijven, ik moet snel naar mijn marktkraam. Ik ben blij dat je vriend bij me komt logeren. Ik zal lavendeltakjes tussen zijn lakens leggen. Is er een van mijn drankjes die ik voor je in zijn koffie moet doen? Knik maar naar me op de markt en ik weet welk je bedoelt. xxx Isola

3 juli 1946

Lieve Sophie,

Ik ben, eindelijk, op Guernsey bij Juliet en ik kan je over drie of vier van de meer dan tien dingen die je me gevraagd hebt uit te zoeken iets vertellen.

Eerst en vooral: Kit lijkt net zo dol op Juliet als jij en ik. Ze is een pittig ding, hartelijk op een afstandelijke manier (dat is niet zo tegenstrijdig als het klinkt) en glimlacht gauw wanneer ze bij een van haar adoptiefouders van de literaire kring is.

Ze is ook schattig, met ronde wangen, ronde krullen en ronde ogen. De verleiding om haar te knuffelen is bijna niet te weerstaan, maar het zou inbreuk maken op haar waardigheid en ik ben niet dapper genoeg om een poging te wagen. Wanneer ze iemand ziet die ze niet mag, heeft ze een blik in haar ogen waarbij die van Medusa in het niets verdwijnt. Isola zegt dat ze die bewaart voor de wrede meneer Smythe, die zijn hond slaat, en de slechte mevrouw Gilbert, die Juliet een nieuwsgierig aagje noemde en zei dat ze terug moest gaan naar Londen, waar ze thuishoorde.

Ik zal je iets over Kit en Juliet vertellen. Dawsey (over hem later meer) kwam langs om Kit af te halen om Ebens vissersboot te zien binnenvaren. Kit zei dag, vloog naar buiten, vloog weer naar binnen, rende naar boven naar Juliet, tilde haar rok een klein stukje op, kuste haar knieschijf en vloog weer naar buiten. Juliet keek stomverbaasd – en daarna gelukkiger dan jij en ik haar ooit hebben gezien.

Ik weet dat Juliet volgens jou moe, uitgeput, verzwakt en bleek was toen je haar de afgelopen winter zag. Ik denk dat je je niet realiseert hoe enerverend zulke teas en interviews kunnen zijn; nu blaakt ze van gezondheid en zit ze weer vol energie. Zo vol, Sophie, dat ik denk dat ze nooit meer terug wil naar Londen – alleen beseft ze het zelf nog niet. Zeelucht, zon, groene velden, wilde bloemen, de altijd veranderende lucht en oceaan, en vooral de mensen lijken haar van het stadsleven te hebben weggelokt.

Ik kan gemakkelijk zien hoe dat in z'n werk is gegaan. Het is zo'n huiselijke, hartverwarmende plek. Isola is het soort gastvrouw dat je voor ogen hebt als je naar het platteland gaat maar er nooit tegenkomt. Ze joeg me de eerste ochtend uit bed om haar te helpen rozenblaadjes te drogen, boter te karnen, iets (Joost mag weten wat) in een grote pot door te roeren, Ariel te voeren en naar de vismarkt te gaan om een paling voor haar te kopen. En dat allemaal met de papegaai Zenobia op mijn schouder.

Nu over Dawsey Adams. Ik heb hem gekeurd, volgens jouw aanwijzingen. Wat ik zag beviel me. Hij is rustig, bekwaam, betrouwbaar – hemeltje, zo klinkt het alsof hij een hond is – en heeft gevoel voor humor. Kortom, hij is totaal anders dan wie dan ook van Juliets eerdere vrijers, goddank. Hij zei niet veel bij onze eerste ontmoeting – en nu ik eraan denk, bij geen van onze latere ontmoetingen – maar wanneer hij een kamer binnenkomt lijkt iedere aanwezige min of meer een zucht van verlichting te slaken. Nooit van mijn leven heb ik zo'n effect op iemand gehad; begrijp niet hoe dat komt. Juliet lijkt wat nerveus in zijn aanwezigheid – zijn zwijgzaamheid is inderdaad een beetje intimiderend – en ze maakte er bij de thee een rommeltje van toen hij gisteren langskwam voor Kit. Maar Juliet heeft altijd theekopjes aan scherven geholpen – weet je nog wat ze met moeders Spode-porselein heeft gedaan? – dus dat is geen opvallend signaal. Wat hem betreft: zijn donkere ogen observeren haar met vaste blik – tot ze naar hem kijkt; dan kijkt hij weg (ik hoop dat je mijn waarnemingsvermogen weet te waarderen).

Eén ding kan ik ondubbelzinnig zeggen: hij is tien keer meer waard dan Mark Reynolds. Ik weet dat je vindt dat ik wat hem betreft onredelijk ben, maar je hebt hem niet ontmoet. Hij is een gladde charmeur, en hij krijgt wat hij wil. Dat is een van zijn weinige principes. Hij wil Juliet omdat ze mooi en 'intellectueel' tegelijk is, en hij denkt dat ze als stel indruk zullen maken. Als ze met hem trouwt, zal ze de rest van haar leven in theaters en clubs en tijdens weekendjes aan mensen worden vertoond en zal ze geen boek meer schrijven. Dat vooruitzicht vervult mij als haar uitgever met wanhoop, maar als haar vriend met afschuw. Het betekent het einde van Juliet zoals wij haar kennen.

Het is moeilijk te zeggen hoe Juliet over Reynolds denkt, als ze dat al doet. Ik vroeg haar of ze hem miste, en daarop antwoordde ze: 'Mark? Ik denk van wel,' alsof hij een verre oom was, niet eens een lievelingsoom. Ik zou het heerlijk vinden als ze hem helemaal vergat, maar ik denk niet dat hij dat zal laten gebeuren.

Om terug te komen op minder belangrijke onderwerpen als de bezetting en Juliets boek: ik ben uitgenodigd om haar vanmiddag te vergezellen bij haar bezoekjes aan verscheidene eilanders. Haar interviews zouden gaan over Guernseys Bevrijdingsdag, 8 mei vorig jaar.

Wat een ochtend moet dat zijn geweest! Je kunt je de menigten voorstellen langs de haven van St. Peter Port. Massa's mensen die in stilte, volkomen stilte, naar de schepen van de Royal Navy kijken die net buiten de haven liggen. Maar toen de Tommy's aan land kwamen en de kust op marcheerden, brak de hel los. Omhelzingen, kussen, gehuil, geschreeuw.

Veel van de aan land komende soldaten waren zelf mannen van Guernsey. Ze hadden in geen vijf jaar iets van hun familie gehoord. Je kunt je voorstellen hoe hun ogen de menigte afzochten op familieleden terwijl ze langsmarcheerden – en hoeveel vreugde hun hereniging veroorzaakte.

Meneer LeBrun, een gepensioneerde postbeambte, vertelde ons het gekste verhaal. Sommige Britse schepen verlieten de vloot in St. Peter Port en zeilden enkele mijlen noordelijker naar de haven van St. Sampson. Daar had zich een menigte mensen verzameld die stonden te wachten tot ze de landingstroepen door de Duitse antitanklinies zagen breken en het strand op komen. Toen de deuren van de baai opengingen, kwam er niet een peloton geüniformeerde soldaten uit maar één enkele man, uitgedost als het toonbeeld van een Engelsman in krijtstreepbroek en jacquet, met hoge hoed op, met opgevouwen paraplu, een exemplaar van de London Times van de vorige dag in zijn hand geklemd. Toen viel er een stilte, totdat men de grap doorhad, en toen begon de menigte te brullen – hij werd omstuwd, op de rug geslagen, gekust en op de schouders van vier mannen gezet die met hem door de straat marcheerden. Iemand schreeuwde: 'Nieuws – nieuws rechtstreeks uit Londen,' en griste de Times uit zijn hand! Wie die soldaat ook was, hij was magnifiek en verdient een medaille.

Toen de rest van de soldaten tevoorschijn kwam, brachten die chocolaatjes, sinaasappelen, sigaretten en theezakjes mee, die ze in de menigte rondstrooiden. Brigadier Snow liet de mensen weten dat de kabelverbinding met Engeland gerepareerd werd en dat ze spoedig met hun geëvacueerde kinderen en familie in Engeland konden praten. De schepen brachten ook voedsel mee, tonnen vol, en medicijnen, paraffine, diervoeders, kleren, stoffen, zaden en schoenen!

Er moeten genoeg verhalen zijn om drie boeken te vullen – het is een kwestie van selecteren. Maar maak je niet ongerust als Juliet af en toe nerveus klinkt – dat is logisch. Het is een moedeloos makende taak.

Ik moet nu ophouden en me kleden voor Juliets etentje. Isola is gehuld in drie sjaals en een kanten omslagdoek en ik wil haar eer aandoen.

Groeten aan iedereen,
Sidney

4 juli 1946

Lieve Sophie,

Slechts een berichtje om je te laten weten dat Sidney hier is en dat we kunnen ophouden ons zorgen om hem maken – en om zijn been. Hij ziet er geweldig uit: gebruind, fit, en hij loopt niet merkbaar mank. Trouwens, we hebben zijn kruk in zee gegooid – die is nu vast halverwege Frankrijk.

Ik heb een klein dinertje voor hem georganiseerd – helemaal door mijzelf bereid en nog eetbaar ook. Will Thisbee heeft me *Het beginnerskookboek voor padvindsters* gegeven. Dat was precies wat ik nodig had; de auteur gaat ervan uit dat je niets van koken af weet en geeft nuttige tips – 'als je eieren toevoegt, breek dan eerst de schalen'.

Sidney beleeft geweldige tijden als Isola's gast. Blijkbaar hebben ze gisteravond nog tot laat zitten praten. Koetjes en kalfjes zijn aan Isola niet besteed en ze is van mening dat je het ijs moet breken door erop te stampen.

Ze vroeg hem of we verloofd waren. Zo niet, waarom dan niet? Het was voor iedereen duidelijk dat we dol op elkaar waren.

Sidney liet haar weten dat hij inderdaad dol op me was; dat hij dat altijd was geweest, altijd zou blijven, maar dat we beseften dat we nooit konden trouwen – hij was homoseksueel.

Isola was niet bleek geworden, noch had ze met haar ogen geknipperd of naar adem gesnakt, zei Sidney – ze gaf hem alleen een vette knipoog en vroeg: 'En Juliet weet dat?'

Toen hij haar vertelde dat ik het altijd had geweten, sprong Isola op, viel weer neer, kuste hem op zijn voorhoofd en zei: 'Wat leuk –

net als die beste Booker. Ik zal het niemand vertellen, je kunt van me op aan.'

Daarna ging ze weer zitten en begon te praten over de toneelstukken van Oscar Wilde. Waren dat geen lorren? Sophie, had je daar niet stiekem bij willen zijn? Ik wel!

Sidney en ik gaan nu een cadeautje kopen als dank voor Isola's gastvrijheid. Ik zei dat ze een warme, kleurige sjaal fijn zou vinden, maar hij wil haar een koekoeksklok geven. Waarom???

Groeten,
Juliet

PS Mark schrijft niet, hij telefoneert. Hij belde me afgelopen week nog. De verbinding was weer eens zo slecht dat we elkaar voortdurend moesten onderbreken en 'WAT?' schreeuwen, maar ik ben erin geslaagd de kern van het gesprek te ontwarren: ik moest terugkomen om met hem te trouwen. Ik heb hem beleefd afgewimpeld. Het heeft me minder van streek gemaakt dan een maand eerder het geval zou zijn geweest.

Van Isola aan Sidney

6 juli 1946

Beste Sidney,

U bent een erg prettige gast. Ik mag u graag. Zenobia ook, anders was ze niet op uw schouder gevlogen en zo lang blijven zitten kroelen.

Ik ben blij dat u het fijn vindt om tot 's avonds laat te praten. Ik gun mezelf dat af en toe. Ik ga nu naar de hoeve om het boek te zoeken waarover u me hebt verteld. Hoe is het mogelijk dat Juliet en Amelia het nooit met mij over Jane Austen hebben gehad?

Ik hoop dat u nog eens op Guernsey komt. Vond u Juliets soep lekker? Was die niet smakelijk? Ze zal binnenkort toe zijn aan korstdeeg en jus – je moet langzaam met koken beginnen, anders wordt het slappe kost.

Ik had behoefte aan gezelschap nadat u was vertrokken, dus heb ik Dawsey en Amelia gisteren uitgenodigd op de thee. U had mee moeten maken hoe ik geen woord losliet toen Amelia zei dat ze dacht dat u en Juliet zouden gaan trouwen. Ik knikte zelfs en kneep mijn ogen tot spleetjes, alsof ik iets wist wat zij niet wisten, om ze op een dwaalspoor te brengen. Ik zwijg als het graf.

Ik vind mijn koekoeksklok prachtig. Zo vrolijk! Ik ren naar de keuken om ernaar te kijken. Het spijt me dat Zenobia het kopje van het vogeltje heeft afgebeten, ze is nogal jaloers uitgevallen – maar Eli zei dat hij een ander vogeltje voor me kan snijden, net zo mooi. Het zitstokje komt nog steeds elk uur naar buiten.

Met genegenheid, uw gastvrouw,
Isola Pribby

6 juli 1946

Beste Sidney,

Ik wist het! Ik wist dat je Guernsey leuk zou vinden. Het beste wat me is overkomen is dat ik hier zelf ben, het op een na beste was jou hier te hebben – zelfs voor zo'n bliksembezoekje. Ik ben blij dat je nu al mijn vrienden kent, en zij jou. Ik ben vooral blij dat je zo van Kits gezelschap hebt genoten. Het doet me leed je te moeten vertellen dat haar genegenheid voor jou voor een deel toe te schrijven is aan je cadeautje, *Elspeth het slissende konijn*. Haar bewondering voor Elspeth heeft ervoor gezorgd dat ze is gaan slissen, en het spijt me het te moeten zeggen, maar ze is er erg goed in.

Dawsey bracht Kit net thuis – ze zijn naar zijn nieuwe biggetje wezen kijken. Kit vroeg of ik Thidney ging schrijven. Toen ik dat beaamde, zei ze: 'Theg dat ik hem gauw weer wil thien.' Thie je wat ik bedoel wat Elspeth betreft?

Dawsey moest erom glimlachen, en dat deed me plezier. Ik ben bang dat je Dawsey dit weekeinde niet van zijn beste kant hebt gezien; hij was stiller dan anders bij mijn etentje. Misschien kwam het door mijn soep, maar ik denk eerder dat hij zich zorgen maakt om Rémy. Hij lijkt te denken dat ze niet beter wordt voor ze naar Guernsey komt om te herstellen.

Fijn dat je mijn pagina's mee naar huis hebt genomen om te lezen. God weet dat ik het spoor bijster ben als het erom gaat te ontdekken wat er precies mis mee is – ik weet alleen dát er iets mis is.

Wat heb je in 's hemelsnaam tegen Isola gezegd? Ze kwam langs toen ze *Trots en vooroordeel* ging halen, om me een uitbrander te geven omdat ik haar nooit over Elizabeth Bennet en meneer Darcy had verteld. Waarom had ze niet geweten dat er betere liefdesverhalen waren? Verhalen die niet doorspekt waren met slechte mannen, angst, dood en kerkhoven! Wat hadden we nog meer voor haar verborgen gehouden?

Ik bood mijn verontschuldigingen aan voor deze misstap en zei dat je volkomen gelijk had, *Trots en vooroordeel* behoorde tot de grootste liefdesgeschiedenissen die ooit zijn geschreven – en dat ze eigenlijk misschien wel zou sterven van de spanning voordat ze het uit had.

Isola zei dat je vertrek Zenobia verdrietig heeft gemaakt – ze is van slag. Dat ben ik ook, maar ik ben erg dankbaar dat je gekomen bent.

Liefs,
Juliet

12 juli 1946

Lieve Juliet,

Ik heb je hoofdstukken een paar keer gelezen, en je hebt gelijk – er ontbreekt iets. Een aaneenschakeling van anekdotes maakt nog geen boek.

Juliet, je boek heeft een kern nodig. Ik bedoel niet nog meer diepte-interviews. Ik bedoel een centrale figuur vanuit wier ogen alles om haar heen wordt verteld. Zoals je het nu hebt geschreven, lijken de feiten, hoe interessant ze ook zijn, toevallige, zeer uiteenlopende voorzetten.

Als er niet toch iets was, zou het voor mij erg pijnlijk zijn geweest om je deze brief te schrijven. Je hebt de kern al – alleen weet je het nog niet.

Ik bedoel Elizabeth McKenna. Heb je nooit opgemerkt dat iedereen die je interviewde vroeg of laat over Elizabeth begon? Mijn hemel, Juliet, wie schilderde Bookers portret en redde zijn leven en danste met hem over straat? Wie verzon de leugen van de literaire kring – en riep die toen in het leven? Guernsey was niet haar thuis, maar ze paste zich aan, net zoals ze zich aanpaste aan het verlies van haar vrijheid. Hoe? Ze moet Ambrose en Londen hebben gemist, maar ze heeft er, naar ik vermoed, nooit over geklaagd. Ze kwam in Ravensbrück terecht omdat ze een gevangene had laten onderduiken. Kijk hoe en waarom ze stierf.

Juliet, hoe veranderde een meisje, een studente aan de kunstacademie die nog nooit van haar leven een baantje had gehad, zichzelf in een verpleegster die zes dagen per week in het ziekenhuis werkte?

Ze had dierbare vrienden, maar in werkelijkheid had ze in de eerste plaats niemand die ze de hare kon noemen. Ze raakte verliefd op een vijandige officier en verloor hem; ze kreeg in haar eentje een baby terwijl het oorlog was. Het moet vreselijk zijn geweest, ondanks de goede vrienden. Verantwoordelijkheden kun je maar tot op zekere hoogte delen.

Ik stuur het manuscript en jouw brieven aan mij terug – herlees alles en ontdek hoe vaak er over Elizabeth wordt gesproken. Vraag je af waarom. Praat met Dawsey en Eben. Praat met Isola en Amelia. Praat met meneer Dilwyn en alle anderen die haar goed hebben gekend.

Je woont in haar huis. Kijk om je heen, naar haar boeken, haar spullen.

Ik denk dat je je boek om Elizabeth heen moet schrijven. Ik denk dat Kit een verhaal over haar moeder bijzonder zal waarderen – het zou haar een soort houvast geven, later. Dus hou er helemaal mee op – of leer Elizabeth goed kennen.

Denk er grondig over na en laat me weten of Elizabeth het hart van je boek kan vormen.

Groeten aan jou en Kit,
Sidney

15 juli 1946

Beste Sidney,

Ik heb geen tijd meer nodig om erover na te denken – zodra ik je brief las, wist ik dat je gelijk had. Wat ben ik toch een slome! Al die tijd hier heb ik zitten wensen dat ik Elizabeth had gekend, en heb ik haar gemist alsof ik haar echt heb gekend – waarom heb ik er nooit aan gedacht over haar te schrijven?

Ik begin morgen. Ik wil allereerst met Dawsey, Amelia, Eben en Isola praten. Ik heb het gevoel dat ze meer bij hen hoort dan bij de anderen, en ik wil hun toestemming.

Rémy wil toch naar Guernsey komen. Dawsey heeft haar geschreven, ik wist dat hij in staat was haar over te halen. Hij kan praten als Brugman als hij besloten heeft te spreken, wat naar mijn smaak niet vaak genoeg het geval is. Rémy gaat bij Amelia logeren, dus ik houd Kit voorlopig bij me.

Oneindig veel liefs en dank,
Juliet

PS Je denkt toch niet dat Elizabeth een dagboek bijhield?

17 juli 1946

Beste Sidney,

Geen dagboek, maar het goede nieuws is dat Elizabeth is blijven tekenen zolang ze de beschikking had over potlood en papier. Ik vond
wat schetsen, in een grote kunstenaarsmap gepropt, op de onderste
plank van de boekenkast in de zitkamer. Snelle lijntekeningen die
mij prachtige portretten toeschijnen: Isola, in een onbewaakt moment gevat terwijl ze met een houten lepel ergens op slaat, Dawsey
die in een tuin graaft, Eben en Amelia met hun hoofden bij elkaar
gestoken, pratend.

Terwijl ik zittend op de vloer de bladen omsloeg, kwam Amelia
langs. Samen trokken we er verscheidene grote vellen papier tussen-
uit met de ene na de andere schets van Kit. Een slapende Kit, een
kruipende Kit, Kit op iemands schoot, Kit die door Amelia wordt ge-
wiegd, Kit in de ban van haar tenen, Kit verrukt door haar spuugbel-
len. Misschien kijkt iedere moeder op die manier naar haar baby –
met die intense blik – maar Elizabeth zette het op papier. Er was een
beverige tekening bij van een gerimpelde piepkleine Kit, volgens
Amelia gemaakt op de dag na haar geboorte.

Toen vond ik een schets van een man met een mooi, sterk, tamelijk breed gezicht; hij ziet er ontspannen uit en lijkt over zijn schouder te kijken, met een glimlach naar de kunstenaar. Ik wist meteen
dat het Christian was – hij en Kit hebben een kuif op precies dezelfde
plaats. Amelia nam het vel in haar handen; ik heb haar nog nooit
over hem horen praten en vroeg of ze hem aardig had gevonden.

'De arme jongen,' zei ze. 'Ik was zo tegen hem gekant. Het leek krankzinnig dat Elizabeth hem had gekozen – een vijand, een Duitser – en ik was vreselijk bang om haar. Om de anderen ook. Ik dacht dat ze te goed van vertrouwen was en dat hij haar en ons zou verraden, dus ik zei tegen haar dat ik vond dat ze met hem moest breken. Ik was erg hard voor haar.

Elizabeth stak haar kin omhoog en zei niets. Maar de volgende dag kwam hij me opzoeken. O, ik was ontzet. Ik deed de deur open en er stond een enorme Duitser in uniform voor mijn neus. Ik was ervan overtuigd dat mijn huis gevorderd werd en ik begon al te protesteren, toen hij me een bos bloemen toestak – slap geworden in zijn stevige greep. Ik zag dat hij erg nerveus was, dus hield ik op met foeteren en vroeg zijn naam. "Kapitein Christian Hellman," zei hij en bloosde als een jongen. Ik was nog achterdochtig – waar was hij op uit? – en vroeg hem naar het doel van zijn bezoek. Hij begon nog erger te blozen en zei zachtjes: "Ik kom u vertellen wat mijn bedoelingen zijn."

"Met mijn huis?" snauwde ik.

"Nee. Met Elizabeth," zei hij. En dat deed hij – net alsof ik de victoriaanse vader was en hij de huwelijkskandidaat. Hij ging op het puntje van een stoel zitten in mijn salon en vertelde me dat hij van plan was naar het eiland terug te komen zodra de oorlog voorbij was, met Elizabeth te trouwen, fresia's te gaan kweken, te lezen en alles over de nazi's, de oorlog en medicijnen te vergeten, in die volgorde. Tegen de tijd dat hij ophield met praten, was ik zelf ook een beetje verliefd op hem.'

Amelia was half in tranen, dus we legden de schetsen weg en ik maakte thee voor haar. Toen kwam Kit binnen met een kapot meeuwenei dat ze wilde lijmen en we waren dankbaar voor de afleiding.

Gisteren verscheen Will Thisbee aan mijn deur met een schaal cakejes geglaceerd met pruimenmousse, dus nodigde ik hem uit op de thee. Hij kwam mij om raad vragen over twee verschillende vrouwen; met wie van de twee zou ik trouwen als ik een man was, en met wie niet. (Vat je het?)

Juffrouw X was altijd een weifelaarster geweest – ze was een tienmaandsbaby en is er sindsdien in geen enkel opzicht op vooruitgegaan. Toen ze hoorde dat de Duitsers eraan kwamen, begroef ze haar moeders zilveren theepot onder een olm en nu kan ze zich niet meer herinneren welke. Ze graaft nu overal op het eiland gaten, zwerend dat ze niet zal stoppen tot ze hem gevonden heeft. 'Zo vastberaden,' zei Will. 'Dat past helemaal niet bij haar.' (Will probeerde discreet te zijn, maar juffrouw X is Daphne Post. Ze heeft ronde, lege koeienogen en is befaamd om haar trillende sopraanstem in het kerkkoor.)

En dan is er juffrouw Y, een plaatselijke naaister. Toen de Duitsers kwamen, hadden ze maar één nazivlag meegenomen. Die hadden ze nodig om aan hun hoofdkwartier te hangen, maar daardoor hadden ze niets voor aan de vlaggenmast om de eilanders eraan te herinneren dat ze overwonnen waren.

Ze gingen naar juffrouw Y en bevalen haar een nazivlag voor hen te maken. Dat deed ze – een zwarte, gore swastika gestikt op een cirkel van smoezelig paarsbruin. De baan eromheen was geen scharlaken zijde maar flets roze flanel. 'Zo inventief in haar boosaardigheid,' zei Will. 'Zo krachtig!' (Juffrouw Y is juffrouw LeFroy, met ingevallen kaak en op elkaar geknepen lippen.)

Wie van hen zou volgens mij de beste gezellin zijn in de latere levensdagen van een man, juffrouw X of juffrouw Y? Ik zei tegen hem dat wanneer iemand het nodig vond om te vragen wie hij zou kiezen, het meestal betekende: geen van beiden.

Hij zei: 'Dat is precies wat Dawsey zei – letterlijk hetzelfde. Isola zei dat juffrouw X me tot tranen toe zou vervelen en juffrouw Y me dood zou sarren.

Dank je, dank je – ik zal blijven zoeken. Érgens loopt de ware rond.'

Hij zette zijn pet op, boog en ging weg. Sidney, misschien is hij het hele eiland afgegaan, maar ik voelde me zo gevleid dat ik daarbij hoorde – het maakte dat ik me een eilander voelde in plaats van een buitenstaander.

Liefs,
Juliet

PS Ik vond het interessant te vernemen dat Dawsey een mening over het huwelijk heeft. Ik wou dat ik meer van hem wist.

19 juli 1946

Beste Sidney,

Verhalen over Elizabeth zijn overal – niet alleen onder de leden van de kring. Moet je horen: Kit en ik wandelden vanmiddag naar het kerkhof. Kit speelde tikkertje tussen de grafstenen en ik had me uitgestrekt op de zerk van meneer Edwin Muliss – het is een tafelblad-model, met vier stevige poten – toen Sam Withers, de oude beheerder van de begraafplaats, naar me toe kwam. Hij vertelde me dat ik hem deed denken aan juffrouw McKenna toen ze een klein meisje was. Zij ging altijd juist op die steen liggen zonnebaden – en werd dan zo bruin als een walnoot.

Ik schoot overeind en vroeg Sam of hij Elizabeth goed had gekend.

Sam zei: 'Nou… echt goed kan ik niet zeggen, maar ik mocht haar graag. Zij en Ebens kind, Jane, kwamen hier vaak naar deze zelfde grafzerk. Dan legden ze er een doek overheen en picknickten – boven op het dode gebeente van meneer Muliss.'

Sam ging verder over wat een donderstenen die twee kleine meisjes waren, altijd eropuit om kattenkwaad uit te halen – ze probeerden een keer om een geest op te roepen en maakten de vrouw van de dominee vreselijk aan het schrikken. Toen keek hij naar Kit, die op dat moment bij de kerkdeur was aanbeland, en zei: 'Dat is zeker de kleine van haar en kapitein Hellman.'

Ik greep de gelegenheid meteen aan. Had hij kapitein Hellman gekend? Had hij hem gemogen?

Hij keek me boos aan en zei: 'Ja, ik mocht hem wel. Hij was een goeie kerel, ook al was hij een Duitser. U laat juffrouw McKenna's kleine meid daarom toch niet vallen, of wel?'

'Ik peins er niet over!' zei ik.

Hij hief vermanend zijn vinger naar mij. 'Het is ook beter van niet, juffie! U kunt beter maar eerst de waarheid horen over bepaalde zaken voor u gaat proberen een boek over de bezetting te schrijven. Ik vond de bezetting ook verschrikkelijk. Ik word razend als ik eraan denk. Sommigen van die smeerlappen waren echt onbeschoft – kwamen zo je huis binnen zonder te kloppen, solden met je. Dat was het slag dat ervan genoot de baas te zijn, omdat ze dat nooit waren geweest. Maar ze waren niet allemaal zo – lang niet allemaal, over het geheel genomen.'

Christian was, volgens Sam, niet zo. Sam vond Christian aardig. Hij en Elizabeth waren eens op het kerkhof op Sam gestuit terwijl hij bezig was een graf te delven toen de grond bevroren was en net zo koud als Sam zelf. Christian greep de spade en ging aan de slag. 'Hij was een sterke vent, en hij was in een mum van tijd klaar,' vertelde Sam. 'Ik zei hem dat hij altijd bij mij terecht kon als hij om werk verlegen zat, en hij moest lachen.'

De volgende dag kwam Elizabeth hem een thermosfles met hete koffie brengen. Echte koffie van echte bonen die Christian had meegebracht. Ze gaf hem ook een warme trui die van Christian was geweest.

Sam zei: 'Om de waarheid te zeggen, hoe lang de bezetting ook duurde, ik kwam meer dan eens aardige Duitse soldaten tegen. Weet u, sommigen van hen zag je zo'n beetje vijf jaar lang elke dag. Je groette elkaar algauw.

Met enkelen kon je – in elk geval op het laatst – alleen maar medelijden hebben. Ze zaten hier vast terwijl ze wisten dat hun familie thuis platgebombardeerd werd. Maakte niet uit wie het eerst was begonnen. Voor mij in elk geval niet.

Waarom zou het ook? Er waren soldaten die als bewaker meereden op de lorries met aardappelen die naar de legerkantine gingen. Kinderen renden erachteraan, in de hoop dat er aardappelen af vielen. De soldaten keken recht voor zich uit, bars, zo leek het, en tikten dan aardappelen van de hoop – opzettelijk.

Hetzelfde deden ze met sinaasappels. En met kolen – nou, die waren kostbaar toen we geen brandstof meer hadden. Er waren veel van zulke voorvallen. Vraag mevrouw Fouquet maar eens naar haar jongen. Die had longontsteking en ze maakte zich vreselijk zorgen omdat ze hem niet warm kon houden en hem ook niet goed te eten kon geven. Op een dag wordt er op haar deur geklopt en als ze opendoet ziet ze een ziekenbroeder van het Duitse hospitaal op de stoep staan. Zonder iets te zeggen overhandigt hij haar een flesje van dat sulfonamidespul, tikt tegen zijn pet en loopt weg. Hij had het voor haar uit hun apotheek gejat. Ze hebben hem later betrapt toen hij weer wat probeerde te stelen, en ze hebben hem naar de gevangenis gestuurd in Duitsland – of misschien hebben ze hem opgehangen. We zullen het nooit weten.'

Ineens keek hij me weer dreigend aan. 'En ik zeg dat als een van die verwaande Britten medemenselijkheid collaboratie wil noemen, dan moeten ze eerst maar eens met mij en mevrouw Fouquet praten.'

Ik probeerde te protesteren, maar Sam draaide zich om en liep weg. Ik pikte Kit op en we gingen op huis aan. Ik voelde dat ik ergens tussen de verlepte bloemen voor Amelia en de koffiebonen voor Sam Withers begonnen was Kits vader te leren kennen – en te ontdekken waarom Elizabeth van hem moest hebben gehouden.

De volgende week brengt Rémy naar Guernsey. Dawsey vertrekt dinsdag naar Frankrijk om haar op te halen.

Liefs,
Juliet

21 juli 1946

Lieve Sophie,

Verbrand deze brief; ik zou niet willen dat hij tussen jouw verzamelde geschriften opduikt.

Ik heb je over Dawsey verteld, natuurlijk. Je weet dat hij hier de
eerste was die me schreef; dat hij weg is van Charles Lamb; dat hij Kit
helpt grootbrengen; dat ze hem adoreert.

Wat ik je niet verteld heb, is dat ik op de allereerste avond dat ik
op het eiland aankwam, op het moment dat Dawsey zijn beide handen naar me uitstrekte aan het einde van de loopplank, een onver-
klaarbare schok voelde, een sterke aantrekkingskracht. Dawsey is zo
rustig en beheerst dat ik geen idee heb of hij iets vergelijkbaars heeft
ervaren, dus ik heb de afgelopen maand moeite gedaan verstandig
en nonchalant en vooral gewóón te zijn. En dat lukte me aardig – tot
vanavond.

Dawsey kwam langs om een koffer te lenen voor zijn reis naar
Louviers – hij gaat Rémy ophalen en brengt haar hierheen. Wat voor
man heeft niet eens een koffer? Kit was diep in slaap, dus we zetten
mijn koffer in zijn wagen en liepen in de richting van de akkers. De
maan kwam op en de lucht was net paarlemoer, als de binnenkant
van een schelp. De zee was voor een keertje rustig, met alleen wat zil-
verachtige rimpelingen, nauwelijks in beweging. Geen wind. Ik heb
de wereld nooit eerder zo stil meegemaakt, en het kwam bij me op
dat Dawsey zelf precies zo stil was terwijl hij naast me liep. Ik was
nog nooit zo dicht bij hem geweest, dus ik begon speciaal op zijn
polsen en handen te letten. Ik wilde ze aanraken en bij die gedachte

werd het me licht in het hoofd. En ik voelde een messcherpe steek – je weet wel wat ik bedoel – in mijn buik.

Ineens draaide Dawsey zich om en keek me aan. Hij heeft heel donkere ogen. Wie weet wat er daarna zou zijn gebeurd – een kus? een aai over mijn hoofd? niets? – want het volgende moment hoorden we Wally Bealls paard-en-wagen (dat is onze plaatselijke taxi) halt houden voor mijn cottage, en Wally's passagier riep: 'Verrassing, liefje!'

Het was Mark – Markham V. Reynolds jr., prachtig in zijn verfijnd gesneden pak, met een schoof rode rozen over zijn arm.

Ik wenste hem dood, Sophie.

Maar wat kon ik doen? Ik ging naar hem toe om hem te begroeten – en toen hij me kuste, dacht ik alleen maar: Niet doen! Niet voor Dawseys ogen! Hij deponeerde de rozen in mijn armen en draaide zich met zijn stalen glimlach om naar Dawsey. Dus ik stelde ze aan elkaar voor, de hele tijd wensend dat ik in een hol kon kruipen – ik weet niet precies waarom – en stond dom te kijken terwijl Dawsey hem de hand schudde, zich naar me omdraaide, mij een hand gaf, zei: 'Bedankt voor de koffer, Juliet, goedenavond,' in zijn wagen klom en wegging. Wegging zonder een woord te zeggen, zonder om te kijken.

Ik wilde huilen. In plaats daarvan nodigde ik Mark uit binnen te komen en probeerde ik me voor te doen als een vrouw die net een heerlijke verrassing had gekregen. De wagen en het gepraat hadden Kit wakker gemaakt, die achterdochtig naar Mark keek en wilde weten waar Dawsey was gebleven – hij had haar niet eens welterusten gezegd. Mij ook niet, dacht ik bij mezelf.

Ik bracht Kit weer naar bed en wist Mark ervan te overtuigen dat mijn reputatie aan flarden zou gaan als hij niet meteen naar het Royal Hotel ging. Wat hij met grote tegenzin deed, en met het dreigement dat hij vanmorgen om zes uur weer voor de deur zou staan.

Toen heb ik drie uur lang op mijn nagels zitten bijten. Moest ik naar Dawseys huis gaan en verder proberen te gaan waar we waren gebleven? Maar wáár waren we dan gebleven? Ik ben er niet zeker van. Ik wil mezelf niet voor schut zetten. Wat als hij niet-begrijpend beleefd zou doen – of, erger nog, meelevend?

En bovendien – wat denk ik wel? Mark is hier. Mark, die rijk en levenslustig is en met me wil trouwen. Mark, die ik niet eens heb gemist. Waarom kan ik niet ophouden aan Dawsey te denken, die waarschijnlijk geen zier om me geeft?

Het is twee uur 's nachts, ik heb geen nagels meer over en ik zie eruit alsof ik minstens honderd ben. Misschien wordt Mark afgeschrikt door mijn afgetobde uiterlijk wanneer hij me ziet. Misschien wijst hij me af. Zou ik dan teleurgesteld zijn?

Groeten,
Juliet

22 juli 1946

Lieve Juliet,

Ik heb frambozen in overvloed. Ik ga ze vanmorgen plukken en taarten bakken. Komen jij en Kit dan op de thee?

Groeten,
Amelia

22 juli 1946

Lieve Amelia,

Het spijt me vreselijk – ik kan niet komen, ik heb een gast.

Groeten,
Juliet

PS Kit brengt je dit briefje in de hoop op een stuk taart. Kun je haar vanmiddag bij je houden?

24 juli 1946

Lieve Sophie,

Deze brief zou je wellicht net als de vorige moeten verbranden. Ik heb Mark definitief en onherroepelijk afgewezen, en ik ben schandalig opgetogen. Als ik een welopgevoede jongedame was geweest, had ik de gordijnen dichtgedaan en was gaan zitten kniezen, maar dat kan ik niet. Ik ben vrij! Vandaag voelde ik me tien jaar jonger toen ik uit bed sprong, en Kit en ik hebben de ochtend doorgebracht met hardloopwedstrijden in de wei. Zij won, maar dat komt doordat ze smokkelt.

Gisteren was een ramp. Je weet hoe ik me voelde toen Mark aan kwam zetten, maar de volgende ochtend was nog erger. Hij verscheen om zeven uur aan mijn deur, blakend van zelfvertrouwen en in de overtuiging dat we de huwelijksdatum snel zouden hebben vastgesteld. Hij was niet in het minst geïnteresseerd in het eiland, of de bezetting, of Elizabeth, of wat ik had gedaan sinds ik was aangekomen, stelde nergens ook maar een enkele vraag over. Toen kwam Kit naar beneden om te ontbijten. Dat verraste hem – hij had haar de vorige avond niet echt opgemerkt. Hij ging leuk met haar om – ze praatten over honden – maar na een paar minuten was het duidelijk dat hij wachtte tot ze weer wegging. Ik vermoed dat in zijn kringen kindermeisjes de kinderen snel weghalen voor ze hun ouders kunnen gaan irriteren. Natuurlijk probeerde ik zijn ergernis te negeren en maakte ik zoals altijd Kits ontbijt klaar, maar het was storend.

Uiteindelijk ging Kit buiten spelen, en zodra de deur achter haar dichtviel, zei Mark: 'Je nieuwe vrienden moeten erg gewiekst zijn –

ze hebben je in nog geen twee maanden met hun verantwoordelijkheden weten op te zadelen.' Hij schudde zijn hoofd – me beklagend
omdat ik zo onnozel was.

Ik staarde hem alleen maar aan.

'Ze is een lief kind, maar ze kan geen aanspraak op je maken, Juliet, en daar moet je standvastig in zijn. Koop een mooie pop of
zoiets voor haar en neem afscheid, voor ze gaat denken dat je de rest
van haar leven voor haar zult zorgen.'

Nu was ik zo kwaad dat ik niet meer kon praten. Een golf van
woede kwam naar boven – ik kon hem echt voelen, net als toen bij
Gilly Gilbert. Vóór het theepotincident heb ik me altijd verbaasd
over mensen die met borden en andere dingen smijten – hoe konden ze dat doen? Nu weet ik het. Ik heb geen bord naar Marks hoofd
gegooid, maar het scheelde niet veel. Ten slotte, toen ik weer in staat
was te praten, fluisterde ik: 'Ga weg.'

'Sorry?'

'Ik wil je nooit meer zien.'

'Juliet?' Hij had echt geen idee waar ik het over had.

Dus legde ik het hem uit. Ik voelde me met de minuut beter toen
ik hem vertelde dat ik nooit met hem of iemand anders kon trouwen
die niet van Kit en van Guernsey hield en van Charles Lamb.

'Wat heeft Charles Lamb daar in godsnaam mee te maken?' jankte
hij (of dat wilde hij doen).

Ik weigerde het toe te lichten. Hij probeerde met me te discussiëren, me vervolgens te vleien, me toen te kussen, daarna weer met me
te argumenteren, maar... het was afgelopen, en zelfs Mark wist dat.
Voor het eerst in járen – sinds afgelopen maart, toen ik hem heb ontmoet – was ik er volkomen zeker van dat ik de juiste beslissing had
genomen. Hoe had ik ooit een huwelijk met hem in overweging
kunnen nemen? Na een jaar als zijn echtgenote zou ik een van die
verwerpelijke kakelende vrouwen zijn geworden die naar hun man
kijken wanneer iemand ze een vraag stelt. Ik heb het type altijd verachtelijk gevonden, maar ik begrijp nu hoe ze zo geworden zijn.
Twee uur later was hij op weg naar het vliegveld, om (naar ik hoop)
nooit meer terug te komen. En ik, schandelijk zonder gebroken

hart, zat frambozentaart naar binnen te schrokken bij Amelia. Vannacht heb ik tien gezegende uren lang de slaap der onschuldigen geslapen, en nu voel ik me weer tweeëndertig in plaats van honderd.

Kit en ik gaan vanmiddag naar het strand, op agatenjacht. Wat een heerlijke, heerlijke dag.

Liefs,
Juliet

PS Niets van dit alles heeft te maken met Dawsey. Charles Lamb rolde toevallig uit mijn mond. Hoe meer ik erover nadenk, hoe meer ik ervan overtuigd ben dat het voor Dawsey het toppunt van opwinding is om te vragen of hij mijn paraplu mag lenen.

27 juli 1946

Beste Sidney,

Ik wist dat Elizabeth was gearresteerd omdat ze een Todt-arbeider verborgen had gehouden, maar tot voor kort had ik geen idee dat ze een medeplichtige had gehad, tot Eben terloops de naam van Peter Sawyer noemde, 'die samen met Elizabeth gearresteerd was'. 'Wat?' gilde ik, en Eben zei dat hij ervoor zou zorgen dat Peter me erover vertelde.

Peter verblijft nu in een verpleegtehuis bij Le Grand Havre in Vale, dus ik belde hem op en hij zei dat hij erg blij zou zijn om me te zien – vooral wanneer ik flink wat brandy meebracht.

'Vanzelfsprekend,' zei ik.

'Geweldig. Kom morgen,' was zijn antwoord en hij hing op.

Peter zit in een rolstoel, maar wat is hij een geweldige bestuurder! Hij rijdt er als een idioot mee rond, snijdt bochten af en kan op een penny omkeren. We gingen naar buiten, zochten een plekje onder een boom, en hij zat lekker te pimpelen onder het praten.

Peter was al aan de rolstoel gebonden maar woonde nog in zijn huis in St. Sampson toen hij de Todt-arbeider vond, Lud Jaruzki, een zestienjarige Poolse jongen.

Veel Todt-arbeiders mochten na donker hun onderkomen verlaten om voedsel te bemachtigen – zolang ze maar terugkwamen. Ze moesten de volgende ochtend weer op hun werk zijn – en als dat niet het geval was, werd er een klopjacht gehouden. Deze 'vrijlating op parool' was een van de manieren waarop de Duitsers ervoor zorgden dat de arbeiders niet van de honger omkwamen – zonder dat ze te veel van hun eigen voedselvoorraden aan hen hoefden te verspillen.

Bijna iedere eilander had een moestuin – sommigen hielden kippen en konijnen – een dankbaar doelwit voor plunderaars. En dat is precies wat de Todt-arbeiders waren. De meeste eilanders hielden 's nachts hun tuin in de gaten – gewapend met stokken of knuppels om hun groenten te bewaken.

Peter bleef 's nachts ook buiten, in de schaduw van zijn kippenhok. Hij had geen knuppel, maar wel een grote ijzeren koekenpan en een metalen lepel om daarop te slaan ter alarmering van de buren.

Op een nacht hoorde hij – en zag vervolgens – Lud door een gat in zijn heg kruipen. Peter wachtte; de jongen probeerde te gaan staan maar viel op de grond, hij probeerde weer overeind te komen maar dat lukte niet – hij lag daar maar. Peter reed naar hem toe en keek op de jongen neer.

'Hij was een kind, Juliet. Nog maar een kind – hij lag met zijn gezicht in de modder. Mijn God, wat was hij dun, zo dun, uitgemergeld en smerig, in lompen. Hij was bedekt met ongedierte; dat kwam onder zijn haar vandaan, kroop over zijn gezicht en over zijn oogleden. De arme jongen voelde het niet eens – geen trilling, niets. Al wat hij wilde was verdomme een aardappel – en hij had niet eens de kracht om die op te graven. Dat ze dat jongens aandeden!

Ik zal je zeggen, Juliet, ik haatte die Duitsers vanuit de grond van mijn hart. Ik kon me niet naar hem toe buigen om te zien of hij ademde, maar ik wist mijn voeten van de steunen te krijgen en porde en duwde hem tot ik zijn schouders vlakbij naar me toe had gekeerd. Nou heb ik sterke armen, en ik trok de knul tot halverwege mijn schoot. Op de een of andere manier lukte het me ons over de drempel mijn keuken in te krijgen – daar liet ik de jongen op de grond vallen. Ik wakkerde mijn haardvuur aan, haalde een deken, maakte water warm, waste zijn magere gezicht en handen en verdronk elke luis en made die ik te pakken kon krijgen.'

Peter kon zijn buren niet om hulp vragen – die zouden hem kunnen aanbrengen bij de Duitsers. De Duitse commandant had gezegd dat iedereen die een Todt-arbeider verborgen hield naar een concentratiekamp zou worden gestuurd of ter plaatse zou worden doodgeschoten.

Peter wist dat Elizabeth hem de volgende dag zou komen opzoeken – ze was zijn verpleeghulp en kwam eens per week, soms vaker. Hij kende Elizabeth goed genoeg om er behoorlijk zeker van te zijn dat ze hem zou helpen om de jongen in leven te houden en dat ze er niet over zou praten.

'Ze kwam de volgende dag rond het middaguur. Ik wachtte haar op bij de deur en zei dat er in huis een probleem was en dat als ze geen problemen wilde, ze niet binnen moest komen. Ze wist wat ik probeerde te zeggen, en ze knikte en stapte zo de drempel over. Ze klemde haar kaken op elkaar toen ze bij Lud op de vloer neerknielde – hij rook nogal sterk – maar ze ging meteen aan de slag. Ze scheurde zijn kleren van zijn lijf en verbrandde ze. Ze deed hem in bad, waste zijn haar met teerzeep – dat was, geloof het of niet, een vrolijke bende, we hebben flink gelachen. Daardoor, of door het koude water, werd hij een beetje wakker. Hij was geschrokken – doodsbang – tot hij zag wie we waren. Elizabeth bleef zachtjes tegen hem praten, niet dat hij ook maar een woord begreep van wat ze zei, maar het stelde hem gerust. We sjouwden hem naar mijn slaapkamer – we konden hem niet in mijn keuken houden, buren zouden binnen kunnen komen en hem ontdekken. Nou, Elizabeth verpleegde hem. Ze kon niet aan medicijnen komen, maar ze haalde soepbeen voor bouillon en echt brood op de zwarte markt. Ik had eieren, en beetje bij beetje, van dag tot dag, kwam hij weer op krachten. Hij sliep veel. Soms moest Elizabeth in het donker komen, maar voor spertijd. Het was niet goed als iemand haar te vaak naar mijn huis zag gaan. Mensen verrieden hun buren, weet je – om een gunst, of eten, van de Duitsers af te troggelen.

Maar iemand kreeg het in de gaten, en iemand heeft het verklikt – ik weet niet wie. Ze vertelden het aan de *Felnpolizei* (hun fopnaam voor de Gestapo) en die kwam die dinsdagavond. Elizabeth had wat kippenvlees gekocht, dat ze had gestoofd, en ze was Lud aan het voeren. Ik zat bij zijn bed.

Ze omsingelden het huis, heel stilletjes, tot ze binnenvielen. Nou – ze hadden ons betrapt, op heterdaad. We werden allemaal opgepakt, en god weet wat ze met de jongen hebben gedaan. Er was geen proces, en we werden de volgende dag op de boot naar St. Malo gezet. Dat is het laatste wat ik van Elizabeth heb gezien, dat ze op de boot werd gebracht door een van de gevangenbewaarders. Ze zag er zo verkleumd uit. Ik heb haar daarna niet meer gezien, toen we in Frankrijk aankwamen, en ik weet niet waar ze haar naartoe hebben gestuurd. Mij hebben ze naar de federale gevangenis in Coutance overgebracht, maar daar wisten ze niet wat ze met een gevangene in een rolstoel aan moesten, dus na een week stuurden ze me weer naar huis. Ze zeiden dat ik dankbaar mocht zijn voor hun clementie.'

Peter zei dat hij wist dat Elizabeth Kit bij Amelia bracht wanneer ze naar zijn huis kwam. Niemand wist dat Elizabeth hem hielp met de Todt-arbeider. Ik vermoed dat ze ervoor zorgde dat iedereen dacht dat ze dienst had in het ziekenhuis.

Dat zijn de kale feiten, Sidney, maar Peter vroeg of ik nog eens terug wilde komen. Ik zei dat ik dat graag zou doen – en hij vertelde me dat ik geen brandy mee hoefde te brengen, alleen mezelf. Hij wilde graag wat geïllustreerde tijdschriften bekijken, als ik hem daaraan kon helpen. Hij wil weten wie Rita Hayworth is.

Liefs,
Juliet

28 juli 1946

Beste Juliet,

Over niet al te lange tijd ga ik Rémy ophalen bij het verpleeghuis, maar van de paar minuten die ik nog heb maak ik gebruik om je te schrijven.

Rémy lijkt nu sterker dan vorige maand, maar ze is nog erg broos. Zuster Touvier nam me even terzijde om me te waarschuwen – ik moet erop letten dat ze genoeg te eten krijgt, dat ze warm blijft, dat ze niet van streek raakt. Ze moet mensen om zich heen hebben – vrolijke mensen liefst.

Ik twijfel er niet aan dat Rémy voedzaam eten zal krijgen, en dat Amelia erop zal toezien dat ze het warm genoeg heeft, maar hoe kan ik voor vrolijkheid zorgen? Grappen maken en zo past niet bij mij. Ik wist niet wat ik tegen de zuster moest zeggen, dus ik knikte maar een beetje en probeerde guitig te kijken. Ik geloof niet dat het een succes was, want ze keek me scherp aan.

Nou, ik zal mijn best doen, maar jij zou beter gezelschap voor Rémy zijn dan ik, gezegend als je bent met een zonnig karakter en een luchthartige aard. Ik twijfel er niet aan dat ze jou, net als wij de afgelopen maanden, aardig zal gaan vinden en dat je haar goed zult doen.

Geef Kit een knuffel en een kus van me. Ik zie jullie woensdag weer.

Je vriend,
Dawsey

28 juli 1946

Lieve Sophie,

Vergeet alsjeblieft alles wat ik ooit over Dawsey Adams heb geschreven.

Ik ben een idioot.

Ik heb net een brief van Dawsey gekregen waarin hij het genezende effect van mijn zonnige karakter en mijn luchthartige aard prijst.

Een zonnig karakter? Luchthartige aard? Ik ben nog nooit zo beledigd. Luchthartig ligt in mijn vocabulaire niet ver af van hersenloos. Een kakelende kip – dat ben ik voor Dawsey.

Ik voel me ook vernederd. Terwijl ik messcherp aantrekkingskracht voelde toen we in het maanlicht wandelden, dacht hij aan Rémy en hoe ik haar kon vermaken met mijn frivole gebabbel.

Nee, het is duidelijk dat ik het mis had en dat Dawsey niets om me geeft.

Ik ben nu te geïrriteerd om meer te kunnen schrijven.

Liefs als altijd,
Juliet

30 juli 1946

Beste Sidney,

Rémy is eindelijk hier. Ze is tenger en vreselijk mager, met kort zwart haar en ogen die bijna zwart zijn. Ik had het idee dat ze er gewond uit zou zien, maar dat is niet zo, afgezien van een lichte mankheid, die merkbaar is aan iets aarzelends in haar manier van lopen, en de wat stijve manier waarop ze haar nek beweegt.

Nu heb ik haar neergezet als hulpbehoevend en dat is ze echt niet. Dat zou je van een afstandje kunnen denken, maar nooit van dichtbij. Ze heeft iets heel intens dat bijna afschrikwekkend werkt. Ze is niet koud en zeker niet onvriendelijk, maar ze lijkt spontaniteit te wantrouwen. Ik veronderstel dat ik, als ik hetzelfde als zij had doorgemaakt, net zo zou zijn – wat afstand zou houden tot het dagelijks leven.

Al het bovenstaande kun je doorkrassen wanneer Rémy samen is met Kit. In het begin leek ze geneigd Kit met haar ogen te volgen in plaats van met haar te praten, maar dat veranderde toen Kit aanbood haar te leren slissen. Rémy leek verschrikt – wie zou dat niet zijn? – maar ze stemde ermee in les te nemen en ze gingen samen op weg naar Amelia's broeikas. Haar accent zit haar geslis wat in de weg, maar Kit neemt haar dat niet kwalijk en geeft haar grootmoedig extra aanwijzingen.

Amelia hield een klein etentje op de avond dat Rémy aankwam. Iedereen deed zijn uiterste best – Isola kwam aanzetten met een grote fles tonicum onder haar arm, maar bedacht zich zodra ze Rémy zag. 'Misschien te veel van het goede,' mompelde ze tegen mij in de keuken en ze stopte hem weg in de zak van haar jas. Eli schudde haar zenuwachtig de hand en stapte toen naar achteren – ik denk dat hij bang was dat hij haar per ongeluk pijn had gedaan. Het deed me plezier te merken dat Rémy zich bij Amelia op haar gemak voelde – ze zijn graag in elkaars gezelschap – maar Dawsey is haar favoriet. Toen hij de woonkamer in kwam – hij was wat later dan de rest – ontspande ze zichtbaar en ze glimlachte naar hem.

Gisteren was het koud en mistig, maar Rémy en Kit en ik bouwden een zandkasteel op het strandje van Elizabeth. We besteedden een hele tijd aan de constructie, en het werd een prachtig, torenhoog exemplaar. Ik had een thermosfles met chocolademelk meegenomen en al drinkend wachtten we ongeduldig tot de vloed kwam om het kasteel omver te spoelen.

Kit rende heen en weer langs de vloedlijn, het water uitdagend om verder en sneller op te komen. Rémy raakte mijn schouder aan en glimlachte. 'Zo moet Elizabeth ook zijn geweest,' zei ze, 'de heerseres van de zee.' Ik had het gevoel dat ze me een cadeautje had gegeven – zelfs voor zo'n klein gebaar als een lichte aanraking is vertrouwen nodig – en ik was blij dat ze zich veilig bij me voelde.

Terwijl Kit door de golven danste, vertelde Rémy over Elizabeth. Ze was van plan geweest zich nederig te blijven gedragen, de kracht die ze nog had te bewaren en na de oorlog zo snel mogelijk naar huis te gaan. 'We dachten dat het mogelijk was. We wisten van de invasie, we zagen de geallieerde bommenwerpers over het kamp komen. We wisten wat er in Berlijn gebeurde. De bewakers konden hun angst niet voor ons verbergen. We geloofden niet dat we zouden sterven.'

Het leek onmogelijk om daarna nog iets te zeggen – maar ik dacht: als Elizabeth het nog een paar weken had weten uit te houden, dan had ze naar huis kunnen komen, naar Kit. Waarom, waarom toch, viel ze zo vlak voor het einde de opzichter aan?

Remy keek hoe de zee in- en uitademde. Toen zei ze: 'Het was beter voor haar geweest als ze niet zo'n groot hart had gehad.'

Ja, maar niet voor anderen.

Toen werd het vloed; vreugdekreten, gegil, en weg kasteel.

Liefs,
Juliet

31 juli 1946

Beste Sidney,

Ik ben de nieuwe secretaris van Het Literaire Aardappelschiltaart Genootschap van Guernsey. Ik dacht dat je misschien belangstelling zou hebben voor een steekproef van mijn debuut, omdat je zo betrokken bent bij alles wat Juliets interesse heeft. Hier komt het:

30 juli 1946 – 19.30 uur. Koude avond. Zee rumoerig. Will Thisbee was gastheer. Huis op orde, maar gordijnen toe aan wasbeurt. Mevrouw Winslow Daubbs las een hoofdstuk voor uit haar autobiografie, *Leven en liefdes van Dorothea Daubbs*. Gehoor aandachtig – maar na afloop stil, behalve Winslow, die wil scheiden.

Iedereen was van zijn stuk, dus Juliet en Amelia dienden het toetje op dat ze van tevoren hadden gemaakt, een heerlijke laagjescake, op echte porseleinen bordjes, die we ons meestal niet permitteren.

Juffrouw Minor wierp toen de vraag op of nu we toch bezig waren onze eigen schrijvers te worden, zij kon voorlezen uit een boek met haar eigen gedachten. Haar tekst heeft de titel *Het gemeenplaatsenboek van Mary Margaret Minor*.

Iedereen weet al wat Mary Margaret over alles denkt, maar we zeiden ja omdat we Mary Margaret allemaal graag mogen. Will Thisbee waagde het te zeggen dat Mary Margaret haar schrijfsels wel zou redigeren, wat ze met haar gesproken teksten nooit had gedaan, en dat het dus wel niet zo slecht zou zijn.

Ik bracht naar voren dat we volgende week een speciale

bijeenkomst hebben georganiseerd en dat ik dus niet hoef te
wachten met praten over Jane Austen. Dawsey viel me bij! Iedereen
stemde in. Zitting opgeheven.

Juffrouw Isola Pribby, officiële secretaris van Het Literaire
Aardappelschiltaart Genootschap van Guernsey

Nu ik de officiële secretaris ben, kan ik u als lid beëdigen, als u dat
wilt. Het is tegen de regels, omdat u geen eilander bent, maar ik zou
het stiekem kunnen doen.

Uw vriendin,
Isola

3 augustus 1946

Beste Sidney,

Iemand – ik heb geen idee wie – heeft Isola een cadeau gestuurd van Stephens & Stark. Het werd halverwege de negentiende eeuw gepubliceerd en heeft de titel *De nieuwe geïllustreerde zelfinstructeur in frenologie en psychiatrie: met maat- en vormtabellen en meer dan honderd afbeeldingen*. Alsof dat nog niet genoeg is, is er ook een ondertitel: *Frenologie; de wetenschap ter interpretatie van knobbels op het hoofd*.

Eben had gisteravond Kit en mij, Dawsey, Isola, Will, Amelia en Rémy te eten. Isola arriveerde gewapend met tabellen, schetsen, grafiekpapier, een meetlint, krompasser en een nieuw notitieboek. Toen schraapte ze haar keel en las de aanprijzing op de eerste bladzijde voor: 'Ook u kunt knobbels op het hoofd leren interpreteren! Verbaas uw vrienden, verbijster uw vijanden met onbetwistbare kennis van hun menselijke vermogens of gebrek daaraan.'

Ze legde het boek met een dreun op de tafel. 'Nog voor het oogstfeest,' kondigde ze aan, 'word ik een expert.'

Ze heeft pastoor Thorne verteld dat ze zich niet meer in sjaals wil hullen en voorgeven dat ze handlezeres is. Nee, vanaf nu zal ze de toekomst op een Wetenschappelijke manier voorspellen, door het duiden van knobbels op hoofden! De kerk zal veel meer geld verdienen aan knobbels dan juffrouw Sybil Beddoes met haar kraam WIN EEN KUS VAN SYBIL BEDDOES.

Will zei dat ze groot gelijk had; juffrouw Beddoes kon niks van kussen en hij had er schoon genoeg van haar te moeten kussen, zelfs al was het voor een goed doel.

Sidney, besef je wat je op Guernsey hebt ontketend? Isola heeft nu al de knobbels op het hoofd van meneer Singleton bestudeerd (op de markt staat zijn kraam naast de hare) en heeft hem gezegd dat zijn Knobbel voor de Liefde tot Medeschepselen in het midden een ondiepe holte vertoonde – wat waarschijnlijk verklaarde waarom hij zijn hond niet genoeg te eten gaf.

Snap je waar dit toe kan leiden? Straks vindt ze iemand met een Latente Moordenaarsknoest, die haar neerschiet – als juffrouw Beddoes haar niet eerst te pakken neemt.

Maar je cadeau heeft ook een geweldig, onverwacht gevolg gehad. Na het toetje begon Isola de knobbels op Ebens hoofd te lezen – ze dicteerde mij de maten en ik moest ze noteren. Ik keek even naar Rémy, me afvragend hoe zij zou reageren bij de aanblik van Isola die door Ebens rechtopstaande haar woelde. Rémy probeerde een glimlach te onderdrukken, maar het was tevergeefs en ze barstte in lachen uit. Dawsey en ik verroerden ons niet en keken met grote ogen naar haar!

Ze is zo stil en ernstig, niemand van ons had zich zo'n lach bij haar kunnen voorstellen. Sidney, het was het meest aanstekelijke geluid dat ik ooit heb gehoord.

Dawsey en ik voelen ons niet meer zo op ons gemak bij elkaar, hoewel hij nog steeds vaak Kit komt opzoeken of Rémy naar ons toe brengt. Toen we Rémy hoorden lachen hebben we voor het eerst in weken een blik uitgewisseld. Maar wellicht had hij alleen maar bewondering voor de invloed van mijn zonnige karakter op haar. Dat heb ik volgens sommige mensen, Sidney, een zonnig karakter. Wist je dat?

Billee Bee heeft Peter een exemplaar van *Screen Gems* gestuurd. Er stond een fotoreportage in over Rita Hayworth – Peter was verrukt, maar het verbaasde hem dat juffrouw Hayworth in nachtjapon poseerde! Knielend op bed! Waar gaat het heen met de wereld?

Sidney, is Billee Bee het niet beu erop uitgestuurd te worden om persoonlijke boodschappen voor mij te doen?

Liefs,
Juliet

5 augustus 1946

Lieve Juliet,

Je weet dat Sidney je brieven niet achter slot en grendel bewaart; hij laat ze open en bloot op zijn bureau liggen, dus natuurlijk lees ik ze dan.

Ik schrijf je om je gerust te stellen over het doen van boodschappen door Billee Bee. Sidney vraagt het haar niet. Ze smeekt er voortdurend om hem een kleine dienst te mogen bewijzen, of jou, of 'dat lieve kind'. Ze doet niet anders dan tegen hem kirren en ik loop daar de hele tijd van te walgen. Ze draagt een angora mutsje met een kinbandje – zo een als Sonja Henie op heeft bij het schaatsen. Moet ik nog meer zeggen?

Dus in tegenstelling tot wat Sidney denkt, is ze niet een door de hemel gezonden engel, maar komt ze van een uitzendbureau. Bedoeld als tijdelijke kracht, heeft ze zich ingegraven – en nu is ze onmisbaar en vast. Kun je niet iets bedenken wat op de Galapagoseilanden leeft dat Kit graag wil hebben? Billee Bee zou bij de eerste de beste gelegenheid uitvaren om het te halen – en maanden wegblijven. Mogelijk voor eeuwig, als een of ander beest haar maar wilde opeten.

Vriendelijke groeten aan jou en Kit,
Susan

5 augustus 1946

Beste Sidney,

Ik weet dat u het was die me De nieuwe geïllustreerde zelfinstructeur in frenologie en psychiatrie: met maat- en vormtabellen en meer dan honderd afbeeldingen heeft toegestuurd. Het is een erg nuttig boek en ik wil u daarvoor bedanken. Ik heb hard gestudeerd en ik ben nu zover dat ik
een heel hoofd vol knobbels kan aftasten zonder vaker dan drie of
vier keer te hoeven spieken in het boek. Ik hoop er munt uit te slaan
voor de kerk tijdens het oogstfeest, want wie zou er nu niet zijn
diepste innerlijke functioneren – goed of slecht – onthuld willen
zien door de Wetenschap van de Frenologie? Dat wil dus iedereen,
natuurlijk.

Die Wetenschap van de Frenologie heeft me als een bliksemstraal
getroffen. De laatste drie dagen heb ik meer ontdekt dan ik in mijn
hele leven tot nog toe te weten ben gekomen. Mevrouw Gilbert is altijd een lastig mens geweest, maar nu weet ik dat ze er niks aan kan
doen – ze heeft een grote holte op de plek waar de Welwillendheid
zetelt. Ze is als klein meisje in de steengroeve gevallen, en ik vermoed dat daarbij haar Welwillendheid beschadigd is geraakt en dat
ze sindsdien niet meer de oude is geweest.

Zelfs mijn eigen vrienden zitten vol verrassingen. Eben is Loslip-
pig! Dat had ik nooit van hem gedacht, maar hij heeft wallen onder
zijn ogen en daar is maar één verklaring voor. Ik heb het hem voorzichtig verteld. Juliet wilde eerst haar knobbels niet door mij laten
lezen, maar ze stemde toch toe toen ik haar zei dat ze zo de wetenschap in de weg stond. Ze loopt over van Liefdesdrang, Juliet. Ook

Echtelijke Liefde. Ik zei tegen haar dat het een wonder was dat ze niet getrouwd was, met zulke hoge terpen.

Will kakelde: 'Jouw meneer Stark is een gelukkig man, Juliet!' Juliet werd zo rood als een biet, en ik had de neiging te zeggen dat hij weinig verstand van zaken had omdat meneer Stark homoseksueel is, maar ik wist me te herstellen en hield uw geheim bewaard zoals ik heb beloofd.

Dawsey ging er toen vandoor, dus aan zijn knobbels ben ik nog niet toegekomen, maar ik zal hem binnenkort de maat nemen. Ik denk dat ik Dawsey af en toe niet begrijp. Een tijdje terug was hij behoorlijk praatziek, maar tegenwoordig brengt hij nauwelijks nog een woord uit.

Nogmaals dank voor het voortreffelijke boek.

Uw vriendin,
Isola

6 augustus 1946

Gisteren bij Gunthers een kleine doedelzak voor Dominic gekocht. Zou Kit zoiets leuk vinden? Laat het me snel weten. Er is er nog maar één. Hoe gaat het schrijven? Liefs voor jou en Kit. Sidney

Van Juliet aan Sidney

7 augustus 1946

Beste Sidney,

Kit zou een doedelzak prachtig vinden. Ik niet.

Het werk loopt geweldig, maar ik zou je de eerste twee hoofdstukken willen toesturen – ik voel me niet zeker zolang jij ze niet hebt gelezen. Kun je er tijd voor maken? Elke biografie zou geschreven moeten worden binnen de generatie van het leven van het onderwerp, wanneer er aan hem of haar nog een levendige herinnering bestaat. Bedenk wat ik had kunnen doen voor Anne Brontë als ik met haar buren had kunnen praten. Misschien was ze niet echt meegaand en zwaarmoedig – misschien liep ze wel vaak te tieren en smeet ze alle dinsdagen aardewerk tegen de grond.

Elke dag kom ik iets nieuws over Elizabeth te weten. Wat had ik haar graag zelf gekend! Onder het schrijven betrap ik mezelf erop dat ik aan haar denk als aan een vriendin, me dingen herinnerend die ze heeft gedaan alsof ik er zelf bij ben geweest – ze is zo levend dat ik mezelf erop moet wijzen dat ze dood is, en dan voel ik verdriet omdat ik haar weer verlies.

Vandaag heb ik een verhaal over haar gehoord waardoor ik alleen nog maar wilde huilen. We aten bij Eben vanavond, en na afloop gingen Eli en Kit wormen steken (een karweitje dat het best bij maanlicht kan worden gedaan). Eben en ik namen onze koffie mee naar buiten, en voor het eerst besloot hij met mij over Elizabeth te praten.

Het gebeurde bij de school waar Eli en de andere kinderen wachtten tot de evacuatieschepen kwamen. Eben was daar niet, omdat familieleden er niet bij mochten zijn, maar Isola zag het, en ze vertelde het hem die avond.

Ze zei dat de ruimte vol kinderen was, en Elizabeth was bezig Eli's jas dicht te knopen toen hij zei dat hij bang was om op de boot te gaan, weg van zijn moeder en van zijn huis. Als hun boot gebombardeerd werd, vroeg hij, wie kon hij dan vaarwel zeggen? Isola zei dat Elizabeth even wachtte, alsof ze nadacht over zijn vraag, Toen trok ze haar trui op en haalde een speld van haar blouse. Het was haar vaders medaille voor de Eerste Wereldoorlog, die ze altijd droeg.

Ze hield hem in haar hand en legde uit dat het een magisch teken was, dat er niets ergs met hem kon gebeuren wanneer hij het op had. Toen moest Eli er twee keer op spugen om de toverkrachten op te roepen. Isola zag Eli's gezicht boven Elizabeths schouder uit, en ze vertelde Eben dat het die prachtige glans had die kinderen eigen is voor het Tijdperk van de Rede vat op ze krijgt.

Van alles wat er in de oorlog is gebeurd, was dit – je kinderen wegsturen in een poging ze in veiligheid te brengen – beslist het verschrikkelijkste. Ik weet niet hoe mensen dit hebben kunnen verdragen. Het gaat in tegen het zuiver dierlijke instinct om de jongen te beschermen. Ik merk dat ik met Kit in de buurt echt een soort moederbeer word. Ook wanneer ik niet echt op haar let, houd ik haar in de gaten. Als ze op de een of andere manier in gevaar is (wat vaak het geval is, gezien haar voorliefde voor klimmen), gaan mijn nekharen overeind staan – ik wist tot voor kort niet eens dat ik nekhaar hád – en vlieg ik om haar te redden. Toen haar vijand, het neefje van de dominee, haar bestookte met pruimen, gromde ik naar hem. En door een vreemd soort intuïtie weet ik altijd waar ze is, zoals ik weet waar mijn handen zijn, en als ik het niet wist, zou ik ziek zijn van bezorgdheid. Zo overleeft de soort, veronderstel ik, maar de oorlog heeft dat systeem ontwricht. Hoe konden de moeders van Guernsey leven terwijl ze niet wisten waar hun kinderen waren? Ik kan het me niet voorstellen.

Liefs,
Juliet

PS Wat denk je van een fluit?

9 augustus 1946

Allerliefste Sophie,

Wat een heerlijk nieuws – nog een kindje! Geweldig! Hopelijk hoef je dit keer geen crackers te eten en citroenen uit te zuigen. Ik weet dat het jullie allebei niet uitmaakt wie of wat of welk soort je krijgt, maar ik zou een meisje leuk vinden. Daarom ben ik een babyjasje en -mutsje aan het breien van roze wol. Natuurlijk is Alexander in de wolken, maar hoe staat het met Dominic?

Ik vertelde Isola het nieuws over jou, en ik ben bang dat ze je een fles van haar Zwangerschapstonicum stuurt. Sophie – drink er niet van en gooi het niet ergens weg waar de honden het zouden kunnen oplikken. Er mag dan misschien niet echt iets giftigs in haar tonicums zitten, maar ik vind dat je geen enkel risico moet nemen.

Je vragen omtrent Dawsey zijn aan het verkeerde adres. Stuur ze naar Kit – of Rémy. Ik zie de man nauwelijks meer, en wanneer ik hem wel zie, zwijgt hij. Niet op een romantische, broeierige manier, zoals meneer Rochester, maar ernstig en ingetogen, waaruit afkeuring blijkt. Ik weet niet wat het probleem is, Sophie, werkelijk niet. Toen ik op Guernsey aankwam, was Dawsey mijn vriend. We praatten over Charles Lamb en we liepen samen het hele eiland over – ik heb nog nooit zo van iemands gezelschap genoten. Toen, na die vreselijke avond op de wendakkers, hield hij op met praten – in elk geval tegen mij. Dat was een vreselijke teleurstelling. Ik mis het gevoel dat we elkaar begrepen, maar ik begin te denken dat het al die tijd een hersenspinsel van mij is geweest.

Omdat ik zelf niet zwijgzaam ben, word ik gefascineerd door

mensen die dat wel zijn. Aangezien Dawsey niet over zichzelf praat – helemaal niet praat, tegen mij – was ik aangewezen op het ondervragen van Isola over de knobbels op zijn hoofd om informatie te krijgen over zijn verleden. Maar Isola is bang geworden dat de knobbels toch ook kunnen liegen, en ze gaf als bewijs dat Dawseys Neiging-tot-Geweld-Knobbel niet zo groot is als die zou moeten zijn, gegeven het feit dat hij Eddie Meares bijna dood had geslagen!!!!

De uitroeptekens zijn van mij. Isola leek er helemaal geen oordeel over te hebben.

Het schijnt dat Eddie Meares groot en lomp was en aan de Duitse autoriteiten informatie gaf of verkocht in ruil voor gunsten. Iedereen wist het, waar hij geen last van leek te hebben, want hij ging graag naar bars om te pochen op zijn nieuwe rijkdom en er de aandacht op te vestigen; een heel witbrood, sigaretten, zijden kousen – waarvoor, naar zijn zeggen, ieder meisje op het eiland beslist bijzonder dankbaar zou zijn.

Een week nadat Peter en Elizabeth waren gearresteerd, liep hij te pronken met een zilveren sigarettendoosje, suggererend dat het een beloning was voor het melden van iets wat hij bij het huis van Peter Sawyer had gezien.

Dawsey had daarvan gehoord en begaf zich de volgende avond naar Crazy Ida. Hij was naar binnen gegaan en op Eddie Meares af gestapt, had hem bij de kraag gegrepen en van zijn barkruk getild en was begonnen zijn hoofd tegen de bar te slaan. Hij noemde Eddie een armzalig stuk stront, zijn hoofd neerbeukend tussen elk woord. Toen rukte hij Eddie van de kruk af en gingen ze verder op de grond.

Volgens Isola was Dawsey behoorlijk gehavend: bloedend uit neus en mond, een oog dichtgeslagen, een rib gebroken – maar Eddie Meares was er erger aan toe: twee blauwe ogen, twee gebroken ribben en hechtingen. Het Hof zond Dawsey voor drie maanden naar de gevangenis op Guernsey, maar ze lieten hem al na een maand gaan. De Duitsers hadden de cellen nodig voor zwaardere misdadigers – zoals zwarthandelaren en dieven die benzine jatten van legerlorries.

'En nog steeds beginnen Eddie Meares' ogen wanneer hij Dawsey de deur van Crazy Ida ziet binnenkomen onrustig heen en weer te schieten, knoeit hij met zijn bier en struikelt hij over zijn woorden, en sluipt hij binnen vijf minuten weg door de achterdeur,' zo besloot Isola.

Ik was natuurlijk een en al oor en smeekte om meer. Aangezien Isola gedesillusioneerd is geraakt door knobbels, ging ze over op echte feiten.

Dawsey heeft geen bijzonder gelukkige jeugd gehad. Zijn vader stierf toen hij elf was, en mevrouw Adams, die altijd al minnetjes was geweest, begon zich raar te gedragen. Ze werd angstig, eerst bang om naar de stad te gaan, toen om haar eigen erf op te stappen en uiteindelijk kwam ze haar huis niet meer uit. Ze zat zich maar in de keuken te wiegen in haar schommelstoel, voor zich uit starend naar iets wat Dawsey niet kon zien. Ze overleed vlak voor het begin van de oorlog.

Isola zei dat het er door dit alles – zijn moeder, de boerderij en doordat hij ook nog zo erg stotterde – op uitdraaide dat Dawsey altijd verlegen was en nooit, afgezien van Eben, de gebruikelijke vrienden had gehad. Isola en Amelia waren kennissen van hem geweest, maar ook niet meer dan dat.

Zo stonden de zaken ervoor toen Elizabeth kwam – en ervoor zorgde dat ze vrienden werden. Hem in feite dwong mee te doen aan de literaire kring. En toen, vertelde Isola, bloeide hij enorm op! Nu had hij boeken om over te praten in plaats van varkenskoorts – en vrienden om mee te kletsen. Hoe meer hij praatte, zegt Isola, hoe minder hij stotterde.

Hij is een raadselachtig type, nietwaar? Misschien is hij toch net als meneer Rochester en heeft hij een heimelijk verdriet. Of een waanzinnige vrouw in zijn kelder. Alles is mogelijk, veronderstel ik, maar het zou in de oorlog moeilijk zijn geweest een gekke vrouw te voeden met maar één stel distributiebonnen. O, wat zou ik graag willen dat we weer vrienden waren (Dawsey en ik, niet de waanzinnige vrouw).

Ik was van plan Dawsey in een paar bondige zinnen neer te zetten, maar ik merk dat hij enkele vellen in beslag heeft genomen. Nu moet ik vliegen om mezelf toonbaar te maken voor de bijeenkomst van de leeskring vanavond. Ik heb precies één nette rok in de kast, en ik voel me een slons. Rémy krijgt het, terwijl ze zo frêle en mager is, voor elkaar er steeds weer stijlvol uit te zien. Hoe doen die Franse vrouwen dat toch?

Een andere keer meer.

Liefs,
Juliet

12 augustus 1946

Beste Sidney,

Fijn dat je blij bent met de voortgang van mijn biografie over Elizabeth. Maar daarover later meer – want ik heb je iets te vertellen wat simpelweg niet kan wachten. Ik kan het zelf haast niet te geloven, maar het is waar. Ik heb het met mijn eigen ogen gezien!

Als, en ik wijs je erop, alleen áls ik het juist heb, zal Stephens & Stark de klapper van de eeuw publiceren. Er zullen scripties worden geschreven en graden toegekend, en Isola zal achtervolgd worden door alle geleerden, universiteiten, bibliotheken en louche rijke verzamelaars op het westelijk halfrond.

Hier de feiten – Isola zou op de laatste bijeenkomst van de kring spreken over *Trots en vooroordeel*, maar Ariel had vlak voor de avondmaaltijd haar aantekeningen opgegeten. Dus in plaats van Jane graaide ze in vliegende haast een pakje brieven mee die gericht waren aan haar dierbare oma Pheen (afkorting van Josephine). Ze, de brieven, vormen een soort verhaal.

Ze haalde de brieven uit haar zak en Will Thisbee, die zag dat ze in roze zijde waren gewikkeld met een satijnen lint eromheen, riep uit: 'Liefdesbrieven, wed ik! Staan er geheimen in? Intieme details? Moeten heren de zaal verlaten?'

Isola maande hem tot stilte en zei dat hij moest gaan zitten. Ze legde uit dat het brieven waren van een erg aardige man – een vreemde – aan haar oma Pheen toen die nog een klein meisje was. Haar grootmoeder had ze in een koektrommel bewaard en had ze haar vaak voorgelezen als verhaaltje voor het slapengaan.

Sidney, er waren acht brieven, en ik ga geen poging wagen je de inhoud te beschrijven – ik zou jammerlijk falen.

Isola vertelde ons dat oma Pheens vader toen Pheen negen was, haar kat had verdronken. Muffin was kennelijk op de tafel gesprongen en had van de boter gelikt. Dat was genoeg voor Pheens beest van een vader – hij stopte Muffin in een jutezak, deed er een paar stenen bij en slingerde Muffin de zee in. Toen hij Pheen tegenkwam die van school naar huis liep, vertelde hij haar wat hij had gedaan – en dat dat maar goed was ook.

Daarna waggelde hij naar de kroeg en liet Pheen achter terwijl ze midden op de weg hartverscheurend zat te snikken.

Een rijtuig dat veel te hard ging, overreed haar op een haartje na. De voerman sprong op van de bok en begon haar uit te schelden, maar zijn passagier – een heel grote man in een donkere mantel met een bontkraag, stapte uit. Hij zei de koetsier zijn mond te houden, boog zich over naar Pheen en vroeg of hij haar kon helpen.

Oma Pheen snikte nee, nee – niemand kon haar helpen. Haar kat was weg! Haar vader had Muffin verdronken en nu was Muffin dood – hartstikke dood, voorgoed.

De man zei: 'Natuurlijk is Muffin niet dood. Je weet toch dat katten negen levens hebben?' Toen Pheen beaamde dat ze daarvan had gehoord, zei de man: 'Toevallig weet ik dat jouw Muffin pas aan haar derde leven bezig was, dus ze heeft nog zes levens over.'

Pheen vroeg hoe hij dat kon weten. Hij zei dat hij dat gewoon wist, Hij Wist Altijd – het was een aangeboren gave. Hij begreep niet hoe of waarom het gebeurde, maar katten verschenen vaak voor zijn geest en praatten met hem. Nou, natuurlijk niet met woorden, maar met plaatjes.

Toen ging hij naast haar op de weg zitten en zei dat ze stil moesten zijn – heel stil. Hij zou kijken of Muffin bij hem langs wilde komen. Ze zaten een paar minuten te zwijgen, toen de man ineens Pheens hand greep!

'Ah – ja! Daar is ze! Ze is net op dit moment geboren! In een herenhuis – nee, een kasteel, ik denk dat ze in Frankrijk zit – ja, ze is in Frankrijk. Een jongetje aait haar, streelt over haar vacht. Hij houdt nu al van haar, en hij gaat haar – wat vreemd, hij gaat haar Solange noemen. Dat is een rare naam voor een kat, maar toch. Ze begint aan een lang, geweldig avontuurlijk leven. Die Solange heeft pit, ze zit vol energie, dat kan ik nu al zeggen!'

Oma Pheen vertelde Isola dat ze zo verrukt was over Muffins nieuwe leven dat ze ophield met huilen. Maar ze zei tegen de man dat ze Muffin nog steeds erg zou missen. De man trok haar overeind en zei dat dat natuurlijk het geval zou zijn – je móést wel verdrietig zijn om zo'n geweldige kat als Muffin en ze zou zeker nog een tijd om haar rouwen.

Maar, zo zei hij, hij zou Solange regelmatig oproepen en kijken hoe het met haar ging en wat ze deed. Hij vroeg oma Pheens naam en die van de boerderij waar ze woonde. Hij schreef haar antwoorden met een zilveren potlood in een notitieboekje, verklaarde dat ze nog van hem zou horen, kuste haar hand, stapte weer in het rijtuig en vertrok.

Dit alles mag je dan wel vreemd in de oren klinken, Sidney, maar oma Pheen kreeg inderdaad brieven. Acht lange brieven in een jaar tijd – allemaal over Muffins leven als de Franse kat Solange. Ze was blijkbaar zoiets als een katachtige musketier. Ze was geen luie poes die de hele tijd op kussens lag en room van een schoteltje likte maar ze beleefde het ene woeste avontuur na het andere – de enige kat die beloond werd met de rode rozet van het Légion d'Honneur.

Wat een verhaal verzon die man voor Pheen – levendig, grappig, vol drama en spanning. Ik kan je alleen zeggen wat voor effect ze op me hadden – op ons allemaal. We waren betoverd – zelfs Will was sprakeloos.

Maar nu, ten slotte, komt waarom ik een helder hoofd en serieuze raad nodig heb. Toen het programma afgelopen was (na groot applaus), vroeg ik Isola of ik de brieven mocht zien, en ze reikte ze me aan.

Sidney, de schrijver had zijn brieven zwierig ondertekend met:

Met de grootste achting,
O.F.O.F.W.W.

Sidney, heb je hetzelfde vermoeden? Zou het kunnen dat Isola acht brieven heeft geërfd die geschreven zijn door Oscar Wilde? Mijn god, ik ben buiten mezelf.

Ik geloof het omdat ik het wíl geloven, maar staat er ergens vermeld dat Oscar Wilde ooit een voet op Guernsey heeft gezet? Gezegend zij Speranza dat ze haar zoon die belachelijke naam gaf: Oscar Fingal O'Flahertie Wills Wilde.

In haast met liefs en kom direct met advies – ik kan haast geen lucht meer krijgen.

Juliet

14 augustus 1946

Laten we het maar geloven! Billee heeft wat speurwerk verricht en ontdekt dat Oscar Wilde in 1893 een week op Jersey heeft doorgebracht, dus het is heel goed mogelijk dat hij in die tijd ook Guernsey heeft bezocht. De vooraanstaande grafoloog sir William Otis komt vrijdag aan, gewapend met enkele uit de collectie van zijn universiteit geleende brieven van Oscar Wilde. Ik heb een kamer voor hem gereserveerd in het Crown Hotel. Hij is nogal deftig en ik heb zo mijn twijfels of Zenobia op zijn schouder neerstrijkt.

Als Will Thisbee de Heilige Graal in zijn schroothandel vindt, vertel het me dan niet. Mijn hart kan niet veel meer hebben.

Liefs voor jou en Kit en Isola,
Sidney

15 augustus 1946

Beste Sidney,

Juliet zegt dat u een handschriftvent stuurt om naar oma Pheens
brieven te kijken en te beslissen of meneer Oscar Wilde die heeft
geschreven. Ik wil erom wedden dat ze van hem zijn, en zo niet,
dan nog denk ik dat u het verhaal over Solange prachtig zult vinden. Dat geldt tenminste voor mij, en voor Kit, en ik weet dat
ook van oma Pheen. Ze zou zich van plezier omdraaien in haar graf
dat zoveel anderen van die aardige man en zijn grappige ideeën horen.

Juliet vertelde me dat als meneer Wilde de brieven heeft geschreven, veel leraren en scholen en bibliotheken ze zouden willen hebben en me er hopen geld voor zouden willen bieden. Voor de zeker-
heid zouden ze ze op een veilige, droge, goed gekoelde plaats
bewaren.

Daar ben ik tegen! Ze zijn nu al veilig en droog en koel. Oma be-
waarde ze in haar koektrommel en daar zullen ze blijven. Natuurlijk
kan iedereen die ze wil zien hier op bezoek komen, en dan mogen ze
er van mij naar kijken. Juliet zei dat er waarschijnlijk heel veel geleerden zouden komen, die aardig zouden zijn voor mij en Zenobia – we
houden immers van gezelschap.

Als u de brieven wilt gebruiken voor een boek, dan mag u ze
hebben, maar dan hoop ik dat u me wat Juliet het voorwoord
noemt laat schrijven. Ik zou dan over oma Pheen willen vertellen,
ik heb ook een foto van haar en Muffin bij de pomp. Juliet vertelde
me over royalty's en dan zou ik een motor met zijspan kunnen ko-

pen – er staat een rode tweedehands te koop bij de garage van Lenoux.

Uw vriendin,
Isola Pribby

18 augustus 1946

Beste Sidney,

Sir William Otis is geweest. Isola nodigde me uit om bij het onderzoek aanwezig te zijn en natuurlijk greep ik die kans met beide handen aan. Om negen uur precies verscheen sir William op de drempel van de keuken; ik raakte in paniek toen ik hem daar zag staan in zijn zwarte zakenkostuum – stel dat oma Pheens brieven slechts het werk waren van een of andere fantasievolle boer? Wat zou sir William doen als wij – en jij – hem zijn kostbare tijd hadden laten verspillen?

Hij ging kalmpjes zitten tussen Isola's bossen dollekervel en hysop, veegde zijn handen af met een smetteloos witte zakdoek, zette een kleine lens in zijn ene oog en nam langzaam de eerste brief uit de koektrommel.

Er volgde een lange stilte. Isola en ik keken elkaar aan. Sir William pakte een volgende brief uit de koektrommel. Isola en ik hielden onze adem in. Sir William zuchtte. Wij fronsten onze wenkbrauwen. 'Hmmmm,' mompelde hij. We knikten hem bemoedigend toe, maar dat hielp niet – weer volgde stilte. Deze duurde een paar weken.

Toen keek hij naar ons en knikte.

'Ja?' zei ik, terwijl ik nauwelijks adem durfde te halen.

'Het doet me genoegen te bevestigen dat u in het bezit bent van acht brieven die geschreven zijn door Oscar Wilde, mevrouw,' zei hij tegen Isola met een lichte buiging.

'Halleluja!' brulde Isola, en ze liep om de tafel heen en nam sir William in een stevige omhelzing. Hij keek eerst wat beduusd, maar toen glimlachte hij en gaf haar voorzichtig een klopje op de rug.

Hij heeft een pagina meegenomen om bevestiging van een andere Wilde-deskundige te krijgen, maar hij zei tegen me dat dat louter 'voor de vorm' was. Hij was er zeker van dat hij gelijk had.

Mogelijk zal hij je niet vertellen dat Isola hem heeft meegenomen voor een proefrit met de motorfiets van meneer Lenoux – Isola op de motor, hij in het zijspan, met Zenobia op zijn schouder. Ze hebben een boete gekregen wegens roekeloos rijden; sir William verzekerde Isola dat hij het 'een eer' zou vinden die 'te mogen betalen'. Zoals Isola zegt: voor een beroemd grafoloog is hij een beste kerel.

Maar hij haalt het niet bij jou. Wanneer kom je zelf naar de brieven kijken – en als je er toch bent, naar mij? Kit zal te jouwer ere tapdansen en ik zal op mijn hoofd gaan staan. Dat kan ik nog steeds, weet je.

Om je te kwellen vertel ik je lekker geen nieuwtjes. Je moet maar komen en het zelf ontdekken.

Liefs,
Juliet

20 augustus 1946

Beste meneer Stark plotseling naar Rome geroepen. Heeft me gevraagd dit weekend de brieven op te halen. Laat a.u.b. telegrafisch weten of dit uitkomt; verlang naar *petite vacance* op lieflijk eiland. Billee Bee Jones

Het zal me een genoegen zijn. Laat a.u.b. tijd van aankomst weten, dan haal ik u op. Juliet

Van Juliet aan Sophie

22 augustus 1946

Lieve Sophie,

Je broer begint wat al te majesteitelijk te worden naar mijn zin – hij heeft een afgezant gestuurd om in zijn plaats de brieven van Oscar Wilde op te halen! Billee Bee kwam met de ochtendpostboot. Het was een erg onstuimige overtocht, dus kwam ze aan met zwabberbenen en een groen gezicht – ze hield zich echter kranig! De lunch kon ze nog niet hebben, maar voor het avondeten was ze hersteld en ze bleek een levendige gast op de bijeenkomst van de literaire kring.

Er was een lastig moment – Kit lijkt haar niet te mogen. Ze deinsde achteruit en zei: 'Ik geef geen kussen,' toen Billee Bee dat bij haar probeerde. Wat doe jij als Dominic onbeleefd is – hem ter plekke tot de orde roepen, wat voor iedereen gênant lijkt, of tot later wachten, onder vier ogen? Billee Bee wist het prachtig te omzeilen, maar dat laat háár goede manieren zien, niet die van Kit. Ik heb gewacht, maar ik zou willen weten hoe jij erover denkt.

Sinds ik weet dat Elizabeth dood is en Kit een wees, heb ik me zorgen gemaakt over haar toekomst – en over de mijne zonder haar. Ik denk dat het onverdraaglijk zou zijn. Ik ga een afspraak maken met meneer Dilwyn wanneer hij en zijn vrouw van vakantie terugkomen. Hij is haar officiële voogd en ik wil mijn mogelijkheden voor voogdij/adoptie/pleegouderschap met betrekking tot Kit bespreken. Natuurlijk wil ik totale adoptie, maar ik ben er niet zeker van of meneer Dilwyn een alleenstaande dame met een wisselend inkomen en zonder vaste woon- of verblijfplaats als een wenselijke ouder zal beschouwen.

Ik heb hierover tegen niemand hier nog een woord gezegd, en ook niet tegen Sidney. Er is zoveel om over te dubben – wat zou Amelia ervan zeggen? Zou het idee Kit bevallen? Is ze oud genoeg om te beslissen? Waar zouden we gaan wonen? Kan ik haar weghalen van de plaats waar ze van houdt in ruil voor Londen? Een beperkt leven in de stad in plaats van rondzwerven in boten en tikkertje spelen op begraafplaatsen? Kit zou jou, mij en Sidney hebben in Engeland, maar hoe moet het dan met Dawsey en Amelia en alle familie die ze hier heeft? Het zou onmogelijk zijn hen te vervangen of te kopiëren. Kun je je een Londense kleuterjuf voorstellen met het flair van Isola? Natuurlijk niet.

Elke dag loop ik verschillende keren met mezelf uit en te na te delibereren over de hele kwestie. Van één ding ben ik echter zeker: ik wil altijd voor Kit blijven zorgen.

Groeten,
Juliet

PS Als meneer Dilwyn nee zegt, is dat geen optie – dan neem ik Kit mee en kom me in jouw huis verstoppen.

Van Juliet aan Sidney

23 augustus 1946

Beste Sidney,

Plotseling naar Rome ontboden? Ben je tot paus gekozen? Het kan maar beter op z'n minst zoiets urgents zijn, als excuus voor het sturen van Billee Bee om de brieven in jouw plaats op te halen. En ik begrijp niet waarom het geen kopieën mogen zijn; Billee Bee zegt dat je erop staat de originelen te bekijken. Isola zou zo'n verzoek van niemand ter wereld inwilligen, maar voor jou doet ze het. Wees er alsjeblieft vreselijk voorzichtig mee, Sidney – ze zijn haar ziel en zaligheid. En zorg ervoor dat je ze in eigen persoon terugbrengt.

Niet dat we Billee Bee niet mogen. Ze is een erg enthousiaste gast – ze zit op dit moment buiten wilde bloemen te tekenen. Ik kan haar mutsje boven het gras zien uitsteken. Ze heeft erg genoten van haar introductie in de literaire kring gisteravond. Aan het eind van de bijeenkomst heeft ze een korte toespraak gehouden en ze vroeg Will Thisbee zelfs om het recept van zijn overheerlijke granaatappelgebak. Dat was een beetje te veel aan goede manieren – al wat we zagen was een kwak ongerezen deeg rondom een roodachtige smurrie vol zwarte zaden.

Ik vond het jammer dat je er niet bij was, want de spreker van de avond was Augustus Sarré, en hij had het over jouw favoriete boek, *De Canterbury-verhalen*. Hij koos ervoor eerst het verhaal van de dominee voor te lezen omdat hij wist wat een dominee voor de kost deed – wat niet gold voor die andere figuren in het boek: de baljuw, de landeigenaar of de deurwaarder. Het verhaal van de dominee stuitte hem zo tegen de borst dat hij niet verder kon lezen.

Gelukkig voor jou heb ik in mijn hoofd zorgvuldig aantekeningen gemaakt, dus kan ik je de essentie van zijn commentaar opdissen. Noteer: Augustus zou nooit een kind van hem Chaucer laten lezen, dat zou hem maar opzetten tegen het leven, en tegen God in het bijzonder. Zoals je het de dominee hoorde vertellen, was het leven een beerput (of niet veel meer dan dat) waarin de mens zo goed mogelijk door de drek moest zien te waden; het kwaad was altijd naar hem op zoek, en het kwaad vond hem altijd. (Denk je ook niet dat Augustus iets dichterlijks heeft? Dat idee heb ik althans.)

De arme man moet eeuwig boete doen of met zichzelf in het reine zien te komen of vasten of zichzelf kastijden met een gesel van touwen met knopen. En dat allemaal omdat hij in zonde geboren is – en dat zal hij blijven tot de laatste minuut, wanneer hij Gods Genade zal ontvangen.

'Bedenk, vrienden,' zei Augustus, 'een leven vol ellende met een God die je niet één keer makkelijk adem laat halen. Dan, in je laatste minuten – POEF! – krijg je Genade. Stank voor dank, zou ik zeggen.

En dat is nog niet alles, beste mensen: men mag nooit goed over zichzelf denken – dat heet de zonde van Trots. Makkers, ik zal je vertellen, iemand die zichzelf haat, is iemand die zijn buren nog erger haat! Hij zal wel moeten – je kunt een ander niet iets gunnen wat je zelf niet mag hebben – geen liefde, geen vriendelijkheid, geen respect! Dus ik zeg: Weg met de dominee! Weg met Chaucer!' Augustus ging met een bonk zitten.

Er volgde een twee uur durende levendige discussie over de erfzonde en predestinatie. Uiteindelijk nam Rémy het woord – dat had ze nog nooit gedaan en de kamer viel stil. Ze zei zachtjes: 'Als er predestinatie bestaat, dan is God de duivel.' Niemand kon daar iets tegen inbrengen – wat voor God zou met opzet Ravensbrück scheppen?

Isola heeft een aantal van ons voor morgenavond te eten gevraagd, met Billee Bee als eregast. Isola zei dat hoewel ze niet graag door het haar van een vreemde woelt, ze Billee Bees knobbels gaat lezen, om haar dierbare vriend Sidney een plezier te doen.

Liefs,
Juliet

23 augustus 1946

Beste Juliet: Ontzet over Billee Bee die brieven haalt op Guernsey. Stop! Vertrouw haar niet – ik herhaal – NIET. Geef haar NIETS. Ivor, onze nieuwe redacteur, zag Billee Bee en Gilly Gilbert (die van *The London Hue & Cry*, laatstelijk slachtoffer van de theepot die je gooide) langdurig met elkaar tongzoenen in het park. Die twee samen belooft niet veel goeds. Geef haar pakketje zonder brieven Wilde. Groet, Susan

24 augustus 1946
2.00 uur 's nachts

Lieve Susan,

Je bent een heldin! Isola maakt je bij dezen erelid van Het Literaire Aardappelschiltaart Genootschap van Guernsey, en Kit maakt speciaal voor jou een cadeautje van zand en klei (je zult het pakketje buiten open moeten maken).

Je telegram kwam op het nippertje. Isola en Kit waren er vroeg op uitgegaan om kruiden te verzamelen, en Billee Bee en ik waren alleen in huis – dacht ik – toen ik je waarschuwing las. Ik stormde de trap op, haar kamer in – geen Billee Bee, geen koffer, geen handtas!

Ik was in alle staten. Ik rende naar beneden en belde Dawsey dat hij direct moest komen om haar samen achterna te gaan. Dat deed hij, maar eerst heeft hij Booker gebeld en hem gevraagd de haven te controleren. Die zou koste wat kost Billee Bee verhinderen Guernsey te verlaten!

Dawsey arriveerde snel en we renden gauw de weg naar het vliegveld op. Ik holde op een sukkeldrafje achter hem aan, kijkend in hagen en achter struiken. We hadden elkaar weer ingehaald ter hoogte van Isola's boerderij toen Dawsey plotseling pas op de plaats maakte en begon te lachen.

Daar, op de grond voor Isola's rokerij, zaten Kit en Isola. Kit hield haar fluwelen fret en een grote bruine envelop in haar handen. Isola zat op Billee Bees koffer – een en al onschuld, die twee – terwijl er vanuit het rookhok een vreselijk gekrijs te horen viel.

Ik nam een sprint om Kit én de envelop aan mijn hart te drukken, terwijl Dawsey de houten grendel van de deur van de rokerij haalde.

Binnen, weggekropen in een hoek, zat Billee Bee te vloeken en te tieren – Isola's papegaai Zenobia fladderde om haar heen. Ze had Billee Bee haar mutsje afgerukt, en draadjes angorawol zweefden door de lucht.

Dawsey trok haar overeind en bracht haar naar buiten – terwijl Billee Bee maar bleef krijsen. Een gestoorde heks had het op haar voorzien. Ze was aangevallen door haar Huisgeest, een kind – duidelijk een telg van de Baarlijke Duivel! Dat zou ons nog berouwen! We zouden processen aan onze broek krijgen, gearresteerd worden en gevangengezet, allemaal! We zouden het daglicht niet meer zien!

'Jij bent degene die geen daglicht meer zal zien, jij stiekemerd! Dief! Ondankbaar mens!' schreeuwde Isola.

'Jij hebt de brieven gestolen,' gilde ik. 'Je hebt ze gestolen uit Isola's koektrommel en probeerde ermee vandoor te gaan! Wat waren Gilly Gilbert en jij van plan?'

Billee Bee krijste: 'Dat gaat je geen bliksem aan! Wacht maar tot ik hem vertel wat je me hebt aangedaan!'

'Doe dat vooral!' beet ik haar toe. 'Laat het de hele wereld maar weten, van jou en Gilly, ik zie de koppen al voor me: "Gilly Gilbert brengt meisje op slechte pad!" "Van liefdesnestje tot gevang! Zie pagina 3!"'

Dat bracht haar een moment tot bedaren en toen, met de timing en aanwezigheid van een groot acteur, kwam Booker aanzetten, die er in zijn oude legerjas imposant en behoorlijk officieel uitzag. Rémy was bij hem, met een schoffel in haar handen! Booker overzag het tafereel en keek zo streng naar Billee Bee dat ik bijna medelijden met haar kreeg.

Hij greep haar bij de arm en zei: 'Pak nu maar je rechtmatige eigendommen en maak dat je wegkomt. Ik zal je niet arresteren – deze keer nog niet! Ik zal je naar de haven begeleiden en je persoonlijk op de eerstvolgende boot naar Engeland zetten.'

Billee Bee strompelde naar voren en greep haar koffer en haar handtas – toen deed ze een uitval naar Kit en rukte de gewatteerde fret uit haar armen. 'Wat heb ik er een spijt van dat ik je die ooit heb gegeven, stom rotkind.'

Wat wilde ik haar graag een klap geven! Dus dat deed ik – en ik ben er bijna zeker van dat er nu een paar kiezen loszitten. Ik weet het niet precies, maar ik geloof dat het eilandleven me te pakken begint te krijgen.

Mijn ogen vallen bijna dicht, maar ik moet je de reden vertellen waarom Kit en Isola zo vroeg kruiden gingen verzamelen. Isola heeft gisteren Billee Bees hoofdknobbels betast en wat ze ontdekte beviel haar van geen kanten. BB's Dubbelhartigheidsknobbel was zo groot als een ganzenei. Toen vertelde Kit haar dat ze Billee Bee in haar keuken had zien rondneuzen, dat ze alle planken afging. Dat was genoeg voor Isola en ze stelden hun bewakingsplan in werking. Ze zouden Billee Bee schaduwen en kijken waar dat toe zou leiden!

Ze stonden vroeg op, verscholen zich achter struiken en zagen Billee Bee op haar tenen mijn achterdeur uit sluipen met haar koffer, haar handtas en een grote envelop. Ze volgden haar een tijdje, tot ze bij Isola's boerderij kwamen. Isola greep haar bij de kladden en duwde haar het rookhok in. Kit viste Billee Bees spullen uit de modder en Isola ging haar claustrofobische papegaai Zenobia halen en gooide haar het rookhuis in bij Billee Bee.

Maar Susan, wat ter wereld voerden zij en Gilly Gilbert in hun schild? Wilden ze de brieven uitgeven?

Ik ben jou en Ivor enorm dankbaar. Bedank hem alsjeblieft voor alles: zijn opmerkingsvermogen, zijn wantrouwige inborst en zijn gezonde verstand. Nog beter, geef hem een zoen van me. Hij is geweldig! Moet Sidney hem geen promotie geven, van redacteur tot adjunct-directeur?

Groeten,
Juliet

26 augustus 1946

Lieve Juliet,

Ja, Ivor is geweldig en dat heb ik hem ook gezegd. Ik heb hem een dikke zoen van je gegeven, en toen nog een van mezelf! Sidney heeft hem promotie gegeven – hij is nog geen adjunct-directeur, maar ik denk dat hij aardig op weg is.

Wat Billee Bee en Gilly van plan waren? Jij en ik waren niet in Londen toen het theepotincident de voorpagina's haalde – we hebben de commotie die het veroorzaakte gemist. Iedere journalist en uitgever die Gilly Gilbert en *The London Hue & Cry* verafschuwt – en dat zijn er velen – was opgetogen.

Ze vonden het lachwekkend en Sidneys persverklaring deed er nog een schepje bovenop – gaf ze alleen maar nieuwe aanleiding tot lachen. Nou, Gilly noch de LH&C gelooft in vergeving. Hun streven is weer gelijk te komen staan – zich stilhouden, geduld hebben en wachten tot de dag der wrake, die zeker zal komen!

Billee Bee, het arme verliefde sufferdje en Gilly's minnares, voelde zich zelfs nog dieper beschaamd. Kun je je Billee Bee en Gilly niet voorstellen, bij elkaar gekropen, wraakplannen smedend? Billee Bee zou zich indringen bij Stephens & Stark en elke gelegenheid aangrijpen om jou en Sidney te pakken te nemen, of beter nog, jullie tot mikpunt van spot te maken.

Je weet hoe in de uitgeverswereld geruchten zich als een lopend vuurtje verspreiden. Het is alom bekend dat je op Guernsey zit om een boek over de bezetting te schrijven, en de afgelopen weken is het gaan rondzoemen dat je daar onbekend werk van Oscar Wilde hebt ontdekt (sir William mag dan gedistingeerd zijn, maar hij is niet bepaald discreet).

Die kans kon Gilly niet laten lopen. Billee Bee zou de brieven ontvreemden, *The London Hue & Cry* zou ze publiceren en jij en Sidney zouden voorpaginanieuws zijn. Wat zouden ze ervan hebben genoten! Pas nadien zouden ze zich druk maken om mogelijke vervolging. En natuurlijk hielden ze er absoluut geen rekening mee wat het voor Isola zou betekenen.

Mijn maag draait zich om bij de gedachte dat ze bijna in hun opzet waren geslaagd. Goddank waren daar Ivor en Isola – en Billee Bees Dubbelhartigheidsknobbel.

Ivor vliegt dinsdag naar Guernsey om de brieven te kopiëren. Hij heeft een gele fluwelen fret gevonden met smaragdgroene ogen en ivoorkleurige tanden voor Kit. Ik denk dat ze hem daar wel een kus voor zal willen geven. Dat mag jij ook – maar houd het kort. Ik wil niet dreigen, Juliet – maar Ivor is van mij!

Groeten,
Susan

26 augustus 1946

Ik ga nooit meer de stad uit. Isola en Kit verdienen een medaille, en jij ook. Groet, Sidney

29 augustus 1946

Lieve Sophie,

Ivor is geweest en de brieven van Oscar Wilde zijn weer veilig terug in Isola's koektrommel. Ik houd mijn gemak tot Sidney ze heeft gelezen – ik wil dolgraag weten wat hij ervan vindt.

Op de dag van ons avontuur was ik erg kalm. Pas later, toen Kit in bed lag, werd ik schichtig en zenuwachtig – en begon te ijsberen.

Toen werd er aangeklopt. Ik was verbaasd – en een beetje zenuwachtig – toen ik Dawsey door het raam zag. Ik gooide de voordeur open om hem te begroeten – en trof hem én Rémy aan op de stoep. Ze waren gekomen om te zien hoe het met me was. Hoe aardig. Hoe attent.

Ik vraag me af of Rémy zo langzamerhand geen heimwee naar Frankrijk zou moeten krijgen. Ik heb een artikel gelezen van een vrouw, Giselle Pelletier, die vijf jaar in Ravensbrück heeft gezeten als politiek gevangene. Ze schrijft hoe moeilijk het voor een overlevende van een concentratiekamp is om het leven weer op te pakken. Niemand – vrienden noch familie – wil iets weten over het leven in het kamp en ze denken dat hoe eerder je het uit je gedachten bant – en uit de hunne – hoe gelukkiger iedereen zal zijn.

Volgens juffrouw Pelletier is het niet zo dat je iedereen wilt overvoeren met details, maar je hébt het meegemaakt en je kunt niet doen alsof dat niet zo is. 'Laten we het allemaal van ons afzetten,' schijnt men in Frankrijk te zeggen. 'Alles – de oorlog, Vichy, de Landstorm, Drancy, de Joden – dat is allemaal voorbij. Uiteindelijk heeft iedereen geleden, niet alleen jij.' In deze fase van geïnstitutionaliseerde amnesie, schrijft ze, helpt het alleen om te praten met medeoverlevenden. Zij weten hoe het leven in de kampen was. Jij zegt iets, en zij kunnen iets terugzeggen. Ze praten, ze gaan tekeer, ze huilen, ze vertellen het ene verhaal na het andere – sommige tragisch, andere absurd. Soms kunnen ze zelfs samen lachen. De opluchting is groot, zegt ze.

Misschien zou uitwisseling met andere overlevenden een betere remedie zijn voor Rémy's verdriet dan het pastorale leven op een eiland. Ze is nu fysiek sterker – ze is niet meer zo schokkend dun als eerst – maar ze lijkt nog achtervolgd te worden door het verleden.

Meneer Dilwyn is terug van vakantie, en ik moet gauw een afspraak met hem maken om over Kit te praten. Ik blijf het maar uitstellen – ik ben zo verschrikkelijk bang dat hij zal weigeren er ook maar over te denken. Ik zou willen dat ik er wat moederlijker uitzag – misschien moet ik een omslagdoek kopen? Als hij karaktergetuigen wil hebben, wil jij dat dan zijn? Kent Dominic het alfabet al? Zo ja, dan kan hij dit overschrijven:

Beste meneer Dilwyn,

Juliet Dryhurst Ashton is een erg aardige dame – rustig, proper en verantwoordelijk. U zou ervoor moeten zorgen dat Kit McKenna haar als moeder krijgt.

Groeten en xxxx
James Dominic Strachan

Heb ik je al verteld, of niet, over de plannen van meneer Dilwyn voor Kits erfenis op Guernsey? Hij heeft Dawsey al ingehuurd, en Dawsey gaat een ploeg bij elkaar zoeken om het grote huis op te knappen: trapleuningen plaatsen, opschriften op muren en schilderijen verwijderen, uitgerukte leidingen vervangen door nieuwe, ruiten inzetten, schoorstenen en kanalen schoonmaken, de bedrading controleren en terrastegels opnieuw voegen – of wat je ook maar doet met oude tegels. Meneer Dilwyn weet nog niet wat er met de houten lambrisering in de bibliotheek gedaan moet worden – er zat een prachtig fries van houtsnijwerk met fruit en linten op, dat de Duitsers voor schietoefeningen hebben gebruikt.

Aangezien niemand de komende jaren met vakantie naar Europa zelf wil gaan, hoopt meneer Dilwyn dat de Kanaaleilanden weer een toeristische trekpleister zullen worden – en Kits huis zou een prachtig vakantiehuis zijn voor gezinnen.

Maar nu over op wat vreemdere gebeurtenissen: de gezusters Benoît vroegen mij en Kit vanmiddag op de thee. Ik had hen nog niet ontmoet en het was een eigenaardige uitnodiging; ze vroegen of Kit beschikte over 'een scherpe blik en vaste hand'. En of ze van rituelen hield?

Enigszins verward vroeg ik Eben of hij de gezusters Benoît kende. Waren ze wel bij hun volle verstand? Was het verantwoord met Kit naar hen toe te gaan? Eben brulde van het lachen en zei ja, de zussen waren betrouwbaar en geestelijk gezond. Hij zei dat Jane en Elizabeth hen vijf jaar lang elke zomer hadden bezocht; ze droegen altijd gesteven schorten, glanzend gepoetste pumps en kanten handschoentjes. We zouden een fijne middag hebben, zei hij. Het deed hem plezier dat oude tradities in ere werden hersteld, zei hij. We zouden een overdadige tea krijgen, met amusement na afloop, en we moesten beslist gaan.

Daarmee wist ik nog steeds niet wat ik kon verwachten. Ze waren identieke tweelingen, en in de tachtig. Bijzonder keurig en damesachtig, gekleed in enkellange jurken van zwarte crêpe georgette, bezet met gitten kralen op boezem en boord, hun witte haar als dotten slagroom boven op hun hoofd opgestoken. Zo charmant, Sophie. We hadden een schandalige tea en ik had mijn kopje nog maar nauwelijks neergezet toen Yvonne (tien minuten ouder) zei: 'Zusje, ik geloof dat Elizabeths kind nog te klein is.' Yvette zei: 'Ik denk dat je gelijk hebt, zusje. Misschien staat juffrouw Ashton ons toe...?'

Ik vond het erg dapper van me om te zeggen: 'Het is me een genoegen,' terwijl ik geen idee had wat ze van plan waren.

'Hoe aardig van u, juffrouw Ashton. We hebben het onszelf ontzegd tijdens de oorlog – anders hadden we ons op de een of andere manier disloyaal gevoeld tegenover de Kroon. Onze artritis is veel erger geworden: we kunnen niet eens meedoen met het ritueel. Wij nemen er genoegen mee toe te kijken!'

Yvette liep naar een la in het dressoir, terwijl Yvonne een van de schuifdeuren tussen hun zitkamer en eetkamer uitschoof. Vastgeplakt aan het tot dan toe verborgen paneel zat een paginagrote rotogravure uit een krant, een portret in sepia van de hertogin van Windsor, voorheen mevrouw Wallace Simpson. Uit de societypagina's gescheurd, veronderstel ik, van de *Baltimore Sun* aan het eind van de jaren dertig.

Yvette overhandigde me vier fijn gebalanceerde, onheilspellend uitziende dartspijltjes met zilveren punten.

'Richt op de ogen, liefje,' zei ze. Dus dat deed ik.

'Schitterend! Drie op vier, zusje. Bijna net zo goed als die lieve Jane! Elizabeth verknoeide het altijd op het laatst! Kom je het volgend jaar opnieuw proberen?'

Het is een simpel maar droevig verhaal. Yvette en Yvonne adoreerden de prins van Wales. 'Zo schattig in zijn korte golfbroek!' 'Wat kon die man walsen!' 'Hoe charmant in avondkleding!' Zo edel, zo koninklijk – tot die slet vat op hem kreeg. 'Hem van de troon griste! Zijn kroon – foetsie!' Het brak hun hart. Kit was helemaal betoverd door dit alles – dat kan ook niet anders. Ik ga mijn vaste hand oefenen – vier op vier wordt mijn nieuwe doel in het leven.

Zou jij niet wensen dat we de zusters Benoît hadden gekend toen wijzelf opgroeiden?

Groeten en xxx,
Juliet

2 september 1946

Beste Sidney,

Vanmiddag is er iets gebeurd; hoewel het goed is afgelopen, was het erg verontrustend, en ik heb moeite om in slaap te komen. Ik schrijf naar jou in plaats van naar Sophie, omdat zij zwanger is en jij niet. Jij bent niet in een kwetsbare toestand om snel van streek te raken, zoals Sophie – ik begin mijn taalgevoel te verliezen.

Kit was bij Isola peperkoekmannetjes aan het maken. Rémy en ik wilden inkt kopen en Dawsey had een soort epoxyhars nodig voor het grote huis, dus liepen we met z'n allen naar St. Peter Port.

We namen de route over het klif langs Fermain Bay. Het is een prachtige wandeling, met een rotsachtig pad dat omhoog loopt om de landtong heen. Ik liep een stukje voor Rémy en Dawsey uit omdat het pad smaller was geworden.

Een forse vrouw met een rode hoed op liep ons in de bocht van het pad om een groot stuk rots heen tegemoet. Ze had een hond bij zich, een Duitse herder, erg groot. Hij was niet aangelijnd en hij was dolblij me te zien. Ik lachte om zijn capriolen en de vrouw riep: 'Maak je geen zorgen, hij bijt nooit.' Hij legde zijn poten op mijn schouders en probeerde me een enorme, lebberende lik te geven.

Toen hoorde ik achter me een geluid – een vreselijk hortend gehijg; een diep kokhalzen dat maar doorging. Ik kan het niet beschrijven. Ik draaide me om en zag dat het Rémy was; ze stond bijna dubbelgebogen te braken. Dawsey had haar beetgepakt en hield haar vast terwijl ze bleef overgeven, met krampen van heel diep, over hen beiden heen. Het was vreselijk om te zien en te horen.

Dawsey schreeuwde: 'Zorg dat die hond weggaat, Juliet! Nu!'

Ik duwde de herder verwoed van me af. De vrouw schreeuwde en maakte excuses, zelf bijna hysterisch. Ik hield de hond bij zijn halsband vast en bleef maar zeggen: 'Het is oké, het is oké! Het is niet jouw schuld. Ga alsjeblieft. Ga!' Dat deed de vrouw ten slotte, haar arme hond die danig in de war was meetrekkend aan zijn halsband.

Rémy was toen rustig, ze snakte alleen nog naar adem. Dawsey keek over haar heen naar mij en zei: 'Laten we naar jouw huis gaan, Juliet, dat is het dichtstbij.' Hij tilde haar op en droeg haar – met mij in zijn spoor, bang en verward. Wat kon er met haar zijn gebeurd?

Rémy was koud en rillerig, dus ik liet het bad voor haar vollopen, en toen ze weer warm was legde ik haar in bed. Ze sliep al bijna, dus ik raapte haar kleren bij elkaar en ging naar beneden. Dawsey stond bij het raam naar buiten te kijken.

Zonder zich om te draaien zei hij: 'Ze vertelde me dat de bewakers grote honden gebruikten. Ze ophitsten en opzettelijk loslieten op de rijen vrouwen die op appel stonden – voor de lol. Mijn god! Ik ben onnozel geweest, Juliet. Ik dacht dat het haar kon helpen te vergeten wanneer ze bij ons zou zijn. Goede wil is niet genoeg, denk je niet, Juliet? Bij lange na niet genoeg.'

'Nee,' zei ik, 'dat is niet genoeg.' Hij zei niets meer; hij knikte alleen nog naar me en vertrok. Ik belde Amelia om te vertellen waar Rémy was en waarom en begon aan de was. Isola bracht Kit terug; we aten en deden een kwartetspel tot het bedtijd was.

Maar ik kan niet slapen.

Ik schaam me zo voor mezelf. Had ik echt gedacht dat Rémy goed genoeg was om terug te gaan naar huis – of wilde ik alleen maar dat ze ging? Dacht ik dat het tijd voor haar werd om terug te gaan naar Frankrijk – om HET weer op te pakken, wat HET ook mocht zijn? Dat dacht ik echt – en het is om misselijk van te worden.

Liefs,
Juliet

ps Nu ik toch bezig ben met bekennen, kan ik je net zo goed nog iets vertellen. Hoe vreselijk het ook was om daar te staan met Rémy's smerige spullen en met de stank van Dawseys bedorven kleren in mijn neus, het enige waar ik nog aan kon denken was: *hij zei 'goede wil... goede wil is niet genoeg, denk je niet?'* Zou dat betekenen dat hij niet meer dan dat voor haar voelt? Ik heb die slechte gedachte de hele avond zitten uitkauwen.

4 september 1946

Lieve Juliet, die slechte gedachte betekent alleen maar dat je zelf verliefd bent op Dawsey. Verbaast je dat? Mij niet. Snap niet waarom het zo lang duurde tot je het in de gaten kreeg – zeelucht zou toch verfrissend moeten werken. Ik wil komen om jou en Oscars brieven zelf te zien, maar kan tot de vijftiende nog niet weg. Goed? Groet, Sidney

Telegram van Juliet aan Sidney

5 september 1946

Beste Sidney – Je bent onuitstaanbaar, vooral wanneer je gelijk hebt. Toch heerlijk je te zien op de vijftiende. Liefs, Juliet

6 september 1946

Beste Sidney,

Juliet zegt dat u zelf naar oma Pheens brieven komt kijken, en ik zou zeggen dat dat eens tijd wordt. Niet dat ik bezwaar had tegen Ivor; hij was een aardige knul, hoewel hij niet van die vlinderdasjes zou moeten dragen. Ik zei hem dat hij er niet knapper door werd, maar hij had meer interesse in mijn verdenkingen tegen Billee Bee Jones, hoe ik haar had geschaduwd en had opgesloten in het rookhok. Hij vond het een fraai staaltje speurwerk en zei dat juffrouw Marple het zelf niet beter had kunnen doen!

Juffrouw Marple is geen vriendin van hem, ze is een vrouwelijke detective in fictieve verhalen die alles wat ze weet over DE MENSELIJKE NATUUR gebruikt om mysteries te ontraadselen en misdaden op te lossen waar de politie faalt.

Hij zette me aan het denken over hoe geweldig het zou zijn om zelf mysteries op te lossen. Wist ik er maar een.

Ivor zei dat bedriegerij overal is, en dat ik met mijn scherpe instinct mezelf zou kunnen trainen om een nieuwe juffrouw Marple te worden. 'U beschikt duidelijk over een uitstekend observatietalent. U hoeft alleen nog maar te oefenen. Neem overal nota van en schrijf het op.'

Ik ging naar Amelia en leende een paar boeken met juffrouw Marple erin. Ze is een verrassend type, nietwaar? Zit daar maar rustig wat te breien; ziet wat alle anderen ontgaat. Ik zou mijn oren open kunnen houden voor wat niet juist klinkt, dingen kunnen zien vanuit mijn ooghoeken. Bedenk wel dat we op Guernsey geen onopgeloste raadsels hebben, maar dat betekent nog niet dat die zich nooit zullen aandienen – en als dat het geval is, zal ik er klaar voor zijn.

Ik geniet nog steeds van het hoofdknobbelboek dat u me hebt gestuurd en ik hoop dat u niet gekwetst bent dat ik me aan een andere roeping ga wijden. Ik vertrouw nog steeds op de waarheid van knobbels; ik heb alleen de knobbels van iedereen om wie ik geef al gelezen, behalve de uwe, en het wordt een beetje saai.

Juliet zegt dat u aanstaande vrijdag komt. Ik kan u afhalen van het vliegveld en u naar Juliet brengen. Eben houdt de avond erop een strandfeest, en hij zegt dat u van harte welkom bent. Eben organiseert eigenlijk nooit partijen, maar hij zegt dat hij een feestelijke aankondiging gaat doen. Hij heeft iets te vieren! Maar wat? Bedoelt hij een huwelijksaankondiging? Maar van wie dan? Ik hoop dat hij niet zelf gaat trouwen; echtgenotes staan hun eega meestal niet toe een avondje alleen weg te gaan en ik zou Ebens gezelschap missen.

Uw vriendin,
Isola

7 september 1946

Lieve Sophie,

Eindelijk heb ik moed gevat en Amelia verteld dat ik Kit wil adopteren. Ik hecht sterk aan haar mening – ze was zo dol op Elizabeth; ze kent Kit zo goed – en mij bijna goed genoeg. Ik wilde zo graag haar toestemming – en was doodsbenauwd dat ze me die niet zou geven. Ik verslikte me in mijn thee maar wist op het laatst de woorden uit mijn strot te krijgen. Ze was zo zichtbaar opgelucht dat ik me geschokt voelde. Ik had me niet gerealiseerd hoe bezorgd ze was geweest over Kits toekomst.

Ze begon te zeggen: 'Als ik één...' – toen hield ze op en begon opnieuw: 'Ik denk dat het voor jullie allebei prachtig zou zijn. Het zou het beste zijn wat...' Ze brak haar zin af en haalde haar zakdoek tevoorschijn. En toen haalde ik natuurlijk ook mijn zakdoek tevoorschijn.

Toen we uitgehuild waren, begonnen we plannen te smeden. Amelia zal met me meegaan naar meneer Dilwyn. 'Ik kende hem al toen hij nog in korte broek rondliep,' zei ze. 'Hij zal me niets willen weigeren.' Amelia aan jouw zijde hebben is net zoiets als het zesde legioen achter je hebben staan.

Maar er is iets heerlijks gebeurd – iets nog heerlijkers dan het krijgen van Amelia's toestemming. Mijn laatste twijfel is geslonken tot minder dan speldenknopformaat.

Herinner je je dat ik verteld heb over de doos die Kit vaak bij zich had, helemaal dichtgebonden met een koord? Waarin volgens mij misschien wel een dode fret zat? Vanmorgen kwam ze mijn kamer in en aaide over mijn gezicht tot ik wakker werd. Ze had haar doos bij zich.

Zonder iets te zeggen begon ze het koord los te maken en haalde ze het deksel eraf – deed het vloeipapier opzij en gaf me de doos aan. Sophie – ze deed een stapje naar achteren en keek naar mijn gezicht terwijl ik de dingen die erin zaten bekeek, ze er vervolgens allemaal uit haalde en op de beddensprei legde. Het waren: een piepklein babykussentje met oogjesborduurwerk; een fotootje van Elizabeth die in haar tuin graaft terwijl ze naar Dawsey lacht; een linnen dameszakdoekje, licht geurend naar jasmijn, een zegelring van een man en een leren boekje met gedichten van Rilke met de inscriptie: *Voor Elizabeth – die duisternis in licht verandert, Christian.*

In het boekje zat een vele keren opgevouwen stuk papier. Kit knikte, dus ik vouwde het voorzichtig open en las: 'Amelia – geef haar een kus van me wanneer ze wakker wordt. Ik ben tegen zessen terug. Elizabeth. PS Kijk eens naar haar voetjes. Zijn ze niet prachtig?'

Onderop lag de medaille van Kits grootvader uit de Eerste Wereldoorlog, het magische teken dat Elizabeth op Eli's jas had gespeld toen hij naar Engeland geëvacueerd werd. God zegene Eli om zijn grote hart – hij moet hem haar hebben gegeven.

Ze liet me haar schatten zien, Sophie – haar ogen weken geen moment van mijn gezicht. We voelden ons allebei heel plechtig, en ik begon nu eens niet te huilen; ik stak alleen maar mijn armen uit. Ze dook er meteen in, en met mij onder de dekens – en viel onmiddellijk in slaap. Ik niet! Ik had het niet gekund. Ik was zo gelukkig dat ik plannen kon maken voor de rest van ons leven samen.

Ik geef niet om wonen in Londen – ik houd van Guernsey en wil hier blijven, zelfs als het boek over Elizabeth af is. Ik kan me Kit niet in Londen voorstellen, waar ze de hele tijd schoenen zal moeten dragen, moet lopen in plaats van hollen, waar ze geen biggetjes heeft om bij op bezoek te gaan. Waar ze niet kan vissen met Eben en Eli, Amelia geen bezoekjes kan brengen, geen drankjes kan brouwen met Isola, en bovenal zonder wandelingen, dagen of uitstapjes met Dawsey.

Ik denk dat we, wanneer ik Kits voogd word, in Elizabeths cottage kunnen blijven wonen en het grote huis aanhouden als vakantieverblijf voor luie rijkaards. Ik kan de enorme opbrengst van *Izzy* gebruiken om een flat in Londen te kopen waar Kit en ik kunnen wonen als we daarheen gaan.

Haar thuis is hier en dat kan ook het mijne worden. Schrijvers kunnen schrijven op Guernsey – kijk maar naar Victor Hugo. Het enige wat ik van Londen zal missen zijn Sidney en Susan, de nabijheid van Schotland, nieuwe toneelstukken en Harrod's Food Hall.

Bid dat meneer Dilwyn gezond verstand heeft. Ik weet dat hij het heeft, ik weet dat hij me mag, ik weet dat hij weet dat Kit het fijn vindt om bij mij te wonen en dat ik op het moment genoeg heb om in het onderhoud van twee personen te voorzien – en wie kan meer zeggen in deze decadente tijden? Amelia denkt dat als hij verklaart dat er zonder echtgenoot geen sprake kan zijn van adoptie, hij toch graag haar voogdijschap aan mij zal overdragen.

Sidney komt volgende week weer naar Guernsey. Ik wou dat jij ook kwam – ik mis je.

Groeten,
Juliet

8 september 1946

Beste Sidney,

Kit en ik namen een picknickmand mee naar buiten op de wei om naar Dawsey te kijken die een begin maakte met het herbouwen van Elizabeths ingestorte stenen muur. Het was een geweldig excuus om Dawsey te bespioneren en te zien hoe hij zoiets aanpakt. Hij bestudeerde elke steen, woog hem in zijn hand, dacht na en plaatste hem op het muurtje. Glimlachte als het klopte met het plaatje in zijn hoofd. Pakte hem er weer af als dat niet zo was en zocht een andere steen. Hij werkt kalmerend op de geest.

Hij raakte zo gewend aan onze bewonderende blikken dat hij ons voor het eerst zomaar uitnodigde voor het avondeten. Kit had al een afspraak – met Amelia – maar ik nam de invitatie met ongepaste gretigheid aan en werd toen belachelijk zenuwachtig bij de gedachte dat ik alleen met hem zou zijn. We voelden ons allebei een beetje opgelaten toen ik arriveerde, maar hij moest zich gelukkig nog met het eten bezighouden en trok zich terug in de keuken. Ik maakte van de gelegenheid gebruik om zijn boeken door te snuffelen. Hij heeft er niet veel, maar hij beschikt over een uitstekende smaak – Dickens, Mark Twain, Balzac, Boswell en de beste brave Leigh Hunt. De *Roger de Coverly Geschriften*, de romans van Anne Brontë (ik vraag me af waarom hij die heeft) en mijn biografie over haar. Ik wist niet dat hij die bezat; hij heeft er nooit iets van gezegd – misschien vond hij het een vreselijk boek.

Onder het eten discussieerden we over Jonathan Swift, varkens en de Neurenbergse processen. Blijkt daaruit niet een adembenemende scala van interesses? Volgens mij wel. We praatten vrij gemakkelijk, maar aten geen van beiden veel – ook al had hij heerlijke zuringsoep gemaakt (veel lekkerder dan ik het had gekund). Na de koffie slenterden we naar zijn schuur om de varkens te bekijken. Volwassen varkens zijn geen verbetering wat gezelschap betreft, maar biggen zijn andere koek – die van Dawsey zijn gevlekt en speels en sluw. Elke dag graven ze een nieuw gat onder zijn hek, ogenschijnlijk om te ontsnappen, maar in werkelijkheid alleen maar voor de lol om Dawsey het gat te zien dichten. Je had ze moeten zien grijnzen toen hij bij het hek kwam.

Dawseys stal is buitengewoon schoon. Ik vind de manier waarop hij zijn hooi optast ook prachtig.

Ik begin, geloof ik, aandoenlijk te worden.

Ik zal verdergaan. Ik geloof dat ik verliefd ben op een bloemen kwekende houtsnijder/steenhouwer/timmerman/varkensboer. In feite wéét ik dat ik het ben. Misschien ga ik me morgen vreselijk ellendig voelen bij de gedachte dat hij niet ook verliefd op mij is – mogelijk zelfs om Rémy geeft – maar op dit moment zwijmel ik van euforie. En ik heb een raar gevoel in mijn hoofd en mijn buik.

Zie je vrijdag – ga je gang maar en klop jezelf maar op de borst omdat je me hebt laten beseffen dat ik van Dawsey houd. Je mag er zelfs in mijn aanwezigheid over opscheppen – voor deze ene keer, maar daarna nooit meer.

Groeten en xxxx,
Juliet

11 september 1946

Ben hoopje ellende. Zag vanmiddag Dawsey in St. Peter Port gearmd met Rémy een koffer kopen, allebei een en al glimlach. Voor hun huwelijksreis? Wat ben ik toch een dwaas. Ik neem het jou kwalijk. Zielige Juliet

Waarnemingen
van juffrouw Isola Pribby

Persoonlijk: niet om te lezen, zelfs niet na mijn dood

ZONDAG

Dit lijntjesschrift kreeg ik van mijn vriend Sidney Stark. Het kwam vandaag met de post. Op de kaft stond met gouden letters PENSEES gedrukt, maar dat heb ik eraf gekrabd, want het is Frans voor Gedachten en ik ga uitsluitend FEITEN opschrijven. Feiten waargenomen door scherpe ogen en oren. In eerste instantie verwacht ik niet te veel van mezelf – ik moet nog beter leren waarnemen.

Hier zijn enkele van de observaties die ik vandaag heb gedaan. Kit vindt het heerlijk om in Juliets gezelschap te verkeren – ze ziet er vredig uit wanneer Juliet de kamer in komt en ze trekt geen rare gezichten meer achter de rug van mensen. Ook kan ze nu met haar oren wiebelen – wat ze niet kon voor Juliet hier kwam.

Mijn vriend Sidney komt om Oscars brieven te lezen. Deze keer logeert hij bij Juliet; ze heeft de logeerkamer een goede beurt gegeven.

Zag Daphne Post een groot gat graven onder de olm van meneer Ferré. Ze doet het altijd bij maanlicht. Ik denk dat we hutje bij mutje moeten leggen en een zilveren theepot voor haar moeten kopen zodat ze ermee op kan houden en 's nachts thuis kan blijven.

MAANDAG

Mevrouw Taylor heeft uitslag op haar armen. Waarvan, of van wie? Tomaten of haar echtgenoot? In de gaten houden.

DINSDAG

Niets vermeldenswaardigs vandaag.

WOENSDAG
Weer niets.

DONDERDAG

Rémy kwam vandaag bij me langs – ze geeft me de postzegels van haar Franse brieven – die zijn kleuriger dan de Engelse, dus ik plak ze op. Ze had een brief in een bruine envelop met een klein venster erin, van de FRANSE REGERING. Dit is de vierde die ze heeft gekregen – wat willen ze van haar? Uitzoeken.

Ik ben begonnen iets waar te nemen vandaag – achter de marktkraam van meneer Salles, maar ze hielden ermee op toen ze me zagen. Geeft niet, Eben houdt zaterdag zijn strandpicknick – dus daar valt beslist iets te observeren.

Ik heb gekeken in een boek over kunstenaars, hoe ze een schilderij opzetten dat ze willen maken. Zeg dat ze zich willen concentreren op een sinaasappel – bestuderen ze dan de vorm rechtstreeks? Nee, dat doen ze niet. Ze misleiden hun ogen en staren naar de banaan ernaast, of kijken er ondersteboven naar, tussen hun benen door. Ze zien de sinaasappel op een totaal nieuwe manier. Het heet 'perspectief krijgen'. Dus ik ga een nieuwe manier van kijken uitproberen – niet ondersteboven tussen mijn benen door, maar door niet recht naar iets te kijken of direct voor me uit. Ik kan mijn ogen stiekem bewegen als ik mijn oogleden een beetje dichthoud. Oefenen!

VRIJDAG

Het werkt – niet recht vooruit staren helpt echt. Ik ging met Dawsey, Juliet, Rémy en Kit met Dawseys wagen naar het vliegveld om die beste Sidney af te halen.

Dit heb ik waargenomen: Juliet drukte hem tegen zich aan en hij draaide haar in het rond als een broer. Het deed hem genoegen Rémy te ontmoeten, en ik kan zeggen dat hij haar zijdelings gadesloeg, net als ik. Dawsey schudde Sidney de hand maar hij kwam niet binnen voor appelcake toen we bij Juliets huis arriveerden. Die was in het midden iets ingezakt, maar smaakte goed.

Ik moest mijn ogen druppelen voor ik ging slapen – het is inspannend om de hele tijd van opzij te kijken. Mijn oogleden doen ook al pijn van het halfgesloten houden.

ZATERDAG

Rémy, Kit en Juliet gingen met me mee naar het strand om brandhout te verzamelen voor de picknick van vanavond. Amelia was ook buiten in de zon. Ze lijkt meer ontspannen en ik ben blij dat te merken. Dawsey, Sidney en Eli droegen Ebens grote ijzeren kookpot tussen zich in. Dawsey is altijd aardig en beleefd tegen Sidney, en Sidney is uiterst vriendelijk tegen Dawsey, maar hij lijkt op een verwonderde manier naar hem te staren. Waarom?

Rémy hield op met brandhout zoeken en ging met Eben praten, en hij sloeg haar op de schouder. Waarom? Het is niks voor Eben om iemand op de schouder te slaan. Toen praatten ze een tijdje – helaas buiten gehoorsafstand.

Toen het tijd was om naar huis te gaan voor de lunch, sloeg Eli aan het strandjutten. Juliet en Sidney namen ieder Kit bij een hand en wandelden met haar het pad naar het klif op terwijl ze 'Een, twee, drie – HOEPLA!' met haar deden.

Dawsey keek hen na toen ze het pad op liepen, maar ging niet achter hen aan. Nee, hij begaf zich naar de vloedlijn en bleef daar over het water staan staren. Het schoot ineens door me heen dat Dawsey een eenzame figuur is. Ik denk dat hij misschien wel altijd eenzaam is geweest, maar dat nooit erg vond, en nu wel. Waarom nu wel?

ZATERDAGNACHT

Ik heb iets gezien tijdens de picknick, iets belangrijks – en net als die beste juffrouw Marple moet ik actie ondernemen. Het was fris die avond en er hingen buien in de lucht. Maar dat was geen punt – we zaten allemaal ingepakt in dikke truien en jassen, aten kreeft en lachten om Booker. Hij stond op een rots te oreren, deed alsof hij die Romein was waar hij zo gek op is. Ik maak me zorgen om Booker, hij moet eens een ander boek gaan lezen. Ik denk dat ik hem Jane Austen te leen geef.

Ik zat daar, met al mijn zintuigen op scherp, bij het vuur met Sidney, Kit, Juliet en Amelia. We pookten met stokken in het vuur terwijl Dawsey en Rémy samen naar Eben en de kreeftenpan liepen. Rémy fluisterde iets tegen Eben, hij glimlachte, pakte zijn grote pollepel en sloeg ermee tegen de ketel.

'Attentie allemaal,' schreeuwde Eben, 'ik moet jullie iets zeggen.'

Iedereen was stil, behalve Juliet, die zo hard inademde dat ik het kon horen. Ze ademde niet meer uit, en verstijfde helemaal – tot haar kaken aan toe. Wat kon daar aan de hand zijn? Ik maakte me zo bezorgd om haar, aangezien ik ooit zelf ben geveld door een appendix, dat ik Ebens eerste woorden miste.

'... en dus is deze avond een afscheidsfeest voor Rémy. Ze vertrekt aanstaande dinsdag naar haar nieuwe huis in Parijs. Ze gaat een appartement delen met vriendinnen en komt in de leer bij de beroemde Parijse banketbakker Raoul Guillemaux. Ze heeft beloofd terug te komen naar Guernsey en haar tweede thuis zal bij mij en Eli zijn, dus we mogen ons allemaal verheugen over haar geluk.'

Allemaal barstten we uit in een enorm gejuich! Iedereen rende naar Rémy toe om haar te feliciteren. Iedereen behalve Juliet – die liet haar adem suizend ontsnappen, werd slap en smakte achterover in het zand – als een gespietste vis!

Ik spiedde rond, bedenkend dat ik Dawsey moest observeren. Hij bleef niet net als de anderen bij Rémy in de buurt – maar keek zo bedroefd. INEENS KREEG IK EEN INGEVING! IK HAD HET ONTDEKT! Dawsey wilde niet dat Rémy wegging, hij was bang dat ze nooit meer terugkwam. Hij was verliefd op Rémy, en te verlegen om het haar te vertellen.

Nou, dat ben ik niet. Ik zou haar kunnen vertellen over zijn gevoelens voor haar, en dan zou zij, als Française, weten wat haar te doen staat. Ze zou hem laten weten dat ze een huwelijksaanzoek zou inwilligen. Vervolgens zouden ze kunnen trouwen, en dan hoefde zij niet in Parijs te gaan wonen. Wat een zegen dat ik geen fantasie heb en in staat ben dingen helder te zien.

Sidney kwam naar Juliet toe en porde haar met zijn voet. 'Voel je je nu beter?' vroeg hij en Juliet zei ja, dus ik hield op me zorgen om

haar te maken. Toen nam hij haar mee om haar Rémy geluk te laten
wensen. Kit lag te slapen op mijn schoot, dus bleef ik waar ik was bij
het vuur en dacht zorgvuldig na.

Rémy is, als de meeste Franse vrouwen, praktisch aangelegd. Ze
zou bewijs willen van Dawseys gevoelens voor haar voordat ze tegen
wil en dank haar plannen veranderde. Ik zou het bewijs moeten vinden dat zij nodig had.

Even later – na het ontkurken van de wijn en het uitbrengen van
toosten – ging ik naar Dawsey toe en zei: 'Daws, ik heb gezien dat je
keukenvloer vuil is. Ik wil hem wel komen schrobben. Komt maandag je goed uit?'

Hij keek een beetje verrast, maar zei ja. 'Het is een vroeg kerstca-
deautje,' zei ik. 'Dus hoef je niet over betalen te denken. Laat de keu-
kendeur maar voor me open.'

En zo was het geregeld, en ik zei iedereen welterusten.

ZONDAG
Ik heb mijn plannen voor morgen klaar. Ik ben nerveus.

Ik zal Dawseys huis vegen en schrobben, op zoek naar bewijs dat
hij om Rémy geeft. Misschien wel een gedicht 'Ode aan Rémy', helemaal verfrommeld, in zijn prullenmand? Of haar naam overal neergekrabbeld op zijn boodschappenlijstje? Bewijs dat Dawsey van Rémy houdt moet (of moet bijna) direct zichtbaar zijn. Juffrouw Marple
snuffelde nooit echt rond dus ga ik dat ook niet doen – ik ga geen sloten forceren.

Maar wanneer ik zijn liefde voor Rémy eenmaal heb bewezen,
gaat ze dinsdagochtend niet op het vliegtuig naar Parijs. Dan weet
ze wat ze moet doen, en dan zal Dawsey gelukkig zijn.

DE HELE MAANDAG: EEN ERNSTIGE VERGISSING, EEN VREUGDE-
VOLLE AVOND
Ik werd te vroeg wakker en moest rondkeutelen met mijn kippen
tot de tijd waarop naar ik wist Dawsey weg zou zijn om te werken in
het grote huis. Toen ging ik op pad naar zijn boerderij, elke boom
controlerend op ingekerfde harten. Niets.

Nu Dawsey weg was, stapte ik door zijn achterdeur met mijn mop, emmer en poetsdoeken. Twee uur lang veegde en schrobde ik, stofte af en zette in de was – en vond niks. Ik was de wanhoop nabij toen ik aan boeken dacht – de boeken op zijn planken. Ik begon het stof eruit te kloppen, maar er vielen geen losse vellen op de vloer. Ik was al een eind opgeschoten toen ik plotseling zijn rode boekje over het leven van Charles Lamb zag. Wat deed dat daar? Ik had het hem in de houten schatkist zien leggen die Eli als verjaarsgeschenk voor hem had bewerkt. Maar als het rode boekje hier op de plank stond, wat zat er dan in het schatkistje? En waar was het? Ik beklopte de muren. Nergens klonk het hol. Ik stak mijn arm in zijn meelbus – alleen maar meel. Zou hij het in de stal bewaren? Zodat de ratten eraan konden knagen? Nooit? Wat bleef over? Zijn bed, onder zijn bed!

Ik rende naar zijn slaapkamer, hengelde onder het bed en trok de schatkist naar voren. Ik deed het deksel open en keek erin. Mijn oog viel nergens op, dus ik moest de hele inhoud op het bed gooien – nog steeds niets: geen briefje van Rémy, geen foto van haar, geen gebruikte bioscoopkaartjes voor *Gone with the Wind*, hoewel ik wist dat hij haar daar mee naartoe had genomen. Wat had hij ermee gedaan? Geen zakdoekje met de initiaal R in de hoek. Er was er eentje, maar dat was een van Juliets geparfumeerde en daar stond een J op geborduurd. Hij moest vergeten zijn die terug te geven. Er waren nog andere dingen, maar niets van Rémy.

Ik deed alles terug in het kistje en maakte het bed weer in orde. Mijn missie was mislukt! Rémy zou morgen op dat vliegtuig stappen en Dawsey zou eenzaam blijven. Ik was diepbedroefd. Ik pakte mijn mop en emmer.

Toen ik naar huis sjokte zag ik Amelia en Kit – ze gingen vogels kijken. Ze vroegen me mee te gaan, maar ik wist dat zelfs vogels kijken me niet zou kunnen opbeuren.

Ik bedacht echter dat Juliet me zou kunnen opvrolijken – dat doet ze meestal. Ik zou niet lang blijven en haar storen bij het schrijven, maar misschien zou ze me binnen vragen voor een kop koffie. Sidney was 's ochtends vertrokken, dus misschien voelde zij zich ook eenzaam. Ik haastte me naar haar huis.

Ik trof Juliet thuis, met een wirwar van papieren op haar bureau, maar ze was nergens mee bezig, ze zat alleen door het raam te turen.

'Isola!' zei ze. 'Net wanneer ik behoefte heb aan gezelschap!' Ze stond op en zag mijn mop en emmer. 'Ben je gekomen om mijn huis schoon te maken? Vergeet dat maar en kom koffiedrinken.'

Toen keek ze eens goed naar me en zei: 'Wat is er aan de hand? Ben je ziek? Ga zitten.'

Haar vriendelijkheid was te veel voor mijn gebroken geest en ik – ik geef het toe – begon te balken. Ik zei: 'Nee, nee, ik ben niet ziek. Ik ben mislukt – mijn missie is mislukt. En nu zal Dawsey ongelukkig blijven.'

Juliet bracht me naar haar sofa. Ze pakte mijn hand. Ik krijg altijd de hik wanneer ik moet huilen, dus ging ze een glas water voor me halen voor haar nimmer falende remedie – je drukt je neus dicht met je duimen en stopt je wijsvingers in je oren terwijl iemand een glas water achter elkaar door je keel giet. Je stampt met je voet wanneer je dreigt te verdrinken en dan haalt men het glas weg. Het werkt altijd – een wonder – weg hik.

'Vertel me nu eens, wat was je missie? En waarom denk je dat die is mislukt?'

Dus vertelde ik haar alles – mijn idee dat Dawsey verliefd was op Rémy, en hoe ik zijn huis had schoongemaakt, op zoek naar bewijs. Dat ik wanneer ik iets had gevonden Rémy zou hebben verteld dat hij van haar hield, en dan had ze willen blijven – had hem misschien eerst haar liefde verklaard, om de weg te bereiden.

'Hij is zo verlegen, Juliet. Dat is hij altijd geweest – ik denk niet dat er ooit iemand verliefd op hem is geweest, of hij op iemand anders, dus hij zou niet weten hoe hij het moest aanpakken. Het zou echt iets voor hem zijn om aandenkens weg te stoppen en er nooit iets over te zeggen. Ik zie het somber voor hem in, werkelijk waar.'

Juliet zei: 'Een heleboel mensen bewaren geen aandenkens, Isola. Die houden daar niet van. Dat betekent niet meteen iets. Waar was je in 's hemelsnaam naar op zoek?'

'Bewijs, net als juffrouw Marple. Maar nee, niet eens een foto van haar. Er zijn een heleboel foto's van jou en Kit, en aardig wat van jou alleen. Een van jou gewikkeld in dat kanten gordijn, als Dode Bruid. Hij heeft al je brieven bewaard, met dat blauwe haarlint eromheen – dat je verloren hebt. Ik weet dat hij Rémy in het verpleeghuis heeft geschreven, en ze moet hem hebben teruggeschreven – maar nee, geen een brief van Rémy. Zelfs niet een zakdoek van haar – o, hij heeft er wel een van jou gevonden. Die wil je misschien wel terug, het is een mooie.'

Juliet stond op en liep naar haar bureau. Daar bleef ze een tijdje staan, toen pakte ze dat kristallen ding waar bovenop Latijn ingegraveerd staat, CARPE DIEM, of zoiets. Ze bestudeerde het.

'Pluk de dag,' zei ze. 'Dat is een inspirerende gedachte, toch, Isola?'

'Dat neem ik aan,' zei ik, 'als je het prettig vindt je te laten leiden door een stuk steen.'

Toen deed Juliet iets wat me verraste – ze draaide zich naar me om en grijnsde me toe, die grijns waardoor ik haar vanaf het begin graag mocht. 'Waar is Dawsey? In het grote huis, toch?'

Ik knikte en meteen stuiterde ze de deur uit en rende de oprijlaan naar het grote huis op.

O die geweldige Juliet! Ze zou Dawsey eens de waarheid zeggen omdat hij zijn gevoelens voor Rémy niet had laten blijken.

Juffrouw Marple rent nooit ergens naartoe, ze gaat er langzaam op af, als oude dame. Dat deed ik ook. Juliet was in het huis tegen de tijd dat ik daar aankwam.

Ik liep op mijn tenen naar het terras en drukte mezelf tegen de muur bij de bibliotheek. De terrasdeuren stonden open.

Ik hoorde Juliet de deur naar de bibliotheek opendoen. 'Goedemorgen, heren,' riep ze. Ik kon Teddy Heckwith (hij is stukadoor) en Chester (die is schrijnwerker) horen zeggen: 'Goedemorgen juffrouw Ashton.'

Dawsey zei: 'Hallo, Juliet.' Hij stond boven aan de ladder. Dat merkte ik later toen hij er met veel lawaai af kwam.

Juliet zei dat ze even met Dawsey wilde praten, als de heren haar een minuutje wilden geven.

Ze zeiden: natuurlijk, en gingen de kamer uit. Dawsey vroeg: 'Is er iets mis, Juliet? Is alles goed met Kit?'

'Met Kit gaat het goed. Het heeft met mij te maken – ik wil je iets vragen.'

O, ik dacht dat ze tegen hem ging zeggen dat hij zich niet als een mietje moest gedragen. Hem zou zeggen dat hij zich moest vermannen en onmiddellijk Rémy een aanzoek moest doen.

Maar dat deed ze niet. Wat ze zei was: 'Wil je met me trouwen?'

Ik wilde ter plekke doodvallen.

Stilte – volkomen stilte. Niets! En die hield maar aan, geen woord, geen geluid.

Maar Juliet ging onverdroten door. Haar stem klonk vast – en ik, ik kon geen spoortje adem meer krijgen.

'Ik ben verliefd op je, dus ik dacht, ik vraag het maar.'

En toen vloekte die beste Dawsey, hij vloekte. Hij gebruikte de naam van de Heer ijdel. 'Mijn god, ja,' schreeuwde hij, en kletterde de ladder af, alleen zijn hielen raakten de sporten, en zo verstuikte hij zijn enkel.

Ik bleef mijn principes trouw en keek de kamer niet in, al was de verleiding groot. Ik wachtte. Het was stil daarbinnen, dus ging ik op huis aan om na te denken.

Wat had het voor zin mijn ogen te trainen als ik dingen niet op de juiste manier zag? Ik had alles fout gehad. Alles. Het liep Gelukkig af, zo gelukkig, op het laatst, maar niet dankzij mij. Ik heb niet juffrouw Marples inzicht in de krochten van de menselijke geest. Dat is triest, maar ik kan het beter gewoon toegeven.

Dr. Otis vertelde me dat er motorraces zijn in Engeland – met zilveren bekers voor snelheid, rijden over ruw terrein zonder eraf te vallen. Misschien moet ik daarvoor gaan oefenen. Ik heb mijn motorfiets al. Ik hoef alleen nog maar een helm te hebben – misschien een stofbril.

Nu zal ik vragen of Kit bij me komt eten en logeren zodat Juliet en Dawsey alle vrijheid hebben – net als meneer Darcy en Elizabeth Bennet.

21 september 1946

Beste Sidney,

Ik heb de dag geplukt – en ook de nacht. Kun je me komen wegge-
ven in Amelia's achtertuin? Eben als getuige, Isola als eerste bruids-
meisje, Kit om rozenblaadjes te strooien. Dawsey als bruidegom.
Denk je dat Susan en Ivor met rijst willen gooien?

Vandaag liep ik in St. Peter Port Adelaide Addison tegen het lijf.
Bij wijze van felicitatie zei ze: 'Ik hoor dat jij en die varkensboer jullie relatie wettig gaan maken. Loof de Heer!'

Loof de Heer – inderdaad!

Juliet